illustration:Nari Teshima

Der Werwolf
人狼への転生、魔王の副官
黒狼卿が望んだ未来
16
Hyougetsu
漂月
Nari Teshima
手島nari

登場人物 Character

ヴァイト

日本人から転生した人狼。
魔王軍で魔王の副官兼、
ミラルディア連邦の
評議員を務める。

フリーデ

ヴァイトとアイリアの
間に生まれた少女。
変身はできないが人狼並みの
優れた能力をもつ。

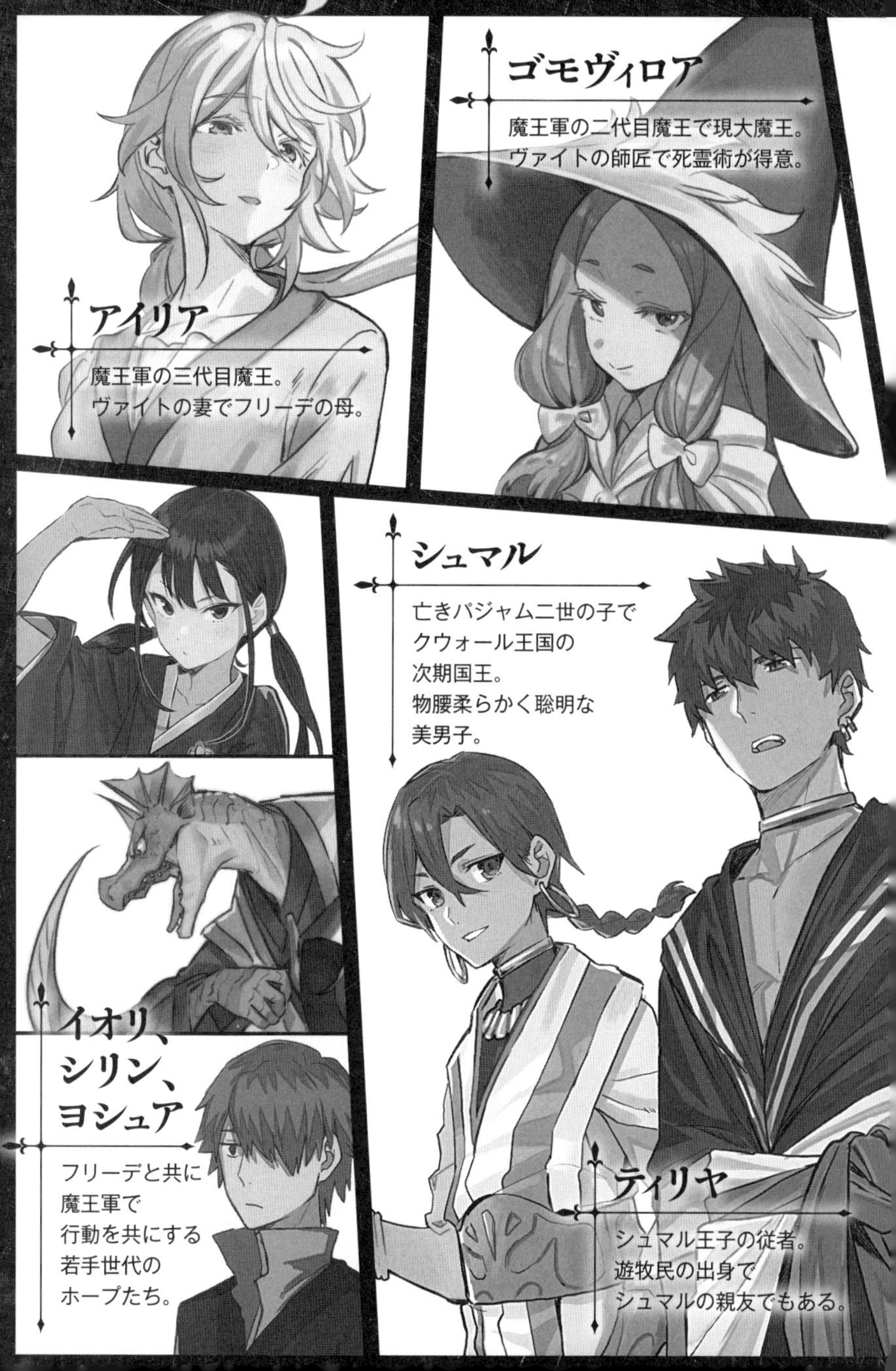
ゴモヴィロア
魔王軍の二代目魔王で現大魔王。
ヴァイトの師匠で死霊術が得意。
アイリア
魔王軍の三代目魔王。
ヴァイトの妻でフリーデの母。
シュマル
亡きパジャム二世の子で
クウォール王国の
次期国王。
物腰柔らかく聡明な
美男子。
イオリ、
シリン、
ヨシュア
フリーデと共に
魔王軍で
行動を共にする
若手世代の
ホープたち。
ティリヤ
シュマル王子の従者。
遊牧民の出身で
シュマルの親友でもある。

至ロルムンド
外交都市
クラウヘン
農業都市
ヴィルハイム
城塞都市
ウォーンガング
ワの国
〈風紋砂漠〉
迷宮都市
ザリア
工芸都市
ヴィエラ
交易都市
シャルディール
(東方交易路→)
海運都市
ロッツォ

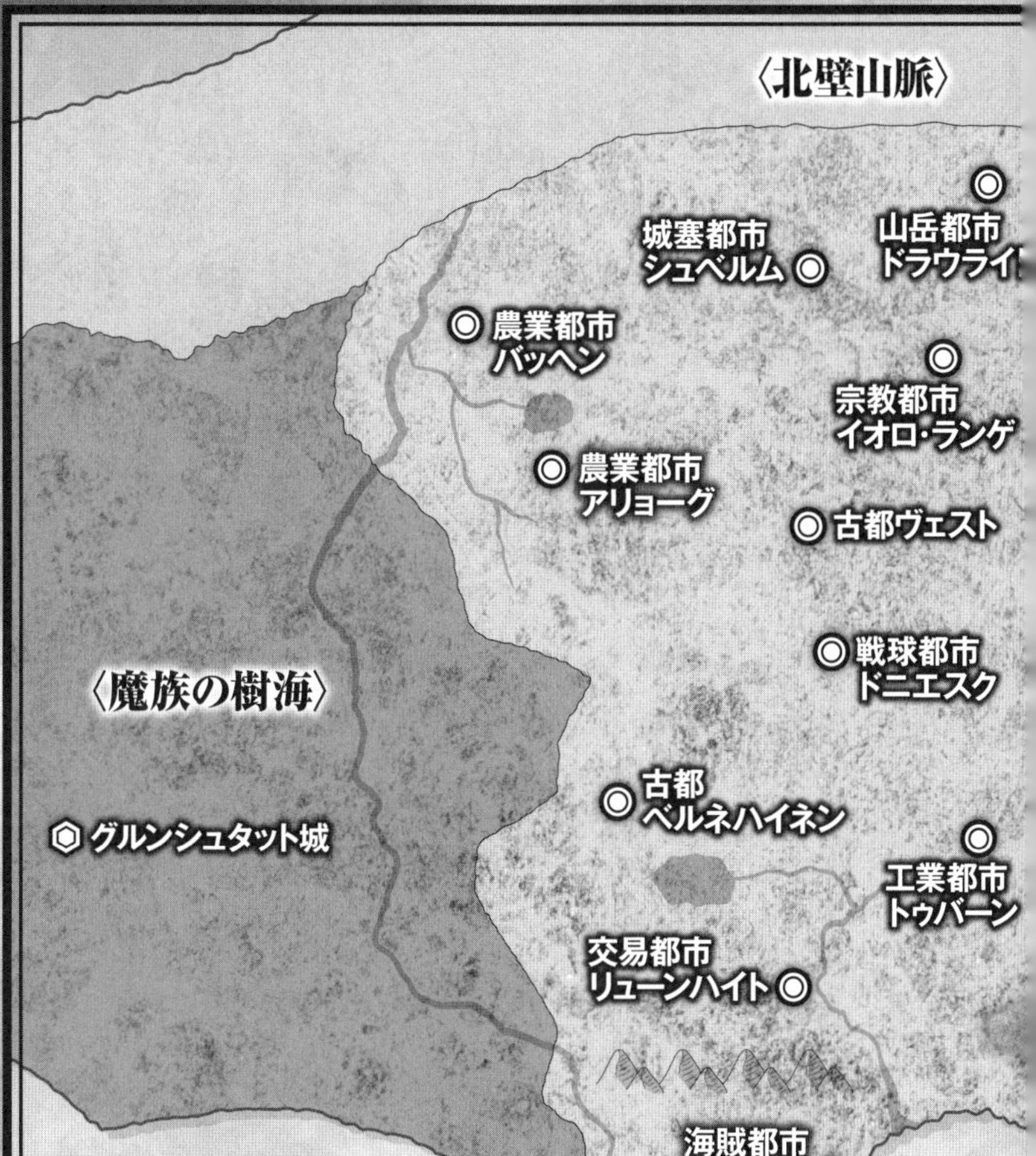
〈北壁山脈〉
城塞都市
シュベルム
山岳都市
ドラウライ
農業都市
バッヘン
宗教都市
イオロ・ランゲ
農業都市
アリョーグ
古都ヴェスト
戦球都市
ドニエスク
〈魔族の樹海〉
古都
ベルネハイネン
グルンシュタット城
工業都市
トゥバーン
交易都市
リューンハイト
海賊都市
ベルーザ
〈南静海〉
至クウォール

これまでのあらすじ

ワの国で偽アソンを倒したフリーデは成人を迎え
学業の傍ら魔王軍で父の手伝いをする忙しい日々を送っていた。
そんななか、南国のクウォールから留学生として
シュマル王子がミラルディアにやってくることに。
在学生代表として彼を歓迎することとなったフリーデは
父・ヴァイト譲りの人柄の良さで急速に親睦を深めていく。

一方、開拓が進む樹海ではここ最近、不思議な現象が多発していた。
調査の結果、樹海にドラゴンが出現したと判明。
魔力を求めるドラゴンは移動を繰り返しており、
このまま膨大な魔力を吸収し続ければいずれは戦神となってミラルディアだけではなく
世界を巻き込んだ未曾有の大災害となる。
かつてない危機感を抱いたヴァイトは使者を派遣し各国に応援を呼びかけると、
囮として単騎でドラゴンと対峙しつつ時間稼ぎをすることに。
使者としてロルムンドで皇帝エレオラの支援を取り付けたフリーデは、
帰国後にヴァイトに代わりドニエスク市へドラゴンを誘導すると、
計画を遂行させるためにドラゴンを地へ叩き落とす。
そしてミラルディア、ロルムンド、ワの国、クウォールの最新技術で一斉砲撃を展開し、
ドラゴンを無事倒すことができた。

The story so far

Contents

第十六章

ミラルディア西部の大樹海から出現した、凶暴で巨大なドラゴン。

大樹海を荒らし回ったドラゴンを諸国の協力でどうにかこうにか討伐して、事後処理に駆け回っている間に数ヶ月が過ぎた。

あの怪物の正体は結局、魔力によって異形化したトカゲの魔物だったようだ。胃石代わりに秘宝を呑み込んだ結果、その魔力を体内に蓄え過ぎてしまったらしい。

経緯は少し違うが、前に俺がワで退治したヌエと同じパターンだ。

「魔力というのは本当に厄介ですね、師匠」

ミラルディア大学の研究室で俺がぼやくと、師匠は苦笑しながら書物をパタンと閉じる。

「魔術師らしからぬ発言じゃな。もっとも、わしも同感ではあるがの」

「でしょう？　実験のときには測定値ひとつにも魔力の影響を考慮しないといけません。温度や重量だけでなく、魔力量まで同じにしないと比較実験が成立しないんですよ」

おかげで化学も物理学も生物学も余計な手間が増え、なかなか進展しない。

師匠は重々しくうなずく。

「やはり学問の発展のためには、魔力を扱う力学、すなわち魔力学を発展させねばなるまい。……しかし、おぬしの前世の世界に魔力はなかったから、おぬしの経験を参考にさせてもらえぬのう」

「そうなんですよ。どう発展させればいいのか俺にもわかりません」

俺は科学者ではなかったし、博識でも天才でもなかった。何百年か先に進んだ世界から来たので、「あの分野ならこうなってましたよ」みたいなことを伝えるだけだ。

だがその程度の知識でも、どっちを向いて研究すればいいのかがわかる。よりスムーズに研究が進む。

残念ながら前世に魔力学はなかったので、この学問をどう伸ばしていけばいいのかわからない。聞きかじった程度の前世知識なんてそんなもんだ。

だから俺は当たり障《さわ》りのないことしか言えない。

「まあ一般的な科学の手法で地道にやっていくしかないと思うんですが……」

「そうじゃな。やれやれ難題が山積じゃのう。ま、わしに任せておくがよい」

やけに嬉しそうに苦笑しながら、師匠は小さな胸をトンと叩いたのだった。


将来のことも気がかりだが、今の我々が立つ足下にも問題が山積みになっていた。

「なあおいヴァイト、予算もっとくれよ」

机の上でストトトトとストンピングを繰り返しているのは、兎人《とじん》のリュッコだ。魔法の道具を開発させたら超一流の名工で、最近は魔王軍の技官たちといろんなものを共同開発している。

研究開発は人材育成と並ぶ国の基礎だ。予算はじゃんじゃん投じたい。投じたいのだが、貿易で潤い始めたミラルディアにも限度はある。

「何にどれぐらい使うつもりなんだ？」

俺が尋ねると、リュッコは誇らしげに胸を張った。

「人間や魔族を転移させる研究が今いいとこなんだよ。魔力干渉による座標の誤差を修正するのに、もうちっとデータが欲しいんだ。実験費用くれ」

「だからどれぐらいだ？」

とたんに耳が垂れるリュッコ。いや、元から垂れてるけど。

「三……」

「銀貨三千枚か？」

三百枚ぐらいならもっと堂々と申請してくるはずだ。銀貨三千枚なら、日本円に換算すると二千万円から三千万円ぐらいの感覚だ。言い出しづらいのはわかる。

いや待てよ。

「もしかして三万枚？」

「いや……三十万枚」

二十億円から三十億円ぐらいの金を口頭で要求されたぞ。この兎人は強盗だ。

呆れてしまった俺だが、リュッコがふざけている訳ではないことぐらいは承知している。この弟子とは、もう長い付き合いだ。

俺は腕組みして渋い顔をしてみせる。

「俺の一存で出せる金額をだいぶ超えてるな」

「だよな……。けど、魔力量が大きい生物や、変動値が激しい生物を転送するのが難しくてよ。見てくれよ、これ」

机上に置かれたのはロルムンド産の薬用ニンジンだ。見た目は漢方薬の材料みたいなニンジンだが、土壌中の魔力を取り込むことで知られている。

ただこの薬用ニンジン、前衛芸術みたいなねじれ方をしてるぞ？

「なんか形がおかしくないか？」

「転送前はどこにでもいる普通の薬用ニンジンだったんだがな……。いつものように魔力を取り込もうとして、転送の瞬間に魔力が一万分の一カイトほど増えちまった。魔術紋に干渉して御覧の有様だ」

怖すぎる。

「人間もこうなるってことか？」

「いや、魔力や質量が大きいものを転移させるには出力が必要だからな。人間なら転移せずにその場に留まるぐらいだろ」

良かった。転移術は失敗すると恐ろしい目に遭うので、死霊術と並んで最も難しい系統に分類されている。扱う数学も高度だし、俺には理解できない世界だ。

俺が芸術的なニンジンをつまみ上げると、リュッコは俺の腕にすり寄ってきた。

「なあ頼むよ、予算くれよ。魔力干渉を排除する技術は転用できるぜ？」

「もう少し安く上がらないか？」

「文句なら竜人の技官どもに言えよ。『統計学的に有為な数値を集めるためには、最低限このぐらいは必要です』って言ってたぞ」

そうなのか。リュッコも竜人たちも私腹を肥やすことには全く興味がないので、たぶん本当に必要な金額なんだろう。

俺は腹をくくってうなずいた。

「もうすぐ評議会の定例会議がある。それまでに計画書と一緒に申請を出してくれ。魔王軍技術局からの正式な申請なら、太守たちも無視はできないからな」

するとリュッコは机からピョンと飛び降りる。

「じゃあさっそく竜人たちに書かせるぜ。ちゃんと払えよ！」

いや、まだ予算が下りるとは言ってない……。


今日も俺は執務室で頭を抱えている。

「最近はロルムンドとの融和ムードが高まってきたせいか、魔王軍への風当たりが強くなっていますね」

魔王軍士官のバルツァが報告書を持ってやってきたので、俺はそれに目を通して苦笑してみせる。

「覚悟はしていたことですよ、バルツァ殿。北部の人間たちは魔族嫌いですからね。第二師団のやらかしが原因ですから、自業自得とも言えます」

「そうは言っても、北部の防衛を担っているのは我々魔王軍ですよ。既に十数年も北部を守り続けていますし、もう少し感謝されても良いと思うのですが」

それは本当にそう思う。俺は苦笑しながらバルツェを慰める。

「脅威が薄れれば鬱陶しがられるのが軍隊です。我々魔族は余所者《よそもの》ですし、歓迎されないのは仕方ないでしょう」

ロルムンドという「外敵」の脅威を煽《あお》って魔王軍の存在感を高めるのもひとつの手だが、加減を間違えると外交上の危機を招きかねない。下手をすれば本当に戦争になってしまう。できれば使いたくない方法だ。

それよりも俺好みの方法がある。

「最近は若者を中心に魔族への親近感が増しているという報告もあります。物心ついた頃から魔王軍と接している若者たちは、魔族を怖がりません。竜人族の容姿や物腰に憧れる少年も多いそうですよ」

「それは嬉しいですね」

バルツェが笑う。竜人の笑顔はわかりにくいが、親しくなると意外に表情豊かだとわかる。他の人間たちにも気づいてもらいたい。

そのためにも使えるものは全部使わないと。

「北部に駐留する魔王軍兵士が好感を抱かれるよう、人間たちが喜びそうな施策を考えておきましょう。フォルネ殿に相談してみます」

「それは助かります。我々では何をすれば喜ばれるのか、皆目見当がつきませんから」

やることがひとつ増えてしまったが、これも魔王の副官の務めだ。人間同士でさえすぐに喧嘩を始めるので、魔族と人間との微妙な距離感は今後も要注意だろう。

バルツェが退出した直後、廊下で待っていたらしい評議会の職員が別の報告書を持ってくる。

「失礼します。北部で問題が起きました」

「魔王軍のことなら報告を受けているが……」

「いえ、輝陽教徒同士で対立が起きているようです。移住したロルムンド人たちが持ち込んだロルムンド輝陽教と、ミラルディア輝陽教の対立でして」

人間、それも同じ輝陽教徒同士なんだから仲良くしてよ。

俺はざっと報告書を読み、溜息をつく。

「この件は軽くは扱えないな。人間は『異なる者』との大きな違いよりも、『同じ者』との小さな違いに苛立つものだ」

俺が人の心理に詳しいのが不思議なのか、首を傾《かし》げている若い女性職員。

「そういうものですか……」

「そういうものだよ、人の子よ。人狼の目にはそう映る」

俺は人狼っぽい言い回しで笑いかける。危ない危ない、俺は人狼だった。

しかし困ったな。俺は輝陽教徒じゃないから深入りしづらい。

「仕方ない、ユヒト大司祭殿に相談してみよう」

「本当ですか!?」

職員が目を輝かせる。ユヒト殿の名前を聞いて興奮するってことは、この子も輝陽教徒なんだろう。

彼はミラルディア輝陽教では知らぬ者のいない聖者だ。

ただ過去の監禁生活で足を悪くしている。さらに高齢で無理がきかなくなり、今は全ての役職を退いて信徒たちの相談役になっている。

「ヴァイト様の御相談なら、ユヒト様も手を打ってくださいますよね！」

「あの方にあまり無理をお願いしたくないんだがな……」

頼めば必ず快諾してくれるだろうが、会うたびに衰えていく彼の笑顔を見ると心が痛む。頼みづらい。

彼の後継者と目されている孫娘のユヒテはまだ修行中の下位神官で、指導力や政治力を高めていくのはこれからだ。うちのフリーデの無茶に振り回されているせいで、彼女にも苦労をかけている。申し訳ない。

しかし女性職員は明るい笑顔だ。

「やっぱりヴァイト様に御報告すると何でも解決しちゃいますね」

「あ、うん。頑張るよ」

無敵の解決屋みたいに思われるのは正直しんどいが、そう思われておけばみんなが俺に報告してくれる。

一番怖いのは下からの報告が上がってこなくなって、知らないうちに事態が悪化していることだ。

俺は若い頃、ロルムンドやクウォールでそれが致命的な失敗を招く光景を目の当たりにした。

だからにっこり笑っておく。

「俺にもできないことはあるが、できるだけの努力はする。だから今後も報告は欠かさないでくれよ」

「はい、ヴァイト様！」

楽しげに女性職員が出ていく。反対に俺はげっそりしていた。

ユヒト殿との面会の予定を入れなきゃ。スケジュールは会議と視察と研究と講義でいっぱいなので、何か削らないと無理っぽいぞ。

どれを削ろうか迷っていると、今度は人狼隊二代目隊長を務めるファーンが駆け込んでくる。

「ヴァイト長老！」

「今度は何だ？」

「新市街で巨人の子たちが酔っ払って喧嘩してる！　何とかして！」

それ、魔王の副官が処理しないといけない案件か？

「あっ、そんな顔しないで!?　十人以上いて手がつけられないのよ！　角材振り回して暴れてるから、仲裁に入った隊員が三人も怪我しちゃった！」

「何だと？」

魔族には魔族のルールがある。殴られたら殴り返す。

最近の魔族はむやみに暴力を振るわなくなったが、それでも相手が暴力に訴えてくるなら容赦はしない。魔族は本能的に「どっちが強いか」を強く意識しているので、弱いと思われたら後が厄介だ。人狼隊の沽券《こけん》にもかかわる。

俺はスケジュール帳を閉じて立ち上がった。

「案内してくれ」

酔いを醒《さ》まさせてやろう。


俺が新市街の外縁部に駆けつけると、確かに酷《ひど》いことになっていた。

「うごあああぁっ！」

「んだてめえぇっ！」

ファーンの報告通り、泥酔した巨人族の若者たちが暴れている。見た感じ、魔王軍の兵士じゃないな。

身長三メートルぐらいある巨人族の若者たちにしがみつくようにして、魔王軍の人狼たちが必死に制止している。

「こらやめろ！　やめなさい！　やめろって言ってんだろうが！」

人狼も変身すると解放した魔力の影響で体格が良くなるんだけど、さすがに巨人相手だと無理がある。まるで大人と子供だ。

「ね、酷いでしょ？」

ファーンが溜息をついているが、俺は笑って首を横に振った。

「いや、これでいい。うちの隊員たちは無闇に暴力を振るわずに、ちゃんと制止しようとしている。巨人族とはいえ民間人だから手荒な真似は良くないからな。ファーンの指導が行き届いている」

「えっ、そうかな？」

嬉しそうに頭を掻くファーンだったが、すぐにまた険しい表情に戻る。

「でもこれどうやって止めたらいいの!?　さすがに魔撃銃使ったらまずいでしょ!?」

「もちろんだ。見たところ、ただの酔っ払いの喧嘩だからな。ちょっと止めてくる」

「あ、うん。よろしくね。邪魔にならないように隅っこにいるから」

露骨にホッとした表情でファーンがうなずいた。完全に傍観者を決め込むようだ。確かにこれぐらいなら俺一人の方がやりやすい。

俺は巨人族の青年たちに歩み寄る。

「君たち、それぐらいにしておけ」

一番近くにいた巨人族の青年が振り向き、完全に据《す》わった目で俺を睨《にら》んだ。

「あぁ!?　うっせえな！　邪魔するとブッ飛ばすぞオッサン！」

おっさん？　おっさんって言ったか？　いや確かにおっさんだけど。

巨人族の青年はそれっきり俺に興味を失ったのか、担いでいた酒樽からグビグビとエールを飲み干す。

いきなり殴りかかってくるかと思ったが、意外と礼儀正しいじゃないか。

おっさんって呼ばれたけど。

それなら手荒な真似はやめておこう。民間人相手だから手加減しないとな。

おっさんって呼ばれたけど。

まずはその酒を没収だ。

俺が片手をサッと振る。魔力の刃が指先に宿り、酒樽をスッパリと切断した。

「ぶぁっ!?」

頭からエールでびしょ濡れになった巨人が、俺をキッと睨みつける。

「何しやがったてめえ！」

「路上での飲酒は禁止されている。今すぐに退去しろ。さもないと」

「なんだぁ!?」

「こうなる」

俺は巨人族の青年を片手でヒョイとつかみ、そのまま頭の上に持ち上げた。

「うわぁあぁぁ!?　なんだこりゃあ!?」

「強化術の『剛力』と『浮揚』の合わせ技だよ。俺の筋力を強化して、君の体重を減らしただけだ。理解したらしばらく反省していろ」

俺は彼を防火用水の貯水池に放り込む。背後で物凄い水飛沫《みずしぶき》が上がったが、これぐらいやらないとお灸にもならないのが魔族だ。『浮揚』が効いてるから溺れる心配はない。

派手な水音で他の巨人族が一斉に振り向いた。

「なんだこいつ!?」

「ゴワザがいねえぞ!?」

俺は後ろでバシャバシャやってる巨人族を肩越しに指差した。

「ゴワザ君なら酔い覚ましの行水中だ。君らもこれからこうなる」

「ふざけやがって!」

巨人族の青年が角材を振り上げる。家の大黒柱に使われるヤツだ。おい待て、それは高いぞ。武器にするんじゃない。

「くらえ!」

全力で振り下ろされたそれを片手一本で受け止める。『硬化』の術をかけたから、真っ二つに折れたのは腕ではなくて角材の方だ。

でもちょっと痛かった。やめてくれよ、もう若くないんだぞ。

「なっ、なんだぁっ!?」

「折った柱は君が弁償しろよ」

魔王軍は払わないからな。

間髪いれずに巨大な拳骨が飛んできたが、それは『加速』の術で避ける。すりぬけざまに彼の拳に『加重』の術をかけた。

「ぬぁん!?」

変な声をあげて彼がつんのめり、破城槌《はじょうづち》みたいな拳は地面にめり込んだ。あれはもう抜けないだろう。

「ぬっ、くくくっ!?　ふんっ！　ふぬぅっ！」

顔を真っ赤にして巨人は踏ん張るが、その表情から次第に闘志が消えていく。

力自慢の巨人族は、力を振るえない状態に本能的な恐怖を感じる。逃げ隠れができない彼らにとって、力を振るえないのは生存の危機だからだ。沈静効果は抜群だろう。

しかしこれ、ちまちまやってると面倒臭いな。

「酔っ払いは弱点だらけだから、手加減するのに苦労するよ。酔ってるせいで狙いがブレブレで逆に避けづらいし」

早くも帰りたくなってきたが、まだ処理しないといけない巨人が十人以上残っている。

人虎族の戦士たちと百人組手をやったときに比べれば、この程度は戦闘とも呼べない。

「次だ、次。これから会議だから手早く頼む」

「この野郎！」

律儀に順番に攻撃してくる巨人たち。あ、そうか。狭いから二人同時に攻撃できないんだな。

三人目は左足だけ重くしてやった。使ったのは魔法だが、具足術の刈り足と同じ原理だ。

「のぅっ!?」

また変な声をあげて巨人が転ぶ。すかさず右手も重くして地面に固定してやった。これで完全にフォールだな。もう起き上がれない。

俺は振り返ると、酔っ払いどもにニヤリと笑いかけた。

「どうせなら仕事は楽しくやろう。で、次は誰だ？」


そして数十秒後。

「君たちが建設作業で鬱憤《うっぷん》が溜まっているのはわかる。酒も呑みたいだろう。だが暴れたいなら街の外でやってくれ。君たちが建てた倉庫がメチャクチャだ」

俺は上着を羽織りながら、そこらじゅうにひっくり返っている巨人族の青年たちになるべく穏やかに言う。

倒れているのは八人で、正座してガタガタ震えているのが五人だ。

「すっ、すみませんでしたぁっ！」

「ごめんなさいいいぃ！」

声がデカすぎる。まだそんなに耳は遠くなってないよ。

リューンハイトは際限なく発展を続けており、新市街の外にも街が作られ始めた。この巨人族たちはその建設作業に雇われた若者たちだ。慣れない街暮らしでストレスが溜まっていたらしい。人間と巨人族では考え方がずいぶん違う。街そのものも巨人族には窮屈だ。

だがそれでも、人間たちと仲良くしてもらわないと困る。

人間は強い。魔撃銃を持った人間は巨人すら倒せるのだ。

俺はまだガタガタ震えている巨人たちに笑いかける。

「そんなに元気が有り余ってるのなら魔王軍に来い。面倒を見てやる」

「は……はい」

大きな体を小さく丸めて、彼らはこっくりうなずいた。

そこに人馬族の伝令兵が駆けてくる。まだ十代の女の子だ。

「あのっ、ヴァイト様！」

「評議会の会議だろ？　わかってる、すぐに行くよ」

「いえ、そうではなく……」

「じゃあ何だ？」

すると彼女は申し訳なさそうに告げる。

「魔王陛下が、今日の分の報告書がまだなので急いで提出してほしいと仰せです。この後の会議で使うそうなので」

「いかん、忘れてた」

こんなことしてる場合じゃなかった。


その後の会議では、今日も対立する諸派をなだめてまわる作業が始まった。

「なんでこの予算配分なんですか！　ベルーザもロッツォも交易で稼いでいるんでしょう！　少しは北部の開発に理解を示してください！」

そう発言したのは最北部の山岳都市ドラウライトの新太守・ユニネルだ。

彼は前太守の末っ子でまだ二十にもなっていない。俺が元老院とやりあっていた頃は、まだよちよち歩きの幼児だったそうだ。ドラウライトの顔役になっている兄姉たちに補佐され、なかなか頑張っているらしい。

だが自分の息子より若い太守にそう言われ、ベルーザ太守のガーシュがいかつい眉を吊り上げる。

「ふざけんな！　お前らこそミラルディア同盟時代に元老院から手厚い保護を受けてたじゃねえか！　こっちは長年の遅れをようやく取り返し始めたばっかりなんだぞ！」

これは事実だ。元老院は北部出身者で固められていたからな。おまけに代々の世襲で腐敗しきっていた。

しかしユニネルは元老院が統治していた時代を知らない。

「そんな僕が生まれる前の話なんか知りませんよ！　現状を見てください！　ロルムンドがまた南下政策を始めたら、我がドラウライトが最前線になるんですよ！　うちが陥落して帝国の前線基地になってもいいんですか!?」

これも一理ある。だが俺はロルムンドと水面下で交渉しており、エレオラとの間でいろいろな取り決めをしている。先日の竜退治での協力を見れば明らかなように、ロルムンドも事実上の友好国だ。

しかし表向きは「ミラルディアとロルムンドは緊張関係にある」ということになっているので、北部太守が予算を要求するときの大義名分に使われる。

あとやっぱり、内心では不安なのも本当だろう。ロルムンド皇帝エレオラは皇女時代にミラルディア北部を制圧し、リューンハイトにも軍事攻撃を仕掛けた前歴がある。怖がられるのも無理はない。

「まあ待て、ユニネル殿。他の太守の意見も聞こう。評議会の財源は各都市からの供託金だ。一人で突っ走っても何も決まらない」

「はい、先生……」

実はユニネルもミラルディア大学の卒業生だ。俺の顔を立ててユニネルがいったん引き下がる。

評議会は各都市から供託金を預かり、これを再配分している。経済格差を小さくしておかないと、またゴタゴタが起きる。

どう仲裁しようかなと思いつつ、俺はリュッコから預かった予算申請書を机上でパラパラめくった。殴り書きの文字を眺めて、心の中で頭を抱える。ちょっと今はこれを出せる雰囲気じゃない。

仲裁のタイミングを見計らっていると、最北部の外交都市クラウヘンの太守ベルッケンが挙手した。温厚で誠実なベテランだが、ロルムンドの侵攻時にはエレオラと同盟を結んでいたこともあるやり手だ。

「では私からも。もちろん我々も陸路による交易は行っていますが、北壁山脈が険しいこともあってロルムンドとの交易は限定的です。下手に交易路を拡充すれば、帝国の軍事侵攻に利用されますからな」

よく言うよ。自慢の鉱山技師たちを使って、ロルムンドまでの秘密のトンネル掘ってただろ。今も使ってるのは誰もが知っているが、便利なのでみんな黙認している。一応、魔王軍の精鋭を国境警備隊として配備しておいた。

他の北部太守たちも評議会からの予算は欲しいので、もっともらしい顔をしてうんうんうなずいている。どこの都市も労働力として魔族を少しずつ受け入れ始めており、インフラや法律の整備に予算を必要としている。

するとロッツォ太守のミュレが遠慮がちに口を挟んだ。

「ベルッケンさん、南部の港もインフラ整備が大変なんです。やってくる船が増えたから埠頭やクレーンを増やさないといけませんし、通訳や徴税の役人も新しく雇わないといけないんです。しかも今すぐに」

ミュレの言葉も本当だ。彼は訴えかけるように続ける。

「今、ロッツォやベルーザは投資する好機なんです。逆にここで投資しなければ交易船は来なくなり、そのうちワとクウォールだけで取引するようになります。ミラルディアに外貨が入らなくなるんです。そうすれば……」

当然、評議会への供託金も先細り、分配するパイは小さくなる。

その言葉にユニネルとベルッケンが顔を見合わせた。

「ミュレ先輩のお言葉はもっともですが……」

「ああ、我々とて予算は足りていない。ロルムンドへの備えも必要だし、山岳地帯だけに土木事業にも費用がいる。北壁山脈の雪解け水なくしては農業もままならんだろう」

「ですけど……」

ミュレが困ったような顔をして俺の方をチラチラ見てくる。南部太守のアラムやフォルネたちも俺を見ていた。

緊急度から言えば港湾の整備の方が先だと思うが、俺は何も言わない。言えないのだ。

俺たち魔王軍はもともと、南部寄りだと思われている。魔王アイリア自身も南部太守だ。

それだけに北部からは「えこひいきしてないだろうな?」と思われている。

一方、南部からは「アイリア陛下と黒狼卿が何とかしてくれる」と勝手に期待されている。板挟みだ。困ったな。

アイリアも困っている様子で、俺の顔をチラチラ見ていた。

評議会での発言は議事録に残るし、手続きは煩雑だが議事録は広く公開されることもある。あんまり下手なことは言えない。

そう。俺は出世しすぎて、迂闊《うかつ》に物が言えない立場になっていた。何を言っても影響力が強すぎる。無難な一般論しか言えない。

前世の政治家や官僚たちがなんであんなに回りくどい言い方をしていたのか、今ならわかる気がする。下手に咳払いひとつできやしない。

しかしこれじゃただの置物だ。何か発言しないと。

そう思っていると、戦球都市ドニエスク太守のリューニエがスッと挙手した。

「皆さん、この会議はお互いの立場に理解を示すための場です。ロルムンドには『奪い合えば足りないが、分かち合えば余る』という越冬の心得があります」

リューニエはロルムンド出身だ。しかも元々は帝室の一員で、女帝エレオラや先帝アシュレイの従弟に当たる貴公子だ。

亡父のイヴァンが謀反を起こしたのでロルムンドから追放されてしまったが、逆にミラルディア北部太守からの信用を得た。

そして俺が連れ帰ってきたせいか、南部太守からも好意的に見られている。特にミュレはリューニエの大親友だ。

そんな彼だからこそ、若手の中では抜きん出た発言力を持っている。今回も全員が言い争いをやめてリューニエを注視した。

リューニエは穏やかに笑いかける。

「僕も含めて、みんな地元の意見を代表して来ています。だからそう簡単に譲歩はできないでしょう。ですが僕はそのせいで父を失い、叔父と共に故郷を追われる羽目になりました」

叔父というのはもちろん、ドニエスク市建設の父であるウォーロイだ。数多の武勇伝と業績を築き、もはや伝説的な英雄となっている。

さりげなく叔父の名声を使いつつも、リューニエは嫌味にならないよう表情や口調でうまく場を取り仕切る。

「ミラルディア大学ではヴァイト教官から多くを学びましたが、その中でも特に感銘を受けたのが『歩み寄るなら大股で』という教えでした。僕たちは歩み寄らねばなりませんし、それは大股の方がいい」

今度は俺の名前が出てきた。

でもその教えは、親しくない相手と交渉するときの話だぞ……まあいいか。

どうなるかなと思って見守っていると、ミュレが挙手する。

「じゃあさ、リューニエはロッツォ市にどうすればいいと思ってるんだ？」

他都市の太守にそれを聞くの？　議事録が残る会議で？

俺はちょっと驚いてしまったが、リューニエは待ってましたという顔で答える。

「ロッツォは供託金をたくさん出してるから、特に何もしなくていいよ。でも金額に見合う見返りは求めちゃダメだ」

「ダメなのかよ」

「富の再分配を行うのが評議会の仕事だから、ロッツォにたくさん還元されたら意味がないでしょ？」

「そりゃまあ……そうだな」

昔からこのコンビはリューニエが主導権を握っており、ミュレは譲歩を強いられている。それでもミュレがリューニエを尊重するのは、彼への期待が大きいからだ。

もちろんリューニエはその期待にいつも応える。

「北部の皆さんにもお願いです。我が国は現在、南部の二港が生み出す富のおかげで急成長できています。もっと稼いでもらって、もっと供託金を出してもらいませんか？」

「ははは、それはいいな」

豪快に笑ったのは南部の迷宮都市ザリアの太守シャティナだ。出会った頃はまだまだ子供だったが、今では評議会屈指の女傑になっている。

シャティナはニヤリと笑う。

「ザリアはこれといった産業もなく、土地も痩せている。もちろん今後は発展させていくつもりだが、今はまだ供託金の再分配が頼りだ。ロッツォには稼いでもらわないとな！」

ザリアは南部の都市だが、内陸の乾燥地帯に位置している。立場的には北部に近い。ロッツォへの配慮を示した形だ。うんうん、いいことを言うなあ。

でもなんで俺の方をずっと見てるんだ。しかも物凄いドヤ顔で。いいこと言ったつもりか。いいこと言ってるけど。

シャティナは頬杖を突きながらミュレに言う。

「何ならザリアへの予算配分、少しロッツォに回してもいいんだぞ？　ロッツォなら金額分の見返りは用意できるだろ？　港湾使用時の優遇措置とか」

勝手に交渉を始めるな。俺がじろりと視線を送ると、シャティナは慌てて咳払いをした。

「ま、まあ、それぐらい大股で歩み寄る気持ちはある……という感じだ。うん。南部は大事な同胞だ。人も魔族も関係なく」

それからシャティナは、南部の工業都市トゥバーン太守であるフィルニールを見る。人馬族のフィルニールとは大の親友だ。

フィルニールが視線の意味をどう解釈したのかはわからないが、とにかく激しく何度もうなずいている。わかってるのかな、あいつ。

しかし俺の弟子たちのおかげで、なんとなくその場が丸く収まった感じがする。やっぱりみんな、立派になってるよなあ。

同じことを感じたのか、南部の古都ベルネハイネンの太守でもあるメレーネ先輩が俺を見た。

「で、どう？　魔王の副官としては？」

確かにぼちぼち発言しといた方がいいよな。俺は軽く咳払いをする。

「俺もリューニエ殿の意見は傾聴に値すると思う。不公平は内紛の火種だ。もし我々が元老院と同じことを繰り返せば、元老院と同じ末路が待っている」

元老院の連中はエレオラに全員殺された。気の毒だが自業自得だろう。

「もちろんどうするのが公平かは意見が分かれるところだろう。全員が納得する解決策などあるはずもない。だがもし諸君が奪い合うつもりなら、その先に待っているのは確実な衰退だけだ。歴史が証明している」

凄みを利かせてみたけど、具体性に欠ける発言だな……。

幸い、みんな聡明なのでそこからは話がすんなりまとまる。

予定時間を大幅にオーバーはしたものの、予算案は若干の修正を経た上で全会一致で了承された。

リュッコの予算申請もどうにか議題に滑り込ませることができ、いろいろ条件つきではあるが段階的に予算が下りることになった。

……凄く疲れた。

リューンハイトの夕陽が沈む。今日もなんとか一日無事に終わった。

「やっと終わった……」

いろいろあったが、午後からの会議が一番大変だった。

各都市の太守の一族とはお互いに親戚同然の付き合いをしているが、やはりお金が絡むと親戚同然でも揉める。いや、親戚同然だから揉めるのかもしれない。

とにかく疲れた。顔も背中も強張っててガチガチだ。

「いちいち予算の取り合いで喧嘩しないで欲しいな……。貿易でも内需でも以前とは比較にならないぐらい潤ってるし、予算配分だって元老院時代よりずっと公平なのに」

俺がぼやくと、隣に座っているアイリアが困ったように微笑《ほほえ》む。

「もちろんです。元老院の時代よりも遥かに公平だと思いますよ」

「君もそう思うだろ？　前世の日本でもミラルディアでも感じたけど、不公平感が対立を生むんだ。クウォールで傭兵隊長のザカルがあれだけ傭兵たちの支持を得られたのは、パジャム二世が貧しい民を無視して宮殿ばかり建ててたせいだしな」

俺は溜息をつきつつ、今日の議事録の公開許可書にサインする。

「不公平は消えない恨みになって対立を生む。前世の日本もそうだった」

俺の脳裏に、フッと前世の記憶がよぎる。

――いいことなんか何もない。

――頑張ったところで無駄だ。

――どうして俺だけが。

――なんであいつらは。


耳の奥に残る言葉を振り払い、俺は前髪を掻き上げる。

「分かち合うパイが縮むと全ての者が不公平感を抱くようになる。逆にパイが大きくなっていく確かな希望があれば、小さな不公平なら我慢できるだろう」

人と魔族の争いが止まったミラルディアは今、急速に発展している。魔族を嫌っていても、彼らが労働力や軍事力として頼りになることはみんなが気づいている。この国は今後も豊かになっていく。だから細かい不満にも目をつぶれるのだ。

もしそれがなくなれば、人と魔族は再び争い始める。

「俺の仕事は終わらないんだ。そのためにも……」

まだいろいろ言おうとした俺の肩に、こつんと優しい感触が走った。アイリアが頭を預けている。

「あなたは頑張っていますよ、ヴァイト。一人で全てを背負い込まないでくださいね」

「ありがとう。でもみんなが平和に慣れすぎてて不安だよ。少しでも油断すれば、またあの戦乱の時代に逆戻りするというのに」

ミラルディアは多民族かつ多宗教かつ多種族の国だ。

南部のクウォール系ミラルディア人で静月教徒の吸血鬼もいれば、北部のロルムンド系ミラルディア人で輝陽教徒の人間もいる。ほとんど共通点がない者が一緒に働いていることになる。

彼らを結びつけているのは「同じミラルディア人」という、細く頼りない一本の糸だけだ。

「これからの時代には、ミラルディアという国家への帰属意識が必要なんだろうな。だけどそれは強制ではなく、自然に芽生えるものでなければ……」

「ヴァイト」

アイリアの人差し指が俺の顎をなぞる。

たったそれだけで俺は沈黙せざるを得ない。魔王の威厳だ。

愛する妻が俺をちょっと睨む。

「仕事の話はいいから、少しは自分の幸せのことも考えてくださいね」

「すみません」

そうだな、私生活は大事だ。

私生活を大事にしなかった偉人は数知れない。

というか、私生活まで手が回らない方が普通だろう。偉業を成し遂げるにはその他のもの全てを犠牲にする覚悟も必要だ。

だがそれは、身近な人々の献身に支えられていたことも結構多いという。献身といえば聞こえはいいが、身近な人々を犠牲にして成し遂げた偉業……と言ったら言い過ぎだろうか。

俺なんか偉人でも何でもないんだから、私生活を疎《おろそ》かにしたらダメだろう。家庭は大事にしないとなる。

「じゃあ思い切って休みでも取ってみようか」

「そうですね、とてもいいと思いますよ」

にっこり笑うアイリア。やはりアイリアは笑顔が一番美しい。

俺は少し気分が軽くなり、思いつきを口にしてみる。

「君とフリーデを旅行に連れて行くのはどうかな？　ここのところ家族サービスを何もしてなかったから」

「そうではなくてですね」

アイリアが溜息をつく。

「私たちのことはいいから、自分の幸せを考えて欲しいのです」

「俺の幸せは、君たちが幸せになることだよ」

愛する人が幸せでなかったら自分は幸せになれないと思う。

するとアイリアはこう言った。

「私の幸せは、あなたとフリーデが幸せになることです。そんなに疲れた顔のあなたを見て、私が幸せになれるはずがないでしょう?」

「そんなに疲れてるように見える?」

「見えます」

そうなのか……。どうやら知らないうちにずいぶんと心配されていたらしい。

「うーん……」

アイリアは俺の顔を真正面から見て、何か悩んでいる。

しかしアイリアは美人だなあ。結婚した頃よりも綺麗になってる気がする。こんなに美しい魔王がいていいいんだろうか。国政に影響が出ないか本気で心配している。

俺が勝手にミラルディアの未来を憂いていると、アイリアは溜息をついて苦笑した。

「あなたに休養をお願いしたところで、たぶん休養してくれないんでしょうね」

「今はまだダメだ。やらないといけないことが山のようにある。せめて十年待ってくれ」

「十年前と同じことを言ってますよ」

アイリアはまた溜息をついたが、その表情は明るかった。

「でも私が好きなヴァイト・フォン・アインドルフは、そういう人ですからね。いいでしょう、お仕事をさせてあげます」

なんだこの感じ。

アイリアは微笑みながらこう言う。

「では魔王としてあなたに任務を与えます。クウォールに行ってください。竜退治の折、クウォール王家から人虎族のことで相談を受けていますので」

「ああ、そうだった。国内情勢も落ち着いたし、約束を果たさないとな」

魔王軍の対クウォール政策担当の外交官は、クウォール人のクメルクだ。傭兵隊長ザカルの副官を務めていたが、元はバッザ港の商家の出身で穏やかな人物だ。

その彼が王妃ファスリーンから直々に依頼を受けている。どうも人虎族が問題を抱えているらしい。

「人虎族の問題というと、カヤンカカ山の辺りで何か起きてるんだろうな」

「ええ。あそこはクウォールの最奥部ですので、ミラルディアの者は滅多に行きません。人虎族が心を許した者となると、あなた以外に適任はいませんからね」

カヤンカカ山から流れ出す聖河メジレがクウォールを潤し、砂漠の中に肥沃な大地を育んでいる。カヤンカカ山はクウォールの最奥部にして繁栄の源だ。

クウォール唯一の魔族である人虎族がカヤンカカ山に住んでいるのも、その辺りの事情がある。

しかしせっかくカヤンカカ山に行くんだから、シュマル王子とティリヤ、それにミラルディア在住の人虎族にも里帰りのチャンスをあげたいな。できれば俺の生徒たちも連れて行きたい。学べることは多いだろう。

そんなことを考えていると、アイリアがにっこり笑う。

「シュマル王子やティリヤたちも連れて行ってあげてください。きっとみんな喜ぶでしょうから」

俺の考えを完全に読まれてる。

「アイリア、もしかして君も人狼だったのか？」

「匂いなんか嗅がなくても、あなたの考えていることならだいたいわかりますよ。どうですか、これなら良い仕事ができそうでしょう？」

「そうだな。ありがとう、アイリア」

「魔王としての務めを果たしたまでですよ」

フフッと笑うと、アイリアは俺の頬に顔を寄せる。

「では務めを果たした魔王に、優しい副官は何をしてくださるのでしょうね？」

「ええと……」

これは何て答えれば正解なんだ。俺はどうすればいい？　くそっ、こんなときに学問は無力だ。

俺は観念して、たぶん正解だと思う答えをささやく。

「今宵は遅くまで、かな？」

「……はい」

頬を赤く染めて、アイリアはこっくりうなずいたのだった。

正解だったらしい。伊達に二十年近く夫婦やってないぞ。

なお、今宵どころか翌朝まで寝かせてもらえなかったことを記しておく。


慈悲深く聡明な魔王アイリア陛下の計らいによって、俺はクウォールへの出張を命じられた。今回は予算も期間も上限なしという破格の出張だ。

後で魔王軍会計局や監査局から何か言われないか、早くもビクビクしている。自分で作っておいてバカみたいだが、これぐらい厳しくしておかないと汚職が横行してしまう。

魔王陛下の御厚意で、ついでにシュマル王子たちも連れていく。この流れだと母親のファスリーン王妃にも会うことになるだろう。家庭訪問みたいだな。

俺に同行するのはシュマル王子とティリヤ、それにミラルディアで修行中の人虎たち。魔王軍の軍事訓練を受けている戦士と、師匠の下《もと》で魔術修行をしている魔術師だ。

人虎族の魔術師・エルメルジアは師匠の指導を受けて故郷に帰り、優秀な若手を送り出している。久しぶりに会うのが楽しみだ。

もちろんクウォール勢だけでなく、ミラルディア勢も連れて行く。

クウォール出身のクメルクは最重要メンバーだ。それとメジレ河上流の諸侯とも顔なじみのパーカー。こいつも外せない。不本意だが。

それに人狼隊からも護衛を何人か選抜した。いつの間にかファーン隊長の副官になっているモンザが、今回は護衛隊長として指揮を執るという。不安だ。不安しかない。

そしてフリーデを筆頭とする次世代のホープたち。シリン、ヨシュア、イオリの合計四人。ドラゴン退治ではみんな活躍してくれた。

うちの娘が筆頭になっているのは何だか照れくさいが、どういう訳かみんなフリーデをリーダーだと認めている。あんなのでいいのか。

俺が首を傾げていると、服の裾を誰かが引っ張る。

「なあおい、俺は連れてってくれないのかよ？」

リュッコが鼻をふすふす鳴らしながら見上げてきたので、俺は苦笑した。

「別に魔王軍の慰安旅行じゃないんだぞ。お前は転移術の研究があるだろ？」

「まあそうだけどよ」

まだ不満そうなリュッコに、俺は腰を屈《かが》めて諭す。

「研究の経過報告を読んだが、これは凄い研究だ。うまくいけば軍事や交易の大きな力になる。この世界における航空機になるだろう」

「コークーキー？　なんだそれ？」

「天を翔《かけ》る翼ぐらいに思ってくれ」

そう言って笑うと、リュッコは照れくさそうに頭を掻いた。

「そう言われると悪い気はしねえな。よし、お前が帰るまでに試作品を形にしといてやるよ！」

うんうん、そうしてくれ。

リュッコは忘れてるだろうが、今回の目的地は人虎族の集落だ。肉食系の獣人を本能的に怖がるリュッコには、ちょっと可哀想だからな。


こうして渡航する使節団が結成され、俺たちは出発した。

まずベルーザの港で集合し、魔王軍が購入した最新型の快速船で出航する。ミラルディア連邦の財政がうまくいっているので、魔王軍もようやくいっちょまえの資金力を持てるようになった。

もちろん、ベルーザ市もだ。

「報告は受けていたが、ベルーザ港もずいぶん立派になったな。それに道中の街道も、舗装路の割合がずいぶん増えていた」

俺がそう言うと、同行のパーカーが楽しげに笑う。

「そういや君、最近は国内の視察も控えめだったね」

「視察に行こうと思ってると先に陳情団が来るんだよ。毎日毎日、何かしら会議があるし」

リューンハイトを占領する前、元老院の軍隊と戦っていた頃が遥か遠くに感じられる。あの頃は人狼隊を率いて、野宿しながら大樹海を転戦していた。

すると俺の表情を読み取ったのか、パーカーが馴れ馴れしく肩を叩く。

「君のおかげだよ、ヴァイト。この平和と繁栄は君がもたらしたんだ」

「協力してくれた人間たちも含めて、魔族みんなでもたらした平和だよ。俺はその他大勢の一人に過ぎない」

「何を言ってるんだか。君は歴史に残る偉業を成し遂げた英雄だよ。いい加減認めたらどうだい？」

「断る」

俺は英雄になんかなりたくない。地味で平凡で堅実な、ただの魔王の副官だ。

パーカーはしばらく俺の顔を呆れたように見ていたが、話す相手を切り替える。

「フリーデ、君のお父さんはどうしてこうも頑固なんだい？　伯父として悲しいよ」

大仰な身振りのパーカーに対して、フリーデも悲しげな仕草をしてみせる。

「私もそう思います、パーカーの伯父様」

待ちなさい、その骨はうちの一族じゃない。

そう言いたかったが、ぐっと抑える。強引に会話に巻き込もうとする兄弟子の手口だ。

するとパーカーとフリーデはどんどん話を先に進めてしまう。

「僕は最近、歴史書を書き始めたんだ。ほら、僕はミラルディアが南北で戦争していた頃から知ってるだろう？　僕は南部出身だし、メレーネ君は北部出身だから、二人の知識を合わせて僕が編纂してるんだよ」

「歴史書はいいですね！　私、歴史大好きです！」

うんうん、立派になったなあ。ロルムンド皇女のミーチャや、ワの多聞院評定衆筆頭の養女イオリと友達になったフリーデは、学業にも熱心になった。共に高め合う友人に恵まれたおかげだ。

それはいいのだが、パーカーが余計なことを言う。

「だけどね、ミラルディア同盟崩壊から連邦成立までの歴史がヴァイトだらけなんだよ。歴史書じゃなくてヴァイトの伝記みたいになっちゃってて」

「でも事実でしょう？」

当たり前のような顔をしている我が娘。

パーカーも当たり前のようにうなずいた。

「そうなんだよ。でもこのままだと、後世の人たちから僕の正気を疑われそうでね。妄想癖の歴史家にされたくないんだ」

「パーカー先生は死なないんだから、自分で説明したらいいじゃないですか」

「あ、そうか。そうだね。大学で講義するよ」

おいやめろ。俺の前で堂々と悪事を企てるんじゃない。

後世の人にまで俺の恥ずかしい武勇伝が語り継がれることがほぼ確定してしまった。俺はうなだれながら船縁に寄りかかる。

快速船の周囲には魔王軍の人魚たちが泳いでいる。水中の警戒と魔法の歌で航路を守ってくれる、頼もしいエスコート役だ。

彼女たちに手を振って挨拶した後、俺は静かに溜息をつく。

フリーデンリヒター様、人生はままならないことだらけです。


快適な船旅を満喫した後、俺たちはクウォール王国の玄関口であるバッザ港に到着した。

バッザ港はミラルディアとワから交易船を大量に受け入れていて、埠頭の数も信じられないぐらい増えている。そこらじゅう桟橋と船だらけだ。

この様子だと他の地域もずいぶん様変わりしてるんだろう。楽しみだ。

「クウォールの上流域に行くのはティリヤに馬糞をもらって以来だな」

「その話はやめてください、先生」

王子の侍従ティリヤは今日も無表情だが、猛烈に恥ずかしがっているのが匂いでわかる。

ティリヤは一刻も早く話題を変えたいのか、やや早口にまくし立てる。

「バッザ港は砂糖輸出の一大拠点です。メジレ上流から舟で運んできた砂糖を直接積み込めるので利便性が高いんですよ」

「ああ、そうだな」

船舶の輸送力というのは桁外れで、陸路とは比べものにならない。大きな河川は水源としても輸送路としても優れている。

「先代バッザ公のビラコヤ殿は高齢で引退してしまったが、まだ元気にしているそうだ。久しぶりに挨拶に行こう」

「そうですね、それがいいです」

馬糞の話から逃げたい一心か、ティリヤが力強くうなずいた。


ビラコヤ婆さんに会った俺は、まずロッツォの先代太守ペトーレの件で礼を言う。ペトーレ爺さんは魔王軍の古い盟友だが、数年前に老衰で亡くなった。

ペトーレ爺さんの葬儀には、ビラコヤ婆さんの息子が遠路はるばる弔問に訪れた。現バッザ公だ。この弔問のおかげで、ミラルディアとクウォールの信頼関係を諸国にアピールできた。

だが俺の礼はあくまでもペトーレの一友人としてのものだ。

「ペトーレ殿の葬儀に御子息を送っていただいたこと、友人一同を代表して感謝いたします」

「あらあら、いいんですよ。私にとっても大切な悪友でしたもの。本当なら私自身が行かねばならなかったのですが、こうも歳を取ってしまってはね。私の世話で皆に迷惑をかけたくありませんし」

ビラコヤ婆さんは目と足を悪くしてしまい、もうほとんど外出できない。

それでもクウォール沿岸部の諸侯にとっては母親のような存在であり、今も強い影響力を持っていた。この国でも指折りの実力者だ。

だが俺は無粋な話はせず、ペトーレ爺さんとの思い出を語る。

「ペトーレ殿はミラルディア人全てから『あのクソジジイ』と呼ばれる方でした」

「ふふ、そうでしょうね。クウォール人もみんな、『あのクソジジイ』と申しておりましたよ」

がめつい上に抜け目がなく、それでいて払った分の見返りはきっちりあるので始末に負えなかった。

ロッツォ港はベルーザ港と違って細かいことにまでうるさい反面、積荷の盗難や破損、あるいは賄賂の要求といったトラブルは非常に少ない。

「ペトーレ殿の跡を継いだ孫のミュレ殿は、ペトーレ殿の良いところを余すことなく受け継いでいますね。しかもペトーレ殿ほどがめつくありませんし」

「ええ、昨年こちらにも御挨拶に来てくれましてね。顔立ちはペトーレの若い頃によく似ていますが、中身は本当に紳士ですよ。きっと奥様の薫陶が行き届いてらっしゃるのね」

ああ、ペトーレの奥さんは穏やかだけど芯は強いからな……。

ペトーレ爺さんも愛妻家というか恐妻家というか、とにかく夫人には頭が上がらなかった。夫人は今でもフィカルツェ家の大御所だ。南部やクウォールの女性は強い。

ビラコヤは微笑みながら、ふと遠い目をする。

「ペトーレも安心して旅立てたでしょう。今頃はグラスコと一緒に、静月の照らす海を航海しているのかしらね」

グラスコはガーシュの亡父だ。ペトーレとは大の親友だったと聞いている。

俺もペトーレ爺さんの面影を思い出しながら微笑んだ。

「もしそうなら、きっと孫自慢でグラスコ卿を辟易させていることでしょう」

「ふふ、目に浮かぶようです」

ビラコヤは軽く目尻を拭った後、背筋を伸ばして俺を見た。

「あの人たちが気楽に逝ってしまうから、私たちの仕事が増えてしまいました。ミラルディアとの関係を取り持つためにも、私はまだ頑張らなくてはね」

「ありがとうございます」

ビラコヤは……というかバッザ港は貿易の窓口になることで絶大な権力と富を手中にしている。バッザ公は代々ずっと親ミラルディア派だ。クウォールでは頼りになる存在だった。

場の雰囲気が変わったところで、ビラコヤは口調を改める。

「ヴァイト卿にはクウォールの世相などを少しお伝えしておいた方がよろしいかしら？」

「ぜひお願いします」

ミラルディアでも情報収集はしているが、他国での活動には限界がある。さすがに先代バッザ公ほどの情報収集能力はない。

ビラコヤはうなずき、こう語り出した。

「この国にも表向きは平和が戻りましたが、新しい争いが起きるようになりました。諸侯がサトウキビ農園を作ったことでメジ畑が減り、穀物不足が起きやすくなっています」

前世でもときどき聞いたな、そういう話。

メジはトウジンビエに似た作物で、クウォール人の主食になる。ただ高くは売れないので、みんなサトウキビを栽培して金儲けに走っているようだ。

「聖なるメジレから農業用水路を引いたせいで河の水位が下がり、下流域では舟の往来に支障をきたすようになりました。特に砂糖を運ぶ舟は喫水ギリギリなので、この辺りでも年に数回は座礁していますよ」

「それはお困りでしょう」

「そうねえ……。でも諸侯会議で調整して、どうにかやりくりしていますよ。私たちは皆、聖なるメジレの一滴ですからね」

クウォールは王家が諸侯たちの調停を行うシステムを改め、諸侯会議で利害調整を図るシステムに変わっている。

諸侯たちも一枚岩ではないから小さないざこざは絶えないが、おおむねうまくいっているようだ。

やはり「クウォール王家」の威光は絶大らしい。

なんといっても、初代クウォール王は戦神を駆逐してメジレ河流域を平定した英雄の中の英雄だからな。結構いたはずだが、よく全部倒したもんだ。

他に少し聞いておこうかな。

「ファスリーン王妃はいかがですか？」

「王妃様も息災ですよ。亡き国王陛下の名代として皆が頼りにしています。それにますますお美しくなられてね」

ファスリーン王妃は実務家ではなく芸術家寄りの人物なのだが、夫を亡くしてからは一変した。幼い我が子を守るために必死で王家を支えており、今や名実ともにクウォールの支配者だ。

今のところクウォールの政治はまずまず順調なようだな。もし不安要素があれば教えてくれるはずだ。

「もともと政情は長く安定していた国ですし、懸念だった遊牧民も定住する者が増えて盗賊は減りました。ヴァイト卿のおかげですよ」

「私の功ではありません。豊かになれば、そしてそれを分かち合えるのなら、争いは自然と減るものですよ」

農民と遊牧民の争いはどこでも起きるが、クウォールの場合はメジレ河という圧倒的な資源があるので農民の方が強い。

砂糖貿易によって力をつけた諸侯と農民たちは、もはや遊牧民の軍事力など物ともしなくなっていた。有史以前から続いてきた両者の勢力争いは決着がついたとみていい。

だが遊牧民の扱い次第ではまた争いになりかねないな。諸侯がその辺に配慮してくれればいいんだが、ちょっと心配だ。

とはいえ俺も他国の事情に何でもかんでも首を突っ込む訳にはいかない。あまり口出しすると嫌がられるし、俺が遊牧民寄りだと思われるとミラルディアとクウォールの外交関係にも影響する。

……またこれだ。自分でもよくわからないが、俺はこの地でも発言力が強くなりすぎた。だから逆に何も言えない。

　ふとビラコヤが首を傾げる。

「平和な時代が訪れたのに、ヴァイト卿はまだ険しい顔をしてらっしゃるのね」

「平和な時代だからこそですよ。この平和を失いたくありません」

　ごく自然に答えたつもりだったが、ビラコヤは微笑みながら少し困ったような顔をした。

「あなたに初めてお会いしたとき、ずいぶん多くのものを背負ってらっしゃるように感じました。それは今もなお増え続けているのですね」

「そうかもしれません。やるべきことは増える一方です」

　するとビラコヤは心配そうに、だが静かに言う。

「あまり背負いすぎるのも良くありませんよ。英雄といえども、定命の者が永遠に使命を背負い続けることはできません。いずれ重荷を託して去る日が来ます。私などはもうじきですからね、先に重荷を下ろしてしまいました」

　確かにビラコヤの顔や声には老いが強く表れていた。彼女の年齢を考えると、今回の会談が今生の別れになる可能性も高い。

　俺もいずれはこの異世界を去る日が来るだろう。一度死んだ身だが、二度目も必ず来る。

　俺はしみじみとつぶやいた。

「後に託せる者を育てておくことが、今を生きる者の使命ですね」

「そうですとも。ヴァイト卿もそれは御承知だからこそ、大学を設立して後進の育成に励んでおいでなのでしょう?」

それもあるな。現在の専門家不足を解消するために作った大学だが、もちろん将来の人材も用意しておかないといけない。だから初等科も作っている。

おかげでリューニエやミュレたちも立派に育ってきて、先日の会議でもしっかり発言していたな。自分の親ぐらいの年代のベテランたちを相手にして、実に見事だった。彼らの担当教官として誇らしい。

ビラコヤがクスクス笑う。

「お弟子さんたちのことを考えておいでですね? 顔に出ていますよ」

「出ていますか?」

「嬉しそうになさっているんですもの」

いかんいかん、今の俺は大学教官ではなく外交官だ。仕事に集中しないと。

ビラコヤは穏やかに続ける。

「どうかその眼差しで、シュマル殿下のことも守り育ててくださいな」

「もちろんです」

シュマル王子もしっかり鍛えて、名君に育て上げよう。

この後はファスリーン王妃との会談が控えているが、しっかり家庭訪問しないとな。

俺の様子を見て、ビラコヤは何かを感じ取ったようだ。

「こんな年寄りの話でも、少しは黒狼卿のお役に立てたようですね?」

「はい、とても。ありがとうございます」

「いえいえ、こちらこそ」

ビラコヤ婆さんは嬉しそうに笑ったのだった。


早いとこカヤンカカ山に行って人虎族の話を聞きたいのだが、俺も立場があるのであっちこっちに寄り道して表敬訪問などしていく。

実はこれもビラコヤ婆さんからの忠告だが、俺が素通りするだけでその諸侯の評判が下がってしまうらしい。「黒狼卿が相手にしなかった」と言われるそうだ。

変な話だ。あと厄介でもある。

そこらじゅうでしつこいぐらいに歓待を受けてだいぶ疲れてきたが、俺はどうしても一ヶ所だけ訪問したい場所があった。

そして俺は今、その場所に立っている。

「君が絶対に行くと言ってたから、たぶんここだろうなと思っていたよ」

パーカーが笑ったので、俺はそっぽを向いた。

「当然だろう。クウォールの王は今でもパジャム二世のままだ。その王の最期の地だぞ」

そう。俺はシュマル王子の亡父、パジャム二世崩御の地に来ていた。

ここはうち捨てられた都市の廃墟で、傭兵隊長ザカルはここにパジャム二世を呼び出して暗殺した。御丁寧に俺の名前を使って呼び出したのだ。

俺にとっては大迷惑だったが、とにかく俺も関係者になってしまった。

ちなみにフリーデたち若手は近くのカルファルで視察がてら観光している。俺の感傷に子供たちを付き合わせるのは気の毒だ。

一方、勝手についてきたパーカーは周囲を見回している。

「あのときはパジャム二世の魂を呼び出して対話できたけど、さすがにもういないね。霊魂の痕跡も完全に消滅してるから追跡しようがない。たぶん彼はどこかに転生しているか、全ての魂が融け合う冥界の中心にいるんだろう」

「彼の御霊《みたま》が安らかなら何よりだ」

俺はそう言うと、彼の遺体が投げ込まれた古井戸にミラルディアのワインとロルムンド産の火酒、そしてワの日本酒を供えた。

クメルクが手伝ってくれたが、目にうっすらと涙が浮かんでいたのを俺は見逃さなかった。彼はザカルの副官として利用されていた身だ。

俺は彼の胸中を想いつつ、クウォール語でパジャム二世に慰霊の言葉を捧げる。

「お久しぶりです、陛下。再会の記念に三国の美酒をお持ちしました。共に逝った近衛兵たちと酌み交わしてください」

パジャム二世の遺体は王家の墓所に埋葬されているが、俺は空っぽの井戸に語りかける。

「陛下の遺児シュマル殿下も立派に成長され、クウォールの新たな王としての力量を備えております。我々も新王を全面的に支援いたしますので、どうか御安心ください」

俺の横でパーカーが変な顔をしている。

「いや、だからここに彼はいないよ？」

「わかってるから黙っててくれ。こういう弔いは生者が自分を納得させるために勝手にやるもんだ」

「そうかい？」

死霊術師が浮世離れしてるのは、一般人と死生観が違いすぎるせいだ。俺は死霊術師じゃないので、そこらへんは一般人と何も変わらない。

護衛として同行した人狼隊のみんなは特に弔う気もないようで好きにしているが、俺は何も言わなかった。やりたくない者に無理強《むりじ》いするのも変な話だ。

好きにさせておくことにして、俺は古井戸から少し離れた廃屋に向かった。

「ヴァイト殿、どちらへ？」

クメルクが名残惜しそうに古井戸を何度も振り返りつつ、俺についてくる。人狼隊もぞろぞろくっついてきた。

俺は苦笑する。

「ここでザカルに殺されたのは、パジャム二世と護衛の兵士たちだけじゃないだろう？」

「そうだっけ？」

モンザが首を傾げているので、俺は教えてやった。

「ほら、ラフハドだよ」

「誰？」

クメルク以外の全員が顔を見合わせている。

ちょっと待てよ、みんなここに来ただろ？

仕方ないので説明しておく。

「ザカルの手下だった男だ。当時のバッザ公ビラコヤの使者に扮して、パジャム二世をおびき出した人物だよ。その後、口封じでザカルに殺されたんだ」

「ああ、いたね。そんな霊が。あれは骨が折れたよ。まあ骨しかないんだけど」

ラフハドの霊を召喚したパーカーも半分忘れていたらしく、カタカタと笑っている。

俺は兄弟子の骨ジョークを完全に無視して、ラフハドの霊がいた場所にパジャム二世に供えたものと同じ酒を供えた。生前の身分や行状に関係なく、供え物に格差はつけないのが俺の流儀だ。

「彼はザカルに利用され、利用価値がなくなった後は殺された。この国には彼の死を知る者も、彼を弔う者もいないだろう」

メジレ河の支配者、神の末裔であるパジャム二世が平民出身の傭兵隊長に殺されるなど、絶対にあってはならないことだという。

だからパジャム二世の死因は偽装されているし、王の暗殺に関わったラフハドは「そんな人は最初からいなかった」という扱いになっている。完全に消された存在だ。

「それでも俺はお前のことを覚えている。決して忘れたことはなかったし、これからも忘れない。この黒狼卿ヴァイトがお前を弔う」

俺なんかが弔っても仕方ないんだろうが、それでも誰かが覚えていないと気の毒だろう。彼の人生も彼の無念も、ラフハド自身にとっては大事なものだからだ。

するとクメルクがぼそりと呟く。

「天下の大英雄である黒狼卿ヴァイト殿に弔ってもらえて、ラフハドは果報者ですよ」

「だといいんだが」

生前は面識すらなかったから、きっとラフハドは困惑しているだろう。死後ちょっとだけ会話できたが、やっぱり困惑してたしな。

この弔いも、俺がやりたいから勝手にやっている。一人の人間として尊重されなかった者を、一人の人間が供養するだけの話だ。正確には人間じゃなくて人狼だけど。

クメルクはクウォール静月教の祈りを捧げた後、俺を振り返って微笑む。

「ラフハドとは多少面識がありました。親しくはありませんでしたが、大の甘党らしく糖蜜酒に廃蜜糖を足して飲んでいたのを覚えていますよ」

そうだったのか。故人のエピソードは何であれ良い供養になる。……と思う。

「じゃあ次は糖蜜入りの糖蜜酒を持ってこないとな。帰りにまた寄るよ」

俺の言葉にパーカーが呆れる。

「また来るつもりかい？　一人一人の死にそんなに真正面から向き合っていたら、心が持たないよ？」

「だから俺は死霊術師になれなかったんだよ。だがそれが俺の生き方だ」

するとモンザが気楽に笑う。

「あは、メチャクチャ苦労しそうな生き方だね」

ほっとけ。


こうしてザカルの被害者たちの慰霊を終え、俺たちは王都エンカラガに到着した。

ここでは王家主催の特に盛大な歓迎式典があり、それはもうとても疲れた。シュマル王子の帰郷なので、王家としても質素にはできなかったのだろう。

だが俺の目的はシュマル王子の家庭訪問なので、宴席はそこそこにしてファスリーン王妃と面談する。

「ヴァイト殿、うちの子はどうですか？」

「とても優秀ですよ。御覧になりますか？」

完全に家庭訪問のノリになって、俺は用意してきた成績表を王妃に手渡した。

「クウォール史とクウォール語が首席なのは予想通りでしたが、他の学科も優秀です。王太子なのがつくづく惜しいと学長が嘆いておりました」

「大魔王陛下が……？」

「はい。本気で弟子にしたがっていましたよ」

師匠は「やはり貴族は幼少期からの積み重ねが違う」と言っている。特に王太子ともなると受けている教育の質と量が桁違いなので、優秀な学生になるようだ。

だがそのクウォール随一の俊英も、ミラルディア大学では「よくいる優等生」の一人になってしまう。ミラルディアは生み出される人材の量が桁違いなのだ。

シュマル王子はそんな連中と切磋琢磨《せっさたくま》し、学友として人脈を築いている。これも大きな財産になるだろう。

「学生たちは皆、シュマル殿下を尊敬し慕っています。やはり人の心を掴《つか》むのが上手ですね。王の器ですよ。殿下の人徳のおかげで、クウォールに親しみを感じる者が増えています」

「まあ……」

嬉しそうにファスリーン王妃が頬を染める。大事な一人息子を海外留学させて不安なはずだが、これで少しは安心できるだろう。

王妃は微笑みつつ、ティリヤの話題にも触れた。

「ティリヤも学べておりますか？」

「もちろんです。彼は殿下の苦手な数学や軍学を得意としています。彼ほどの秀才なら、いずれは宰相でも将軍でも務まるでしょう。それに殿下が皆に愛されるよう、常にさりげない気配りをしてくれています」

こんなに優秀に育ってしまうと、将来うちの外交官たちが苦労しそうだ。

「二人とも本当に素晴らしい学生ですよ。彼らの師になれたことを感謝しています」

「ありがとうございます。黒狼卿に教えを受けた子らがクウォールを支えてくれるのなら、もう何も心配はいりません」

そう言ってもらえるのは嬉しいが、やっぱりちょっと重荷を感じてしまうな。

いやいや、信頼されるのは良いことじゃないか。前世とは全然違う。

だけど俺は信頼を裏切ることが何よりも怖い。

だから余計に信頼されるんだろうというのは、最近だんだんわかってきた。これはもうしょうがない。

しょうがないので俺は苦笑する。

「私の方が彼らから教わることが多いです。すぐに二人とも私など追い越してしまいますよ」

早くそうなってほしい。そうなれば俺は過去の人として忘れてもらえる。気楽に過ごせるぞ。

うん、そうだ。俺が楽隠居するためにも、後進をしっかり育てておかないとな。

目をうるうるさせている王妃に、俺は力強く安請け合いをする。

「二人ともまだまだ伸びます。留学中は私が全力で二人を支えますので、どうか御安心ください」

「ありがとうございます、あなたは王家の恩人です……あのときお会いできて本当に良かった……」

ファスリーン王妃は感極まって泣き出してしまった。

まさか「半分ぐらいは俺の都合なので」とは言えず、俺は微笑みながらそっとハンカチを差し出すぐらいしかできなかった。

責任感と共に罪悪感まで抱いてしまったが、この家庭訪問は外交的にも大きな意味があったかもしれないな。

感涙の王妃が落ち着くのを辛抱強く待ってから、俺はカヤンカカ山の人虎族について質問する。

「シュマル殿下のことは何も心配いりませんので、次は人虎族のことを心配しようと思っております。カヤンカカ山で何かあったのですか？」

「はい。実はかなり深刻な問題が起きているのですが、民はおろか諸侯にも明かせないような重大事ですので、ヴァイト殿に直接お話ししようと思っておりました」

そんな重大事なら、もっと早く相談してくれよ。というか、何ヶ月も後回しにしちゃったけど大丈夫なのか？

するとファスリーン王妃は困ったように首を傾げる。

「実は御相談して良いものかどうか、私も人虎族も判断がつきかねていまして……」

そう前置きすると、王妃は次のようなことを話してくれた。


クウォール王国は聖河メジレの恵みによって発展した国だ。前世で言えば、やっぱり古代エジプトがイメージ的に一番近いだろう。

そのメジレ河の源流があるのがカヤンカカ山だ。正確には、この周囲の山々が源流になっている。海からの湿った風が山岳地帯で雨を降らせ、その雨が河となってまた海に流れ込むサイクルだ。

だから山岳地帯は緑に覆われている。豊かな森は天然の貯水ダムにもなっていた。

そのことを知ってか知らずか、クウォール人も人虎族もカヤンカカ山をメジレ河と同じぐらい神聖視している。おかげで緑が守られてきた。

クウォールの宝とも言えるカヤンカカ山は今のところ無事だ。

だがその向こうで異変が起きているという。

「人虎たちの話では、南の山々の木々が徐々に枯れているそうです」

カヤンカカ周辺の森はメジレ河の水源となる貯水林だ。それが枯れてしまうのは困るな。

思ったより地味な異変だったが、もちろんそれだけで俺が呼ばれた訳ではないだろう。

「調査はしたのですか？」

「人虎たちが様子を見に行ったのですが、専門家ではないので多くはわかりませんでした。ただ魔術師たちが魔力の減少を感じたということで、高名な魔術師でもあるヴァイト殿にお越し頂ければと」

それならカイトに来てもらうべきだったな……。魔術師にも探知術師や強化術師など色々いるのだが、一般の人には違いがわからないらしい。

俺は強化術師だから生物のことは多少わかるが、気象や土壌については完全に専門外だ。

困ったな、これって腹痛で耳鼻科に来るぐらい専門違いだぞ。

「王家の調査隊はどうなっています？」

「それが皆、怖がっているのです」

山岳地帯の向こうに何があるのか、実は誰も知らない。

クウォール人の大半は迷信深く、メジレ河の源流を世界の果てのように考えている。その先には聖河メジレの加護はなく、ただ死があるだけだと信じているらしい。

この迷信にもちゃんと意味があり、クウォールの酷暑や乾燥、それに遊牧民との不和を考えるとメジレ河からはあまり離れない方が安全だ。

「なるほど、確かに人選に困りそうな案件ですね」

ミラルディアは魔術大国だし、クウォールの迷信とも無縁だ。

とはいえ、できればもっと早くに事情を教えてくれたら……。いや、クウォール人は大事なことを他人任せにしないんだった。なんせみんな仕事が適当だからな。

今回の件は国家の重大事だし、使者に説明させるのも不安だったんだろう。でもやっぱり困るな。

いったん帰国することも考えたが、異変が起きてからかなり経っているのが気がかりだ。

俺が行っても大したことはわからないだろうが、時間稼ぎの気休めぐらいにはなるだろう。

「ではさっそく調査してみましょう。ですが専門の探知術師が必要になると思われますので、本国に派遣を要請します。本格的な調査は探知術師の到着後になります」

「具体的な方法はお任せします。ヴァイト殿に赴いて頂ければ、人虎族の皆も安心するでしょう」

露骨にホッとした様子で、ファスリーン王妃は笑顔を見せたのだった。

俺は王都エンカラガの貴賓用宿舎で、ミラルディアから連れてきた面々に事情を説明した。

「ということで、これからカヤンカカ山のさらに向こうを調査することになった。危険なので俺と一部の者だけで行く」

その瞬間、集まっていたメンバーから一斉に不満そうな声が飛ぶ。

「僕たちを置いていくつもりですか？」

「その任務、ぜひ私もお供させてください！」

「あは、護衛だからついてってっていいんでしょ？」

「どうせ僕は連れていく気なんだよね？」

どいつもこいつもうるさいな。俺の仲間には言うこと聞かないヤツしかいないのか。

俺は咳払いすると、一人一人に言い聞かせることにする。

「シュマル王子。君はクウォール王家最後の男子だということを忘れてはいないだろうな？　君に何かあれば国が乱れる。ティリヤもこの国を担う大事な人材だからダメだ」

露骨に不満そうな顔をしている二人をほっといて、矢継ぎ早に言う俺。

「フリーデたちもダメだ。俺ももう若くないから、半人前のお守りは厳しい。何があるかわからない以上、自分の命より大事な存在は連れて行けない。これはシリンたち全員がそうだからな？」

うちの生徒たちはミラルディアの未来を支える希望だからな。絶対に死なせられない。

「クメルク殿も歴戦の戦士とはいえ、今は外交官だ。未踏地の調査は頼めない。モンザは俺の言うことを全然聞かないからダメ」

「ぶー」

そういうところだぞ。

「魔術師が必要だからパーカーだけ連れて行く。こいつは死なないからな。以上だ」

「ちょ、ちょっと待ってよ!?」

モンザが珍しく慌てた声をあげた。

「魔王の副官が異国の調査で護衛一人!?　あたしたちがアイリアさんに怒られるってば」

「そうかな?」

「そうだよ!?　もし何かあったらアイリアさんだけじゃなくて、ファーンやジェリクたちに締め上げられるんだから!　あたしは絶対に行く!」

その光景が容易に想像できてしまったので、俺は渋々うなずく。

「じゃあモンザも来ていいぞ」

「そ、それなら俺たちも!」

ミラルディアの人狼とクウォールの人虎たちが立ち上がるが、俺はそれを制する。

「お前たちは強いが、人狼や人虎は毎日十人分の食料が必要なことを忘れるな。確実に戦闘が発生するとき以外、お前たちを大勢連れて行く訳にはいかない」

強いのは強いんだけど、燃費が悪すぎて遠征に向いていない。それに魔撃銃が登場した今、人狼や人虎の強さは絶対的ではなくなっている。

特に今回の場合は、人狼の戦士一人よりも人間の魔術師二人に魔撃銃を持たせた方が総合的に優秀だろう。そういう時代になりつつある。

そういう意味では、犬人や猫人のような小型の魔族は将来性が高い。維持費が極端に少ないからだ。

彼らは今のところ船乗りとして重宝されているが、いずれは宇宙飛行士として羽ばたくかもしれないな。

逆に人狼は維持費が高すぎて無理だろう。悲しい。

「ヴァイトさん？」

「あ、いや、何でもない」

俺はコホンと咳払いをしてごまかしたが、ふとシュマル王子が人虎の一人に何か囁いているのが聞こえた。

「ということで、よろしくお願いします」

「お任せを、若君」

おいそこ、聞こえてるぞ。人狼の聴覚を甘く見てもらっては困る。

俺の視線に気づいたシュマル王子は、ギクリとした表情を見せてから爽やかに笑ってみせる。

「仕方ありませんね、ヴァイト先生。明日はカヤンカカ山に向けて出発しますので、早めに寝ましょう。僕も王太子として表敬訪問します」

「うん。……うん」

何か企んでるな。だいたい想像つくけど。


そして翌日。

「増えてる！　めっちゃ増えてるよ！」

フリーデが叫んでいる。俺も叫びたい。

カヤンカカ山に向かう俺たちの一行は、なんと数百人の集団に膨れ上がっていた。全部クウォール王家の兵士や官吏たちだ。

こんな集団を一夜で召喚できる人物なんて、俺が思い浮かぶ限り一人しかいない。

「シュマル殿下、説明を」

すると白馬にまたがったシュマル王子は、にっこり笑った。

「王太子が人虎族の聖地を表敬訪問するのですから、これぐらいの随行員は必要でしょう?」

「表敬訪問にしては妙に重装備なんですが」

大量の物資を満載した馬車と輜重兵《しちょうへい》がいるが、あんなものはカヤンカカ山には必要ないだろう。

カヤンカカ山と隣接するペシュメット領は未開の奥地ではないから、いくらでも補給が受けられる。

シリンがこそこそと俺の隣に寄ってくる。

「おじ上、あれはどう見てもついてきますよ」

「それは君もだろう。さっきフリーデと何か密談してたよな?」

「な……何のことでしょうか」

シリンは竜人族にしては表情が豊かすぎて嘘が下手だな。そんなところは父親のバルツェとそっくりだ。

俺は溜息をつくと、このどうしようもないやんちゃな仲間たちに声をかける。

「もういい、わかった! 俺の負けだ! 出発!」

大歓声が巻き起こったのは言うまでもない。

王都エンカラガから最上流のペシュメット領まで、太守たちに挨拶しながらメジレ河をぐねぐね遡上していく。もちろん大歓迎だ。王太子が一緒だからな。

太守たちの感激の声は、だいたいこんな感じだ。

「シュマル様、なんと立派になられて！」

「まだお若いのに、メジレの覇者たる風格を備えておいでです。感激しました」

「父王陛下の面影がございますな。なんと懐かしい……」

それはあんまりない方がいいと思うんだが、性格にもパジャム二世の面影があるんだよな。ちょっと心配だ。

各地でシュマル王子が歓呼の声を浴びているのを見て、ティリヤは仏頂面だ。

「殿下はもう少し鍛えないとダメなんですが、こうも歓迎されては殿下が慢心しかねません」

「とか何とか言っても嬉しいんだろう？」

俺が笑いながらティリヤの肩を叩くと、彼は頬を赤らめながらそっぽを向いた。

「殿下の良さを本当にわかっているのは俺です」

「そうだな」

一番の親友を誰にも取られたくない気持ち、よくわかる。

だがティリヤにも言い聞かせておかないと。

「その良さを皆に知らしめるのは君にしかできないことだ。できるか？」

「やってみます」

ぶっきらぼうに、だが決意を秘めた目でティリヤは力強くうなずいた。

そのティリヤも故郷のペシュメット領に入った瞬間、遊牧民や同窓生から大歓声で迎えられたことは追記しておく。

彼は遊牧民メルカ族の誇りであり、元傭兵のヴァルケルが創立した学校の卒業生でもあるのだ。


その後、俺たちはカヤンカカ山に入って人虎族の集落を訪問した。

クウォール王家の支援によって、集落は見違えるほど立派になっていた。立派な家がいくつも建ち並び、集会所や訓練所らしい建物も見える。

この十数年で若い世代が増えたようで、あちこちから子供たちの歓声が聞こえてくる。

生活が安定して豊かになり、安心して子供を育てられるようになったのだろう。前世のことを思い出し、ちょっと涙が出そうになる。

「ヴァイト殿！」

集まった人虎たちの中から懐かしい声が聞こえた。

「エルメルジア殿！」

人虎族最高の魔術師、エルメルジアが手を振っている。

俺が人虎族との百対一の決闘で勝った後、完敗を痛感した彼女はミラルディアに来て師匠に弟子入りした。だから俺の妹弟子になる。

最近は故郷での活動に比重を置き、人虎族の子供たちに魔術を教えている。

生徒たちは渡航して師匠に弟子入りしたり、クウォール王室の近衛兵になったりして活躍している。指導力は確かなようだ。

そんなエルメルジアがなぜか、「懐かしい」というよりは「助けてほしい」といった表情で俺を見ている。

「助けてください、ヴァイト殿！」

なんだろう？　まさかカヤンカカ山以南の異変と関係があるのか？

「どうしたんだ!?」

「長老から後を継げと言われました！」

ああ、うん。なったらいいんじゃないかな。

俺もなったよ。ミラルディア人狼の長老。


俺は歓迎の宴の間、ひたすらエルメルジアを説得して、どうにかこうにか長老になることを承諾させた。

長老や年配の人虎たちからはメチャクチャ感謝された。どうしてみんな、俺に面倒事を押しつけるんだ。

「まだ長老って歳ではありません」

「若くして長老になることもあるよ、エルメルジア殿。俺も三十代で押しつけられた」

「そういえばそうでしたね……。助けを求める相手を間違えました」

がっくりとうなだれているエルメルジア。

「気持ちはわかるが、誰かがやらねばならないことだ。ここまで一族を守り導いてきた長老にも、そろそろのんびりして頂こうじゃないか」

「それもそうですね」

俺の言葉で気持ちを切り替えられたのか、エルメルジアは笑う。

「では互いに長老として、役目を果たして参りましょう」

「ああ、よろしくな。今のうちから次の長老候補を育てておくと楽だぞ」

「あっ、確かに！」

俺もフリーデやその他の若手に狙いを定めている。絶対に隠居してやるからな。

「ところでエルメルジア殿は、カヤンカカ山以南の異変についてはどう見ている？」

「日帰りで行ける範囲までは私も調べましたが、やはり魔力が関係しているようです。本当にごくわずかずつですが、定点観測で魔力が減少していました」

「お、さすがだな」

我らがゴモヴィロア門下は科学的な魔術研究を信条としている。定点観測によって変化を調べるのは基本中の基本だ。やろうと思っていたことがひとつ片付いた。

エルメルジアは紙の束を取り出す。

「師匠に御報告しようと思ってまとめておきました。見て頂けますか、兄弟子殿」

「拝見しよう。……これはグラフにした方が良さそうだな。おーいフリーデ！　ちょっと手伝ってくれ！　ついでにパーカーも頼む！」

この世界には棒グラフや折れ線グラフがまだなかったので、俺やフリーデンリヒター様が前世の日本から持ち込んだものが徐々に普及している。もっとも俺が広めるまでは魔王軍の機密扱いで、竜人族の技術者たちにしか知られていなかった。

宴席を完全にほったらかしにして、各地点の定点観測結果を折れ線グラフにしていく俺たち。若い頃のロルムンドでの一幕をフッと思い出す。

「よし、できたぞ」

完成した折れ線グラフは、全ての地点で右肩下がりだった。

ゴモヴィロア門下生でそれをじっと見つめ、パーカーが深刻な声で言う。

「魔力の減少量がだんだん急激になってるね」

「そうですね。このままではあと数年で全ての観測地点で魔力がほぼ枯渇します」

エルメルジアも深刻な声だ。

魔力が満ちたこの世界では、魔物以外の一般の生物も体内に魔力を宿している。呼吸や食事を通じて摂取するのだ。おそらく細胞レベルで微量の魔力を必要としているのだろう。

その魔力が枯渇してしまえば、多くの動植物は生息できなくなる。その地域の食物連鎖は崩壊する。

フリーデが心配そうに俺を見上げてきた。

「森が枯れてる原因ってこれかな？」

「断定はできないが可能性は高いな。すぐ確かめよう。それと『なぜ魔力が減っているのか』も調べないと」

問題を解決するまでは終われない。森が死ねばメジレ河は涸《か》れ、サトウキビもメジも栽培できなくなる。大河の恵みを失ったクウォール王国はすぐに滅びるだろう。

もちろん、ミラルディアにとっても他人事《ひとごと》ではない。クウォールとの貿易はミラルディア経済の生命線だ。

するとフリーデがふと、こんなことを言った。

「狭い範囲での定点観測は済んでるから、今度は広い範囲で現状を調べた方がいいよね」

「ん？　そうだな」

「シュマル王子のお付きの人たち、ちょうどいいんじゃない？」

「やっぱりそう思うか？」

悔しいけど、シュマル王子の思惑通りに進みそうなんだよな。ミラルディア大学の教官たちに鍛えられたせいで、うちの生徒たちはみんな手強い。

「しょうがない。連れていくか……」

人手は欲しいもんな。

こうして俺たちはカヤンカカ山を出発し、さらに南の山岳地帯へと踏み入ることになった。幸いエルメルジアが調査のために何度も往復しているので、さすがに遭難するようなことはないだろう。

ただし人跡未踏の熱帯雨林なので、少し進むのにも苦労する。

「人狼隊および人虎隊、前へ！　一列横隊！」

俺が命じると、モンザ率いる人狼たちとエルメルジア率いる人虎たちが変身して進み出る。

「薙《な》ぎ払え！」

「ウオオオォ！」

強力な鉤爪が藪を払う。

「思ったほど切り拓けてないな……」

ロルムンド出身の人狼、ヨシュアが頭をぽりぽり掻いている。寒冷地の藪とは植生が違うので、野外行動が得意な彼でも手こずるようだ。

「仕方ないな、俺がやろう」

俺は変身せずに前に出ると、指先に魔力の刃を宿らせた。強化術の一種だが、勇者アーシェスも同じ技を使っていた。

俺は勇者ほどの出力は出せないが、藪を払うぐらいなら問題ないだろう。

「ふっ！」

軽く払うと、見えない大鎌が刈り取ったように藪が拓ける。威力は十分だ。むしろ熱帯樹を倒さないよう少し抑える必要がある。

あと今さらではあるが、新種の動植物もたくさんいるはずなので、むやみな破壊は禁物だ。もしかすると希少種もいるかもしれない。

そんなことを考えながら緑の濃い茂みをバッサバッサ切り裂いていると、エルメルジアが不思議そうに質問してきた。

「前から気になっていたのですが、ヴァイト殿の魔力量は魔族の中でも桁違いです。何をどうすれば、こんなに強くなれるのです？」

「そういえばエルメルジア殿にはお話ししてなかった気がするな」

俺は苦笑しつつ、種明かしをする。

「実は若い頃に『秘宝』の魔力を丸ごと吸い尽くしたことがあって、その後遺症で千カイト以上の魔力が残留しているんだ」

懐かしいなあ。

するとエルメルジアは目を丸くする。

「それはつまり、ヴァイト殿が『戦神』になったということですか!?」

「一瞬だけな。あのときは別の『秘宝』に乗っ取られたアイリアを助けようと、無我夢中だった。今思えば無茶をしたもんだよ」

若気の至りだな。運が悪ければ即死していたかもしれない。

俺としては恥ずかしい話なので極力伏せていることなのだが、エルメルジアは感心した表情で何度もうなずいている。

「それだけの魔力を受け入れられるのなら、強化術師としても超一流なのは道理ですね」

「いや、どうだろう。逆じゃないかな」

俺は太い蔓草《つるくさ》をスパスパ切り裂きながら、こう答える。

「人狼の強靭な肉体を持ち、強化術師として修行してきたからこそ、十万カイトを超える魔力を扱うことができたんだろう。つまりエルメルジア殿やその弟子たちにも、戦神の素質はあるはずだ」

それを聞いて、ハッとした表情になるエルメルジア。

「だとすると、我ら人虎族が聖なるカヤンカカ山の守護を使命としているのは……」

「そう。非常時には人虎の魔術師が戦神となり、戦神級の脅威に立ち向かう。最後の戦神ジャーカーンを倒した人々が、それを考えていたとしても不思議ではないな」

人間も戦神化はできるが、魔力の許容量では魔族の方が高い。

というか、変身ひとつにも大量の魔力が必要なので、魔力を蓄えられない肉体では生きていけない。巨人族も人馬族もかなり無理のある身体をしており、それを魔力で維持している。

エルメルジアは何か考え込んでいるようだ。

「ですが、我々は聖地の守護しか担っていません。戦神になれとは一言も……」

「その方がいいだろう。戦神になっても不幸にしかならない」

俺の言葉が不思議だったのか、エルメルジアは首を傾げる。

「神にも等しい強さを得られるのに、ですか？」

「神ならぬ身でそんな強さを得ても、正しくは使えないよ。戦神になった人や魔族を俺は何人か知っているが、正解は『力を使わない』か『力を捨てる』かの二択しかなかった」

フリーデンリヒター様は戦神の力をほとんど使わなかった。

我が師ゴモヴィロアは戦神に最も近い存在となったが、戦神化しないよう細心の注意を払って生きている。

そして俺やアイリアは戦神の力を捨てた。

一方、戦神の力を行使した勇者アーシェスは、復讐と殺戮《さつりく》の果てに自らが復讐されて死んだ。俺が殺した。

俺は魔力の刃を振るいつつ、過去に何度か口にした言葉を再び口にする。

「もう戦神なんて必要ない。一人の英雄が切り拓く時代は終わったんだ」

「一人で時代を切り拓いてきたヴァイト殿が言うと、説得力があるんだか、ないんだか……」

「俺一人で時代を切り拓いた訳じゃない。みんなの力だよ。戦神でも何でもない、普通の人たちの力だ。でもまあ、藪ぐらいなら俺一人でも切り拓けるな」

俺は苦笑いを浮かべてみせながら、鬱蒼と生い茂る藪を薙ぎ払った。


俺たちは藪を切り払いながら、エルメルジアの調査地点最南端に到達する。

「ここから先に進むと、人虎の脚力でも日帰りは不可能です」

「だろうな」

人間を同伴してるから、ここに到達するまで二日かかった。往復で四日かかる行程だと、さすがに人虎でも日帰り調査は厳しいだろう。

調査そのものに要する時間は人間も人虎も同じだからだ。

「よし、じゃあこの辺りにテントを張ってだな……おい待て、君たちは何をしている」

シュマル王子の家臣たちが何か始めようとしている。

「いえ、王太子殿下の仮御所を設営しようと思いまして」

この人たち、真顔で大木を伐《き》ろうとしているぞ。宮殿でも建設するつもりか。

それをシュマル王子が制止した。

「僕もテントで構わないよ。君たちの忠義は嬉しいが、特別扱いはやめてくれ。こんなことで器材や人手を使いたくない」

「ははっ」

そそくさと斧やノコギリがしまわれる。たぶん王太子の言葉を待っていたんだろう。

シュマル王子が溜息をつく。

「すみません、先生。ああやって形だけでも王太子への忠義を示さないと、後で彼らが上役から叱られるのです」

「それは問題だな……」

俺も一緒に溜息をつくと、シュマル王子は困ったように笑ってみせた。

「そういう無意味な慣習をなくすのも、即位後の僕の仕事だと思っています。今はとりあえず、彼らの立場に配慮する方向でお願いします」

「そうだな。俺もそれがいいと思う」

ふと見ると、ティリヤがさっきの家臣たちに何か言っている。

「あなた方の働きぶりについては、俺からも王妃殿下にお伝えしておきます。ですので、どうか王太子殿下の御意向を尊重してください」

「わかりました、ティリヤ殿」

さりげないが的確なサポートだ。

この二人がいれば、この国もきっと変わっていくことだろう。


俺は拠点を二ヶ所に作らせた。片方が災害や魔物の襲撃を受けた際に、物資や住居が壊滅するのを防ぐためだ。

それともうひとつある。

「それぞれの拠点にクウォール王家の旗を掲げてくれ。なるべく高く、遠くからも見えるようにな」

「お安い御用ですが、なぜです？」

ティリヤが首を傾げているので、俺は説明する。

「これから少人数の班に分かれて広域調査を行うが、こんな場所では方向感覚が狂いやすい。そのときに基準となる座標が二つあればどうかな？」

それを聞いた瞬間、ティリヤはすぐに気づいた様子だ。

「なるほど、三点測量ですね。見るだけでおおよその現在地がわかります」

「そういうことだ」

もちろん方位磁石は全ての班に持たせるが、ひとつの器材に頼るのは危険だ。使い方を間違えたり紛失したりしたら帰れなくなる。

「東の拠点は俺が見る。西の拠点にはエルメルジア殿に任せるので、緊急時にはどちらでも魔法で治療してやれるぞ。何かあればすぐ戻ってきてくれ」

肉体を強化する強化術は治癒術と近い系統にあるので、強化術師なら誰でも簡単な治療ができる。

するとユヒテが挙手した。

「魔力の計測はどうするんですか？」

「エルメルジア殿は強化術で計測地点の魔力を吸い上げ、その魔力を蓄魔鋼に移し替えることで計測していたそうだ。だがそれは魔術師でないと不可能なので、今回はこういうものがある」

俺は実験室で使っている魔力計を取り出した。昔懐かしい水銀温度計みたいな見た目をしているが、中に入っているのは水銀ではなく蓄魔鋼の薄い板だ。

これは蓄魔鋼が魔力で膨張する性質を利用しているが、俺が大砂虫退治で魔撃銃の弾倉を爆発させたのが開発のヒントになったという。やはり爆発は偉大だ。

「これは周囲の魔力濃度を計測する器具で、誤差は極めて少ない。使い方を教えるので、これで記録を取ってくれ。実際にこの地点の魔力濃度をみんなで測定して練習しよう」

同じ地点で測れば同じ魔力濃度になるから、正しく扱えているかわかる。

幸いシュマル王子の家臣たちはいずれも優秀で、すぐに使い方をマスターした。いろいろ問題はあっても、やっぱり王家に仕えるだけのことはあるな。

「では緊急時の連絡用に、各班に魔力通信機を渡しておく。必ず日没までに戻ってきてくれ」

「ははっ！」

こうして数人ずつの班に分かれ、各班は指定の位置へと散っていった。


俺は地図を広げ、各地点からの報告を待つことにする。若い頃みたいに好き勝手できないので、現場に出ても基本的にみんなの世話係だ。

昼過ぎになり、ぽつぽつと戻ってくる班が出てきた。危険がないようにスケジュールにはかなりの余裕を持たせてあるから、何もトラブルがなければそうなる。

陽が大きく西に傾く頃には、大半の班が戻ってきていた。

だがシュマル王子直属の家臣たちが戻ってきていない。

「何かあったのかな？」

「心配ですね」

フリーデとユヒテが心配そうにしているが、ティリヤは溜息をついている。

「またあの人たちか……」

それを見て、イオリがフッと笑う。

「どこの国でも忠義面をする家臣はいるものですね。おおかた、『遅くまで必死に働いた』と主君に誇示したいのでしょう」

シュマル王子が苦笑する。

「やっぱりワでも、そういうのは多いの？」

「ええ。評定衆に気に入られるため、多聞院の者たちは日々そんなことに血道をあげていますよ。そういった者たちの監査はツクモと呼ばれる部署がしていますが、このツクモたちも根は同じで……」

げんなりしている観星衆のイオリ。国内の犯罪捜査や防諜などを担当するツクモと、国外でスパイ活動をする観星衆は微妙に折り合いが悪い。

でもたぶん、観星衆も同じようなところがあるはずだ。

俺も苦笑いするしかない。

「魔王軍や評議会も同じだよ。偉くなればなるほど、媚びへつらってくる者たちが増える。だがそれを責めるのは気の毒だし、責めたところでなくなりはしない」

シュマル王子が俺をしげしげと見つめる。

「実感がこもってますね、先生」

「ははは」

これはどちらかというと、前世の分の実感です。俺がまだ人間で、ネクタイを締めて通勤電車に揺られていた頃の話だ。

異世界に転生したって、こういうのはどこでも同じだよな……。

するとパーカーが珍しく慎重な口ぶりで言う。

「それにしても遅いね。遅くまで働いたことをアピールするのはいいとしても、日没を過ぎれば逆に命令違反で処罰されかねない」

「そうだな。こういうのは困る」

俺が腕組みしていると、ぽつりぽつりとクウォール人たちが戻ってきた。

「すみません、夢中になってたら遅くなってしまいました」

「こっちもです。いやあ、藪が凄くて……」

みんな露骨に疲れたような表情をしているが、俺は人狼だから汗の匂いで人間の疲労度がわかる。

人狼はもともと、人間を狩る魔族だからな。獲物の状態は手に取るようにわかるぞ。

この疲労の軽さは、作業後は昼寝でもしてたとしか思えない。

俺はシュマル王子に軽く目配せする。

聡明なシュマル王子はそれだけで全てを察して、にこやかに進み出た。

「御苦労だったね。みんな、よく働いてくれて嬉しい。だがこういう任務で何よりも大事なのは、規律に従うことだ。明日からは必ず日没前に帰ってきてくれ。君たちは優秀な忠義者で、早く正確に作業を終わらせることもできるはずだからね」

王太子の言葉にクウォール人たちは恭《うやうや》しく頭《こうべ》を垂れる。

「殿下のお言葉に従います」

「うん、ありがとう」

やれやれ、人の上に立つのも大変だな。俺も偉くなってから苦労ばっかりだ。

「さ、じゃあ夕飯にしよう。備蓄食料を狙ってきた猪を逆に仕留めたから、砂糖醤油でワ風照り焼きにした」

「先生、いつの間に!?」

いや、ずっと暇だったから……。

クウォール人たちが規律に緩いのはいつものことだが、結局その日はそれだけで済んだ。

本当の問題は翌日起きた。

＊　＊

「暴走する忠義」


クウォール王家には聖職者や戦士や庭師など、様々な職能の者が仕えている。当然、出自も様々だ。王家の遠縁や諸侯の一門衆もいる一方、王都近郊の平民も多い。

今ここで猪の肉を頬張っている彼らは、宮殿内の雑用をする平民出身者たちだった。

「今日の働きで少しは顔を覚えてもらえたかな?」

「いや、他の班も同じように帰りが遅かった。この程度じゃ王太子様の覚えめでたく、とはいかんだろう」

森の闇の中にいくつもの焚き火があるが、彼らの焚き火は王太子や魔王の副官がいる中心部からは最も遠い。

使用人たちのぼやきは続く。

「王太子様のお供というから志願したが、これじゃ骨折り損だ」

「ああ。出世の糸口だと思ったんだが」

ここには若者もいれば老人もいるが、皆一様に生活に不満を抱いていた。

「宮殿の床を何十年磨いたって、老後に大した恩給はもらえんからなあ……。そろそろ楽な暮らしがしたいわい」

「いっそ戦でも起きてくれりゃいいのに」

「こりゃ、滅多なことを言うもんじゃない。あんなもん、わしはもう懲り懲りだ」

焚き火を見つめ、しばらく沈黙する一同。

「どうする？　明日も遅く帰ってみるか？」

「いや、それだけじゃ今日みたいに埋もれるだけだ。どうせ遅く帰るなら、それだけの働きをしてやろうじゃないか」

使用人の一人が、貸与された地図を広げた。

「予定では調査する場所を広げていくらしい。それなら先に俺たちで調べてしまえばいいだろう」

「大丈夫か、そんなことをして？　ここはメジレの加護がない辺境なんだぞ？」

聖河メジレから離れていることに、彼らの多くは不安を感じている。

提案者もそれは感じているようだったが、不安を押し殺すように言い張った。

「なに、割り当て分を先に調べるだけだ。さっさと調査が終われば、こんな土地からもおさらばできる。いいことずくめだろ？」

顔を見合わせる使用人たち。

「確かにな。これなら他の班との違いが際立つ。王太子様もお喜びになろう」

規律を乱すことをあまり気にしない彼らは、何とかしてこの機に手柄を立てようと焦っていた。

「よし、そうと決まればさっさと寝るぞ。明日こそ手柄を立ててやる」

「ああ、王太子様の側仕《そばづか》えにでもなれれば将来は安泰だ」

「頑張ろうな」

彼らはうなずき合い、配給のサトウキビ酒をぐいっとあおった。


翌日、彼らは森の外にいた。

「これはまた……荒れ地だな」

「草一本生えてねえな」

密林から草原に出た後、しばらく歩くと草も生えなくなった。今の彼らが歩いているのは、石だらけの乾燥した荒野だ。

「魔力測ったか？」

「いや、それが魔力がどこにもないんだ。目盛がゼロなんだよ」

「どっか壊れてるんじゃないか？」

「まあいい、一応記録しとけ」

そんな会話をしながら進んでいく男たち。だがさすがに不安なのか、全員が護身用の山刀やクロスボウを手にしている。

「倒木が多い。割と新しい荒れ地だな」

「ああ、ここ数年ってとこだろう。これも殿下に報告すればお褒め頂けるぞ」

「ちょっと待ってくれ、記録が追いつかないよ」

記録係の若者がそう言うが、残りのメンバーは立ち止まるのが怖いのかどんどん先に進んでいく。ただ一人、最年長の老人だけが若者のそばに残った。

「やれやれ、記録係を置いていくヤツがあるか。こんな場所で単独行動は危険だというのに」

「あ、すみません……」

「いやなに、わしも疲れたからな。あいつらに偵察してもらって、後からのんびり行こう」

そう言って老人は腰を下ろしたが、ふと若者の腰を指差した。

「その魔力だか何だかを測る道具、様子がおかしくはないか？」

「え？　あっ、本当だ!?　魔力値が高い!?」

さっきまでほぼゼロだった大気中の魔力濃度が、急激に上昇していた。

「なんでだ、カヤンカカ山より高いぞ!?　うわっ!?」

パリンと音を立てて魔力計が割れる。蓄魔鋼の膨張にガラス管が耐えられなくなったのだ。異様な魔力濃度だった。

「嘘だろ……こんな草も生えない土地なのに。なんなんだこれ？」

「そんなこと、わしに聞かれてもわからんわい。だが何かが起きていることは確実じゃ」

若者は狼狽《うろた》えた様子で老人を見る。

「ど、どうしたらいいんですか!?」

すると老人は荷物を背負って立ち上がった。

「元傭兵の経験から言うとな、こういうときはさっさと逃げるんじゃ。わしはそれで生き延びてきた」

「逃げるって、みんな先に行っちゃってますよ？」

「うむ、早いとこ呼び戻そう」

そう言って大声を出そうとした老人は、急に口を閉ざして地面に伏せた。

「隠れろ。敵がおる」

「えっ!?」

慌てて岩陰に伏せた若者は、険しい表情の老人に問いかける。

「こんな場所に遊牧民の盗賊でもいたんですか？　みんなは？」

老人は静かに答える。

「全員死んだ。たった今な」

＊　＊

拠点の本部テントに詰めていた俺は、魔力通信機の位置をチェックしていた。

二ヶ所の拠点から微弱な魔力波を発して、それぞれの距離からおおよその位置を割り出す。人工衛星を使うＧＰＳの精度には遠く及ばないが、今の俺たちにできる精一杯の努力だ。

そして頭を抱えている。

「おいおい、勝手に先行している班があるぞ……」

これはクウォール王家の班だ。身分の低い使用人たちで構成される班で、先日も日没寸前に帰ってきていた。

だからこそこうしてマークしていたんだが、案の定やりやがった。

「モンザ」

「はぁい」

呼べばぴょこりと現れる幼なじみに、俺は苦い顔をして命令する。

「人狼隊から二人出して、第十一班を呼び戻してくれ。森を抜けて荒れ地に入ってる」

「呼び戻すの？　どうせそこも調査するんでしょ？」

「異変が起きている危険地帯に独断で入ってるんだぞ。しかも人狼でも戦士でもない、非戦闘員の使用人たちだ。危険すぎる」

元傭兵の老人が一人いたぐらいで、後は誰も戦闘や野外行動の技術を持っていない。遭難しに行ったようなものだ。

「この班の調査を中止させて、すぐにここまで連れ帰ってきてくれ。二度目の命令違反だ、多少手荒なことをしても構わないぞ」

「えっ、いいの!?」

目をキラキラさせたモンザが一瞬で引っ込んだので、俺は慌てて立ち上がる。

「おい待て、まさか自分が行くつもりじゃないだろうな!?」

「隊長……じゃなかった、長老も自分で行ってたでしょ？」

「それはそうだが!?」

指揮官が最前線に行くのは勘弁してくれ。ああ、昔の俺の馬鹿。

だが結果的に、俺はモンザの独断専行に感謝することになる。

第十一班は正体不明の敵から襲撃を受け、二人を残して全員死んでいたからだ。


本部に帰還してきたのは、記録係の若者と元傭兵の老人だった。

この老人、たぶんザカルの手下だった人だな。王家に仕えるようになった時期が一致している。

その歴戦の老人が真っ青な顔をしていた。

「遠目にしかわかりませんでしたが、敵は一人でした。しかも丸腰だったんです。クシュムたちは全員、武器を持っていたのに……」

老傭兵の説明を要約すると、この班は途中で記録係とこの老人だけを残して先行してしまったという。素人にありがちなミスだ。

どんどん先行していった数人は、突如現れた謎の男によって殺されてしまったらしい。

「たった一撃で、全員が横薙ぎに真っ二つにされちまったんです。相手は剣なんか持ってないのに」

なんか……嫌な予感がする。俺、その光景を見たことがあるぞ。

その一瞬の惨劇を目撃した老人たちは、すぐさま身を隠しながら逃げ出した。幸い、「そいつ」は人狼ほど目敏くなかったようだ。

しかし見知らぬ土地で敵に怯えながらの退却は難しく、やがて道に迷って動けなくなってしまった。進退窮《きわ》まっていたところにモンザが駆けつけて、後はかなり強引に担いで帰ってきたらしい。

「なるほど、そういうことか。とにかく生きて帰れて良かった。仲間たちのことは気の毒だが……」

俺がなるべく優しくそう言うと、記録係の若者がべそをかきながらうなだれる。

「いえ、俺たちが悪かったんです。命令に従わないから……」

まあそうなんだよな。今後の教訓にしてくれ。

俺は彼の肩を軽く叩く。

「君はまだ若い。生き延びれば必ず、今日の教訓が役立つときがくる」

こんな慰めは年寄り臭いかな……？　まあもう年寄りだし。

おおよその事情がわかったところで、俺はすぐさま皆に伝える。

「調査どころじゃなくなってしまったな。魔力の異状なども考慮すると、彼らが遭遇した相手は

『戦神』の可能性がある。すぐに引き揚げよう。全ての班を呼び戻してくれ」

「はい、ヴァイト様」

相手が戦神かもしれないとわかった途端、誰もが非常時の顔つきになった。魔王軍もクウォール人も戦神の恐怖は伝え聞いている。

だが全ての班が帰還する前に、机上の魔力計が不気味な変動を示し始めた。

「周囲の魔力濃度がどんどん下がっているな」

「あのときと同じです、ヴァイト様。この後、魔力濃度が異様な増え方をして……」

さっきの記録係の若者が真っ青な顔をしている。

俺は愛用の魔撃銃『襲牙』の弾倉を確認しつつ、静かに答えた。

「何者かが魔力を吸い寄せているんだ。魔力の真空地帯が生まれている。そしてそいつは強大な魔力を持っている。だからそいつが接近すると、今度は魔力濃度が高まるんだ」

「そ、それってやっぱり……」

記録係の若者だけでなく、人狼や人虎までもが恐怖の表情を浮かべている。

だから俺は笑ってみせた。

「まあ心配するな。相手が戦神だとしても、時間稼ぎぐらいなら俺にもできる。慌てずに準備をして退却しろ」

実際のところ、戦神相手に稼げる時間なんて数秒だろう。

勇者アーシェスのときは相手が瀕死だったから勝負になったが、万全の状態の彼には魔王軍の精鋭たちが一瞬で蹴散らされた。魔術を駆使して戦おうにも魔力の総量が桁違いで勝負にならない。

それでもみんなの目が言っている。

——ここには「勇者殺し」のヴァイトさんがいる。

——伝説の黒狼卿なら、戦神相手でも何とかしてくれるんじゃないか。

——ヴァイト様がいるから大丈夫だ。


認めたくはないが、俺がいることで全員の統率が保たれているのは事実だ。

だから俺も「戦神と戦ったら俺なんか数秒でやられるよ？」なんてことは言えない。嘘でもいいから安心させないと、ここでパニックになったら全滅確定だ。

とはいえ、時間稼ぎができないのも事実だし……。困ったな。

俺は内心で頭を抱えてしまったが、ふと良いことに気づいた。

時間稼ぎがしたいのなら、俺が囮《おとり》になればいいんだ。

俺が戦神（かもしれないヤツ）の注意を惹《ひ》き、みんなの退却方向とは逆に誘導する。もちろん俺は……まあ普通に死ぬだろうが、その頃にはみんな遠くに逃げているだろう。

後はシュマル王子やパーカーたちが何とかしてくれる。

そしてミラルディアには我が師、ゴモヴィロア大魔王がいる。今の師匠の「渦の力」なら、もしかすると戦神の魔力を吸い尽くしてくれるかもしれない。希望はある。

だがここで俺たちが全滅すれば報告する者がいなくなり、その希望は断たれる。

よし、死ぬか。

俺は鼻歌交じりに立ち上がり、『襲牙』を担いだ。

「この拠点を発見されると困る。俺が迎撃に出て、敵の前進を阻止しておく。その間に撤収してくれ」

「りょ、了解しました！」

その場にいた一同が敬礼する。

ここにモンザがいたら危なかったが、幸い彼女は人狼隊の指揮で走り回っていた。パーカーも死霊をあちこちに放っていて、索敵と通信に忙殺されている。

ただフリーデだけが何かに気づいた様子で、俺をじっと見ていた。

「お父さん……」

「ん？」

するとフリーデはぎゅっと唇を結び、ふるふると首を振った。

「ううん。……お父さん、死なないでね」

「もちろんだ」

すまん、嘘をついた。お前に嘘をつくのは、もしかするとこれが初めてかもしれない。

だが嘘をついてでも、お前を守りたいんだ。これが最後の嘘だから許してくれ。

父親が捨て身の作戦で我が子を守る展開、漫画やゲームでよく見たなあ。まさか俺がその立場になるとは感慨深い。

「先生！」

シュマル王子がテントに駆け込んでくる。

「お待ちください、殿下！　我々は早く撤収を……おいこら、待てって言ってるだろう！　このアホ殿下！」

ティリヤが必死に制止しているが、シュマル王子は信じられない馬鹿力でティリヤを引きずっていた。

俺は苦笑するしかない。

「なんだ、まだいたのかシュマル殿下。ここはすぐに戦場になるぞ。早く行きなさい」

「ですが、僕のために先生が身を挺して……」

泣きそうな顔のシュマル王子の頭を、俺はそっと撫でた。

「生徒のために教官が最善を尽くすのが、そんなに不思議かな？」

「でも元はと言えば、僕の家臣のせいです！　僕にも責任があります！」

「そうかもしれないが、君には王国の未来を担うというもっと重い責任がある。それを投げ捨てることはできないんだよ。俺には俺の責任、君には君の責任がな」

立場があるってのは辛いことだ。だが立場を失うことはもっと辛い。だから仕方ないんだ。

俺はティリヤに向き直る。

「ティリヤ、王子の護衛を頼む。後はエルメルジア殿が何とかしてくれるはずだ」

「わかりました。行きましょう、殿下」

「……わかった」

おっと、そうだ。

「フリーデ、お前も王子と一緒に行け。お前はお前で魔王アイリアの一人娘だ。こんなところで死なせる訳にはいかない」

「それを言ったらお父さんだって、魔王の副官でしょ!?」

「ただの副官だからな。評議会の下っ端だよ」

俺は若者たちの背中をグイッと押す。

「お前らじゃまだ足手まといだ。もっと強くなったら一緒に戦おう。今日はお父さんに任せなさい」

「で、でもお父さん!?」

わかってるよ。今生の別れになるかもしれない。

だが別離ってのは突然来るんだ。前世で俺が死んだときもそうだったし、フリーデンリヒター様が死んだときもそうだった。

それでも今回は別れの言葉が言える。俺は愛する娘に笑いかけた。

「フリーデ、お前はお父さんの誇りだ。もうお父さんの手助けなんかいらないだろう。頼んだぞ」

後を託せる者がいるってのは幸せなことだ。フリーデンリヒター様もそうだったんだろうか。

そんなことを考えながら、俺はテントを飛び出した。

外はもうすぐ日没だ。これが人生最後の夕焼けかもしれない。そう思って眺めると、実に美しい夕焼けだ。

俺は振り返りつつ、皆に叫ぶ。

「夜を徹して一歩でも遠く逃げろ！　カヤンカカ山まで戻れば後は何とかなる！　先のことは考えずに行け！」

俺は強化術で加速すると、急速に暗くなる森を一気に駆け抜けていった。


森を抜けると急に草原になり、その草原もすぐに石ころだらけの荒れ地に変わる。ここが異変の最前線か。だが今は調査どころではない。

そのとき、俺は周辺の魔力濃度が急激に高まってきたのを感じた。濃度が高まるというか、魔力が渦を巻いている。溢れ出しては吸い寄せられ、激しい濁流のようだ。

戦神やそれに近い存在とは過去に何度も遭遇してきたが、このパターンは初めてだ。

次の瞬間、俺は地面を蹴ってジャンプした。ほとんど同時に俺の足下の地面が陥没する。拳大の石が幾つも砕け、砂になって飛び散った。

「ふはははぁっ！」

俺じゃない、誰かの笑い声。

しかも足下ではなく、すぐ背後にいる。まずい！

とっさに強化術で下向きの力を発生させ、俺は着地した。格闘ゲームのジャンプキャンセルみたいな動きだが、もちろん物理法則に逆らう動きだ。魔法を使わなければ再現できない。

着地した俺の後頭部スレスレを、何かが物凄い勢いで掠めていった。あと〇・一秒遅ければ、どうなっていたかわからない。

「うわははは！　やるな、お前！」

ひどく聞き取りづらいが、これは古代語だ。俺が習ったものとはだいぶ違うが、現代語とは文法そのものが違うので間違えようがない。

さらにもう一発、とんでもない速度で背後から何かが迫ってきた。強化術を使って加速する。ギリギリで回避できた。

くそっ、なんだこいつ。

必死に距離を取って振り返ると、身長三メートル近い大男が腕組みして立っていた。

見た目の印象は古代ローマの拳闘士っぽい。

筋骨隆々の巨軀を誇示するように上半身は裸で、浅黒い肌にはあちこちに入れ墨の紋様があった。いずれも魔術紋だ。かなり古くて非効率的な術式だが、高位の魔術師が施術したものに見える。

格闘で負ったと思われる古傷があちこちにあるが、ひとつだけ古い刀傷があった。

右の拳から肘にかけて一直線に傷が走っている。通常なら腕を切断しなければならないほどの大怪我だ。高位の治癒魔法か、戦神の底なしの治癒力があれば別だが……。

そして男の周囲に溢れる強大な魔力。

間違いない、こいつは戦神だ。

「俺の攻撃を三度かわすとは、なかなかの武辺者だな！　この百年ではお前が初めてだ！　名を聞こうか！」

戦神の不意打ちなんて避けられないに決まってるだろ。何を大物ぶってるんだ。

ムカついた俺は吐き捨てるように返す。

「卑怯者に名乗る名はない」

「そうか！　俺はブルベルガだ！」

微妙に会話が成立してない気がするんだが、こいつ大丈夫か。

いや、まともな相手ならこの状況で不意打ちなんかしてこない。クウォール人たちを殺したのもこいつなら、まともな訳がないな。

勇者アーシェスといい、どうして力を持った人間はこうなってしまうんだ。人間は愚かすぎるだろ。

俺はそんなことを考えつつ、とにかくこいつを荒れ地の方に誘導しようと考える。森の方に行かせると撤退中のフリーデたちが危険だ。

時間稼ぎの会話もしておくか。

「クウォールの者たちを殺《あや》めたのは貴様か？」

「クウォール？　よくわからんが、俺は強者にしか用がない！　だから弱者は殺す！　殺した！　それだけだな、わははははは！」

もう完全にヤバいヤツじゃないか。ダメ、戦神はダメ。

幸い、こいつは俺を同格の強者だと勘違いしているようだ。誤解させたまま荒れ地に誘導しよう。後は俺がどれだけ引っ張れるかにかかっている。

だがブルベルガと名乗った戦神は、いきなり襲いかかってきた。

「正々堂々、いざ勝負！　勝負だぁっ！」

「どこが正々堂々だ、この卑怯者が！」

余裕のない俺は人狼に変身する。最初からフルパワーでいかないと時間稼ぎすらできずに終わってしまう。

「ウオオオオォッ！」

腹の底から雄叫びをあげ、必殺の「ソウルシェイカー」を放つ。あくまでも魔力を吸収するための技だが、改良に改良を重ねてきたので人間なら即死するほどの威力がある。

だがもちろん、戦神には何のダメージも与えられない。

ブルベルガは満面の笑みでパンチを繰り出してくる。

「ほう、人狼か！　ならば俺と同じ元奴隷だな！」

なんだって？　人狼ってそういう種族だったの？　古代の魔法文明で何があった？

ああ、聞き取り調査をしたいのに、それどころじゃない。

「うぐっ！」

軽いパンチに見えたのに、凄まじい鋭さで避けきれなかった。しかも物凄く重い一撃だ。

そうか、ニュートン力学では運動エネルギーは質量と速度の二乗に比例するから、軽く見えても速さがあれば……そういやニュートン力学じゃない力学ってなんだっけ……リンゴが見え……。

「はっ!?」

空中で意識を失ってた。〇・一秒にも満たない一瞬だろうが、格闘戦でノックアウトされかけたのは十数年ぶりだ。

強化術には「強心」という術があり、意識喪失をある程度まで防ぐことができる。もちろん事前に発動しておいたのだが、それでもなおノックアウトされかけるとは恐ろしい。

一方、ブルベルガは絶好調だ。

「ほう、これぐらいは耐えるのか！　お前なかなかやるな！　ではこれならどうだ！」

やめてくれ。もう無理だ。やっぱり時間稼ぎにもならない。

心のどこかで諦めかけていたが、俺の体は勝手に動いた。どれだけ絶望的だろうと、俺が今ここで倒れる訳にはいかないんだ。

ワで習い覚えた日本の古武術の一派、具足術で応戦する。

亜音速で放たれた回し蹴りを掌で受け流し、大きく空振りさせて背後に回り込む。

戦神といえども骨格は人間のままだ。背後への攻撃パターンはかなり限定される。

「ちょこまかと！」

予想通りに裏拳が飛んできた。メチャクチャ速い。

だが無理な姿勢での裏拳は、肩関節の可動域で制限される。軌道も打撃点も丸見えだ。密着したまま紙一重で見切り、ブルベルガの腕を取る。

このまま肩の関節を外してやろう。全身脱臼させて動きを封じてやる。

そう思ったが、なんと俺は戦神の右腕一本に振り回されてしまった。

「うぉらあああぁっ！」

「うわっ!?」

俺の具足術は巨人族を苦もなく拘束できるんだぞ。それがまるで子猫みたいに振り回されている。

やっぱり戦神はメチャクチャだ。

「妙な技を使いおるわ！　ふんっ！」

単調な、だがとてつもなく強烈なパンチ。こいつぐらいスピードとパワーがあれば、下手な小細工なんか必要ないからな。

「くそっ！」

俺は強化術を全開にして、限界まで身体能力を高める。

『加速』『剛力』『硬化』『強心』『鎮痛』『高速再生』……。まだまだあるぞ。この十数年で、準備状態にしておける術の数もずいぶん増えた。俺はもう、勇者アーシェスに為すすべもなかった半人前の魔術師ではない。

そしてミラルディア人狼のレスリングと、ロルムンド人狼の打撃術。さらに前世の日本から伝来したワの具足術。

転生後に習得した全ての技を融合させ、俺は死力を尽くす。

戦神ブルベルガの猛烈なパンチを受け流し、キックを払い、体当たりを捌《さば》く。一発たりともクリーンヒットさせない。

ブルベルガが楽しそうに叫ぶ。

「お前強いな！　名のある戦神と見たぞ！」

冗談じゃない。ただの魔術師だぞ。お前の目は節穴《ふしあな》か。

でもこれでいいんだ。こいつは今、俺との戦いしか意識していない。こいつを引っ張って南の果てまで逃げてやる。クウォールから一歩でも遠くに。

俺はブルベルガに悟られないよう、必死に避けるふりをしながら少しずつ南に移動していった。

俺が稼げる時間は短い。距離も稼がないとみんなが逃げられないかもしれない。

ブルベルガは少し不満そうだ。

「どうした、反撃してこないのか!?」

そんな余裕ある訳ないだろ。防戦だけで精一杯だ。

しかしそれを教えるとまずいので、俺はニヤリと笑ってみせる。

「お前のような卑怯者に、俺の技を見せてやる気はない」

嘘です。持てる技はもう全部使ってます。魔王軍のみんな、俺の限界ギリギリのハッタリを見てくれ。

するとブルベルガは嬉しそうに吠えた。

「そうか！　では本気で行くぞ！」

待って。まだ早いよ。もう少しじわじわやろう。

しまったと思う暇もなく、ブルベルガのとんでもないパンチが飛んできた。衝撃波をまとったそれは、明らかに音速を超えていたのだ。

爆発音と共にいろいろなものが空中に巻き上げられ、俺も一緒に吹っ飛ばされる。

しかもこの超音速パンチの恐怖は、それだけではなかった。

「ぐうっ……」

脇腹に血がにじんでいる。あいつ、拳の先から魔力の刃を伸ばしてきたな。

拳そのものは避けられたが、魔力の刃は空気抵抗を無視するので一瞬早く俺に届いた。結構深い傷をもらってしまったぞ。立ち上がれない。

もうもうと立ちこめる砂塵の向こうで、ブルベルガが吠えている。

「どうだ俺の本気の一撃は!?　ん？　どこだ!?」

派手に吹っ飛ばしたせいで俺を見失っているらしい。

戦いたいが、これ以上は無理だ。もう魔力もほとんど残っていなかった。

必殺の「ソウルシェイカー」でもブルベルガとの魔力の引っ張り合いに負けているらしく、俺の魔力が全然回復していない。

「うぅ……」

俺は『静音』の術で自分の立てる音を全て消すと、日没後の暗がりと砂塵に紛れて這いずって逃げた。

見つかって殺されるときのことを考え、南へと逃げる。どうせ殺されるなら、時間を稼げる方がいい。

「おーい、どこだ!?　約束だぞ！　お前の技を見せろ！」

そんな約束してないし。

匂いと声から判断すると、ブルベルガはパンチを放った場所に突っ立っている。圧倒的強者の余裕か。

俺は少しでも遠ざかろうと、真っ暗な地面をひたすら這う。

だが俺は背後の脅威に意識を取られ過ぎていたせいで、目の前に地面がないことに気づけなかった。

つかもうとした地面がないなと思った瞬間に体が下へと落ち始め、俺はそのまま意識を失った。

＊　＊

「ブルベルガの恐怖」


「あの人狼の戦神はどこだ？」

ブルベルガは拳を構えたまま、きょろきょろと左右を見回していた。

「人狼は怖えぞ……。あの人間の戦神より強いかもしれん。なあおい、どこだ!?」

返事はない。

ブルベルガはなおも身構えていたが、一向に相手が襲ってこないのでじりじり後退を始めた。

（どこだ？　どこにいるんだ？）

そのとき、ブルベルガは思い出した。

（そういやここは、あの戦神の城があるところじゃねえか？）

右腕の古傷をさすりながら、ブルベルガは巨体をブルッと震わせる。

「やなことを思い出しちまったぜ……」


まだ普通の人間だった頃、ブルベルガは拳闘奴隷だった。

剣や槍で戦う剣闘士が花形となる闘技場で、素手の拳闘士たちは一段劣った存在とされた。剣の修練から脱落した者たちのうち、体格の良い者が拳闘士に回されたからだ。

剣が下手でも、真剣で斬り結ぶ恐怖に耐えられない臆病者でも、素手なら戦える。

だがブルベルガは拳闘士としても末席だった。

「本当にお前は使えねえなあ……」

拳闘士たちを統括する拳闘師範が溜息をつく。元は歴戦の拳闘士で、引退後は帝立闘技場で後進の指導をしている人物だ。

「お前は体格が良くて見栄えがする。俺たちゃ顔だの技だのは二の次だ。でかくて打たれ強けりゃ、それだけで華があるのさ。なのにお前ときたら」

痣だらけのブルベルガは巨体を縮こまらせた。

「す、すまねえ……俺、拳闘ってよくわかんねえんだ」

「そんなもん俺だって未だによくわからねえよ。お前のはそういうのじゃねえ。単に臆病なだけだ」

拳闘師範がブルベルガのみぞおちに軽いジャブをヒュッと放つ。

「ひっ!?」

「おい、びびんな。腹に力入れて耐えるんだよ。腹突き台で何度も練習しただろうが。お前の筋肉は飾りか?」

「け、けどよう……」

びくびくしているブルベルガに、拳闘師範が再び溜息をつく。

「ああもういい、わかったわかった。お前の怖がりは拳闘士にゃ向いてねえ。だがこれじゃ試合にならねえんだ。客も主催も納得してねえ。もちろんお前の主人もだ。このままじゃお前、どっかに売り払われちまうぞ」

拳闘師範は白髪交じりの頭を掻きつつ、こう言った。

「三試合だ。何とか三試合だけ待ってもらうように頼み込んできた。一勝でいいからもぎ取ってこい。それが無理でも、客が喜ぶ良い試合を見せてくれ。そうすりゃお前はここで戦える」

「わ……わかった」

ブルベルガはこっくりうなずく。

そして三試合全てで観客のブーイングを浴びながら惨敗した。

ブルベルガの名前は拳闘士名簿から抹消され、彼は売り払われた。

そして今、高濃度の魔力を帯びた水槽でもがいている。

「うわっ!?　ぐぷっ!?　おえええっ!?」

『その水に順応しろ。そうすればお前たちは高濃度の魔力に耐える体になる』

「だっ、出してくれえ!　気持ち悪ぃ!」

ブルベルガは分厚い水槽を拳で叩くが、鍛え抜いた鉄拳がまるで通らない。ガラスではない何かでできているようだが、彼にはわからなかった。

彼をここに入れた魔術師たちが、何か議論している。

『五番の被検体、なかなかのしぶとさだ。何をしていたヤツか知らんが、えらく強靭だな。四十パーセオン上昇させろ』

『さすがに死ぬのでは?』

『この程度で死ぬようならどのみち戦神になどなれんさ。結果は早く出た方がいいだろう』

『それもそうですね。おい、四十パーセオン追加だ』

その瞬間、ブルベルガは水槽内で嘔吐する。

「おげえええええっ!?　やめっ、ぐえええっ!」

『うるさいヤツだな。……だがまあ、耐えてはいるか』

『当たりかもしれん。よし、十五……いや十七パーセオン上昇させよう。ここからは一単位で順応させていくぞ。三十まで耐えられたら次の工程に回す』

『はい、ただちに』

こちらのことなど何も考えていない声が響く中、ブルベルガは自分の体が異変を起こしていることに気づいていた。全身が沸騰するようだ。骨も筋肉も灼けた火箸で突き刺されるように痛い。

その痛みと共に頭の中に何かが流れ込んでくる。大勢の人間の絶叫のようだが、ひとつひとつの声は聞き取れない。

無数の絶叫が頭の中に降り注ぎ、跳ね返って無限に反響する。

(俺が……俺でなくなっちまう……)

遠のく意識の中、水槽に他の奴隷たちが漂っているのを見る。どれも皆、恨めしげな目をして死んでいた。水槽を満たす猛毒の水に耐えられなかったのだ。

(もしかして、この声って……)

意識が失われる寸前、無数の絶叫が突然消えた。頭の中に声がしなくなる。恐ろしいほどの静寂だ。

それと同時に、全身の痛みも完全に消えていた。むしろ気分がいい。

「なん……?」

困惑しながら水槽に手をつくと、それはぐにゃりと曲がった。

「うわおっ!?」

大量の水と共に床に転がり落ちるブルベルガ。

そのとたんに、首に何かをカチリと嵌《は》められた。

「がっ!?」

動けない。首から下が全く動かせないのだ。

「うあっ!?　ぬうっ!」

必死にもがくブルベルガの頭上から、さっきの声が聞こえてくる。

『ほう、魔力浸潤式での戦神化に成功したか』

『これで戦神の量産化に弾みがつきますね。帝国の覇権が復活する日も近いでしょう』

『そのためにも、まず再現実験をしなくてはな。それに条件を変えてデータを揃えなくては。この試作体には追試験を行う。服従器を外されんようにしろ』

『はい、我が国を守る戦神様ですからね。厳重にやっときましょう』

それが恐怖の始まりだった。


恐怖の日々は、あるとき不意に終わる。

(何がどうなっちまったんだ?)

拘束されて全身に針を刺され、よくわからない拷問を繰り返されていたブルベルガだったが、急に室内が真っ暗になって激痛が止んだ。拘束具も外れている。

おそるおそる針を抜いて実験台から下りると、そこかしこに魔術師らしい連中が倒れていた。全員メチャクチャに殴られ、顔もわからないほどに潰されていた。

あちこちで悲鳴や怒号が聞こえ、ブルベルガは恐怖に怯えながら逃げ出した。

外でも殺戮と混乱だらけで、敵国の兵士らしい連中が素手で人々を殴り殺していた。一撃で石壁を砕くほどの、物凄い腕力だった。

「なんだ、奴隷か。まあいい死ね」

ブルベルガもいきなり背後から殴られたが、なぜか全く痛くなかった。理由を考える暇もなく、拳闘士としての性で殴り返した。

敵国の兵士は石造りの建物を崩しながらひっくり返ったが、すぐに起き上がって叫ぶ。

「畜生、痛え!? おい、こいつ戦神だ!」

あっという間に敵兵に囲まれ、間合いを詰められた。敵は四人。

「かかれ!」

訓練された動きで敵兵四人が襲いかかってくる。

逃げ場を失ったブルベルガは覚悟を決めた。

「お、俺は……俺は拳闘士だああっ!」

これがたぶん、人生最後の拳闘になるだろう。だがそれでも、戦わずに死ぬぐらいなら戦って死んだ方がマシだと思った。

メチャクチャに殴られながらも、ブルベルガは死に物狂いで拳を振るう。

「ぐぼえっ!?」

「ぎゃああっ!?」

「なっ、なんだこいつ!?」

「うわあああぁ!」

気づいたときには、四人とも血まみれになって地面に倒れていた。ぴくりとも動かない。全ての敵を、たった一発のパンチで倒したのだ。

「へ、へへ……拳闘なら素人にゃ負けねえからよ」

殴られた頬をさすりながら、ブルベルガは尻餅をつく。

「あれ、痛くねえな……?」

あれだけ殴られたのに全く痛みを感じていない。どこもケガをしていないようだ。

(こいつら、もしかして弱かったのか?　いや、違うよな?)

この敵兵たちが素手で殺戮を繰り広げていたのは間違いない。

つまり……。

(こいつらが弱いんじゃなくて、俺が強い?　てか、強くなったのか?)

首を傾げていると、また別の敵兵が現れた。

「第三分隊がやられてるぞ!?」

「見ろ、あいつだ!　戦神化してる!」

ブルベルガはビクリとしたが、もう逃げようとはしなかった。

自分の力を確かめたくなったのだ。

(俺、本当に強くなったのか?　こいつらに負けないのか?)

握りしめた拳に力がみなぎってくる。

ブルベルガは拳闘の構えを取ると、ニヤリと笑った。

「かかってこい……かかってこいよぉ！」

即座に敵兵四人が、さっきと同じフォーメーションで襲いかかってくる。

最初の一人の鼻面にパンチを叩き込みながら、ブルベルガは叫んだ。

「俺はブルベルガ！　アクネイオン帝立闘技場の拳闘士だ！」


それからブルベルガは敵という敵を倒し続けた。

どんなヤツだろうと戦えば負けない。理由はわからないが、ブルベルガは嬉しかった。

特に嬉しかったのは、殴られてもほとんど痛くないことだ。恐怖を感じずに戦いに専念できた。

戦った敵がよく言う「戦神」というのが何なのか、ブルベルガにはよくわからなかった。

（たぶん強いヤツのことなんだろうな。でも戦ってみないと、強いかどうかはわからんからなあ）

だから片っ端から殴り殺した。

（殴って死ねば弱いヤツってことだし、弱いヤツは死んでも仕方ねえ）

苦労して帰ってきた帝立闘技場も破壊されていて、拳闘士たちは誰もいなかったし、試合も開催されていなかった。敵の「戦神」が何人かいたので、それは殴り殺した。

（せっかく強くなれたのになあ。まあいいか）

欲しいものは何でも暴力で奪えたし、問題が起きれば全て暴力で解決できた。今のブルベルガは幸福だった。

だがそのうち、人間の姿をだんだん見なくなっていった。敵は全て倒したが、敵じゃない人間まで姿を消してしまったのだ。

（刃向かわないから殺さないでやったのにな。恩知らずな連中だ）

人間たちがいなくなったので、料理や衣服が手に入らなくなった。ブルベルガは拳闘奴隷で、殴り合い以外のことを何も知らない。糸の一針も縫えないし、釘の一本も打てない。

一年もしないうちにブルベルガはボロ布をまとって野宿し、捕まえた獣を引き裂いて直火で焼くようになった。他に方法を知らないからだ。

（まあいいか）

強靭な戦神の肉体はそれでも何の問題もなかったので、ブルベルガは気にしないことにした。起きている間は「敵」を探してうろつき回り、見かけ次第襲いかかった。

だがそんな日々にも、あるとき突然に終わりが来る。

「戦神よ、ここより先へは通さぬ。引き返すのなら数日分の食料と水を与えよう」

立派な砦を背にして立つ男は、落ち着き払った声でそう言った。

（こいつ、戦うのが嫌なのか？　じゃあ弱いぞ！）

相手が弱いのなら遠慮なく殺せばいい。ブルベルガは雄叫びをあげながら殴りかかる。

「弱いヤツは黙って死ね！」

いつも通り、相手の頭は一発で消し飛ぶだろう。ブルベルガのパンチは巨岩すら砕く。

だがこのときは「いつも通り」ではなかった。

「ぬぁっ!?」

拳が空振りする。必中のはずだったのに。

「足捌きが疎かだな」

落ち着いた声と共にみぞおちに強烈な衝撃が走る。久しく感じていなかったもの……痛みだ。

「ぐあああっ！」

うずくまったところに首に軽い衝撃。手刀でトンと叩かれたのだ。

「真剣ならば、おぬしの首は落ちていたぞ」

「ひっ!?」

痛みをこらえながら、必死に後ずさって距離を取る。

（まだだ、まだ負けていない。負けてないから弱くない。首だってつながってる！）

一応ちょっと首をさすって、切れてないか確認しておく。切れていないようだ。

相手の戦士はおそろしく姿勢がいい。背筋を伸ばし、スッと立っている。

（俺は強い！　けど……こいつも強いぞ）

ブルベルガは久しぶりに拳闘の構えを取る。

念のために確認しておく。

「お前、戦神か？」

「そう呼ぶ者もいるな。まだ戦うのなら、次は加減せぬぞ」

戦士はごく自然にそう答え、腰の曲刀を抜き放った。ぴたりと正眼に構える。

（あの構え、なんだか剣闘士みてえだな）

この戦士が何者かはわからなかったが、試合で剣を振るう者であることは何となくわかった。ただの素人とも兵士とも違う、剣そのものを重んじる者の雰囲気を感じる。

（気に入らんヤツだ）

剣闘士より格下とされていた拳闘士の記憶が、ブルベルガに微かな苛立ちを生じさせる。

「俺は負けねえ！」

必殺の気迫で踏み込むと、自慢のパンチを繰り出す。

（このスピード、このパワー！　そんな鉄の棒きれで防げるものかよ！）

勝利を確信したブルベルガだったが、拳に激痛が走る。

「あぎゃあああああっ！」

拳が真っ二つに裂けて鮮血を噴き出していた。刃が肘の近くまで食い込んでいる。

「ひゃあああああっ、ひいいいぃっ!?」

腰が抜けそうになるのを必死にこらえ、飛び退いて距離を取る。

「なっ、なんでそんなもんで俺を傷つけられるんだ!?　俺は、俺は強いんだぞ！」

すると戦士は静かに答える。

「そうだな。おぬしは強い。だが私には及ばぬようだ」

利き手の拳を真っ二つに切断されてしまった今、戦士の言葉には有無を言わせぬ説得力があった。

血まみれの曲刀を構えたまま、戦士がスイッと踏み込んでくる。

「ひっ!?」

ブルベルガは慌てて二歩飛び退いた。間合いの内側に入れない。

腕の傷はみるみるうちに塞がっていくが、それと同時に体から力が抜けていくのを感じていた。

どうやら戦神になっても無制限に傷が治る訳ではないらしい。同じものを何発も浴びたら助からないかもしれない。

(怖い……怖えぇ!)

戦神になって初めて、ブルベルガは敵を心から恐ろしいと思った。

戦神の中には、自分よりも遥かに強いヤツがいる。そのことを身をもって理解したのだ。

すると戦神の剣士はどこか哀れむような目でブルベルガを見つつ、荒野を指した。

「去れ。次に会えばおぬしの命をもらう。『仏の顔も三度まで』だ」

(ホトケ……ノカ……何だって?)

知らない国の言葉で何かを告げられたのが恐ろしく、ブルベルガは腕を押さえながら走り出す。

「ひいいいぃ!?」

この日を境に、ブルベルガは戦神らしい者に挑むのをやめた。

(俺より強いヤツがいた……。あいつにゃ勝てる気がしねえ)

ブルベルガは南の荒野へと逃れたが、ここは不毛の土地だ。水や食料は限られている。拳闘奴隷だったブルベルガがここで生きていくためには、やはり奪うしかなかった。

だがこの不毛の土地にはもう、まともな人間は暮らしていない。生き残った人々は緑豊かな北の山々に逃れている。ここには見渡す限り村ひとつなかった。

（腹減った……）

あてどなく彷徨《さまよ》っているうちに、ブルベルガは肉を焼く匂いに気づいた。

（誰かが肉を焼いてるぞ。奪うか。……いや、でも戦神だったら）

そっと草むらから覗いてみると、数名の男たちが焚き火を囲んでいる。リーダーらしい男は豪奢な衣装をまとい、筋骨隆々だ。他の者は丸腰で、みんな薄汚れた格好をしている。

（やっぱり戦神っぽいなあ。残りは奴隷たちか）

奴隷たちは何の脅威にもならないが、戦神はブルベルガより強いかもしれない。

しかしもう空腹は限界だった。

（飢え死にするぐらいなら、戦って死ぬ！）

拳闘士としてのなけなしのプライドが、ブルベルガの体を動かした。

「うおるあああぁっ！」

雄叫びと共に猛突進し、戦神が振り向くより早く全力のパンチを叩き込む。

あの戦神とは違い、今回はクリーンヒットした。

「ぐおっ!?　てっ、てめえっ！」

〈まだ生きてる!?　やばい!〉

相手が怒りの形相を浮かべているのを見た瞬間、ブルベルガは死に物狂いで追撃を繰り出す。

「おおうっ!　おおっ!　うわあああっ!」

メチャクチャに殴りつけ、倒れたところを馬乗りになってさらに殴る。

「死ね!　死ね!　死ね死ねっ、死ねえええぇ!」

どれぐらい殴り続けたかわからないが、ふと気がつくと戦神の頭部が消えていた。ブルベルガが殴っているのは血でぬかるんだ地面だ。首を失った戦神の死体が転がっている。

「ふ、ふへへ……やった……勝ったぞ!　勝者、ブルベルガ!」

拳闘士のガッツポーズを取りながら周囲を見回すと、男たちの姿は消えていた。主が惨殺される光景を見て、慌てて逃げたのだろう。

安堵すると同時に、ブルベルガの胸中にじわじわと情けなさが広がってくる。

〈けど、かっこ悪ぃ勝ち方しちまったな。こんなんじゃ拳闘師範に叱られちまう〉

現役時代を思い出して落胆したとき、ふとあの恐ろしい戦神を思い出す。

〈あいつは強かったし、堂々としてたな。あいつみたいに俺も堂々としてみるか〉

ぐっと背筋を伸ばし、腕組みして仁王立ちになる。

「わ、わははっ……ははっ!　ふっ、不意討ちを……不意討ちに気づかねえとは、とんだ雑魚だな!　不甲斐なし!　俺の相手には不足!」

豪傑っぽく笑ってみせると、なんだか本当に強くなれた気がした。

周囲には誰もいない。あの奴隷たちも戻ってはこないだろう。

「よ、よし」

死体の脇にどっかと腰を下ろすと、ブルベルガは焦げかけている塊肉に手を伸ばした。

血まみれの拳で熱々の塊肉を掴むと、無我夢中で頬張る。

「うめえ……」

腹が満たされると同時に、ブルベルガの脳裏に天啓のような閃きが奔《はし》る。

（そうだ、俺が一番恐ろしいヤツになりゃいいんだ。そうすりゃ何も怖くねえ。一番強いのは一番怖いヤツだ。どいつもこいつも震え上がらせてやる）

真の恐怖の幕開けだった。

＊　＊

「消えた英雄」

魔王アイリアはパーカーからの急報を、最新型の魔力通信機で受け取った。

「それで……ヴァイトが行方不明になったのですか？」

唇が震えているのが自分でもわかった。

パーカーの声も、普段とは全く違う深刻なものだ。

『すまない、アイリア陛下。僕たちがついていたのに、逃げ延びるのが精一杯で何の役にも立てなかった。むしろ僕たちは足手まといだった』

我が身を責めるかのようなパーカーに、アイリアは落ち着いた声で呼びかける。

「いえ、パーカー殿たちがいてくれたからこそ、シュマル王子やフリーデたちが無事にカヤンカカ山まで撤退できたのだと思います。このような非常事態、不死のパーカー殿でなければ安心してお任せできません」

通信機の向こう側で、重い沈黙が流れた。

『……ありがとう、陛下。君たちは本当に……』

「頼りにしていますよ、パーカー殿」

アイリアは優しく言い、すぐさま魔王として命を与える。

「まずシュマル王子たちを王都エンカラガまで退避させてください。これは最優先です。王子たちが何と言おうが、捜索や救助には参加させてはいけませんよ」

パーカーは気を取り直したように、その命に応える。

『わかった。フリーデたちを同行させるよ。王子にはフリーデたちを王都まで送り届けるよう、君から頼まれたと伝えるから』

「そうしてください。ほら、やっぱりパーカー殿は頼りになるでしょう？」

『だ、大丈夫だから。僕はもう元気だよ。励まさなくていい』

照れたようなパーカーの声。どうやらもう安心のようだ。

アイリアは続けて指示を出す。

「友邦クウォールの一大事ですので、ミラルディアとしても座視はできません。調査と防衛のために、まず人狼隊十個分隊四十人を先遣隊として派遣します。ファーンに指揮させますので、パーカー殿は助言と補佐をお願いします」

『わかった。その大任を引き受けよう。相手が戦神じゃ生身の人間には荷が重いから、任務には人虎と人狼を使わせてもらうよ。僕の骸骨たちも出す』

「よろしくお願いします」

その後、細かい打ち合わせを行い、おおまかな段取りがまとまる。その頃には魔力通信機の魔力が尽きかけていた。海を越える遠距離通信は消耗が大きい。

「何かあればすぐ連絡してください。どんな些細なものでも構いませんから」

『わかった。ヴァイトは必ず連れて帰るから安心してくれ。彼が死んでいるはずがないからね』

「……ええ」

通信を切り、アイリアは机上に魔力通信機を置く。

そして精根尽き果てたように、机に突っ伏した。微かに肩を震わせる。

「ヴァイト、フリーデ……お願い、無事に帰ってきて……」

愛しい家族の身を案じるあまり、アイリアはそのまま動くことができなかった。

＊　　＊

俺は暗闇の中で目を覚ました。屋内のようだ。

「うっ……」

全身が痛い。特に脇腹が痛い。そういえば戦神ブルベルガにやられたんだった。

そっと触ってみると、傷口は残っていたが出血は止まっているようだった。強化術の「高速治癒」の効果が切れる前に、なんとか最低限の治療はできたようだ。

ただかなり失血したのか、思考がぼんやりしている。

そういえば、ここはどこだ？　真っ暗で何もわからないが、変身が解けているので暗視ができない。

確か俺はどこかから落っこちて意識を失ったはずだが、どこから落ちたんだろう。

「やっと目を覚ましたか。お前は言葉が通じるはずだな？」

古代語で話しかけられ、俺は反射的に身構える。だがこの声はブルベルガじゃない。

「安心せい、ここは砂に埋もれた古い廃城だ。お前は天井の穴から落ちてきおったのだ。ここならブルベルガにも見つかる心配はない。まったく、あの男は狂っておる」

そう呟いたのは七十代ぐらいの痩せた男性だ。粗末な布を体に巻いている。

あと、すっかり磨《す》り減った金属環を頭に被っているが、あれは何だろう。肩に掛けている布も、元の色がわからないほどに褪色して擦り切れている。何か違和感がある。

見た目の雰囲気は俗世を離れた苦行者のようだが、なんとなく胡散臭さを感じた。ユヒト大司祭のような、超然とした気配をまとっていない。

しかも魔力の保有量がかなり多い。千カイト以上あるのは確実だ。

おまけに魔力を隠蔽する術を使っているように見える。隠蔽して千カイト以上というのは、ちょっと普通ではない。

まさかこいつも戦神か？

「あなたは？」

警戒しながら俺が問うと、彼はこちらをチラリと見た。

「我が名はネプトーテス。ファルカンの地でオブラ派のドゥンネを極めし者よ。かつてはヨドスのクブラサを任されていた」

知ってる単語がひとつもない。俺の知らない古代語が多すぎる。師匠ならわかるかもしれないが、俺は一般的な単語しかわからないから無理だ。

どうやら彼もクウォール人ではなさそうだ。やはり警戒しておいた方が良さそうだな。

だが礼儀として挨拶はしておこう。

「俺はヴァイト。ミラルディアの者だ。助けてくれたのなら感謝する」

ネプトーテスは俺の名乗りにまるで興味がない様子だ。

「ミラルディア？　知らぬ名だ。北の地から来た者か」

「そうだ」

古代語の語彙力が乏しいのと、ネプトーテスへの警戒心があり、どうしても会話がそっけないものになる。

ネプトーテスと名乗った老人は無愛想な表情で俺を見る。

「ブルベルガとのやり取り、一部始終を見ておったぞ。あの男と相対して生き延びた者は初めて見た。落ちてきたお前を殺さなかったのも、言葉が通じると思ったからだ」

どうやらこの男、あの粗暴な戦神と何らかの因縁があるらしい。ますます警戒心が強くなる。

それにしても言葉の端々に傲慢さと冷酷さが垣間見えるな。好きになれない。

ネプトーテスは俺を値踏みするように上から下まで眺めた。

「お前も魔術師のようだな。強化術師か」

「そうだ」

ネプトーテスは少し興味が出てきた様子で、俺に質問してくる。

「教えろ。北の地には何がある？」

本当は答えたくないんだが、匿ってもらった恩がある。俺は渋々、正直に答えた。

「人虎と人間たちが住んでいる」

「ほう、まだ生き延びている者たちがおったか……」

この話しぶりからすると、南の方にはもう人間はいないらしい。

何が起きたのかは想像するしかないが、ブルベルガみたいなのがうろついてるのなら想像は容易だった。戦神は古代の戦略兵器だから一人で文明を滅ぼす力がある。

ネプトーテスは俺をじろじろ見ながら、交換条件のように情報をくれる。

「南の地は砂と岩ばかりの枯れ果てた死の大地となっておる。この長い間、誰も住んではおらん」

彼からは「嘘の匂い」はしない。そこそこ信用できそうだ。未知への誘惑には抗えず、俺は思わず食いついてしまう。

「何があったんだ？」

「ならば北の情報と取引だ。嘘はつくなよ？　北の地に戦神はいるか？」

「……いない」

この男に真実を教えたくはないが、俺はトレードは常にフェアでなければならないと思っている。フェアなトレードをするか、トレードをしないかの二択だ。

ネプトーテスはさらに問う。

「では人間たちを支配しているのは人虎か？」

「違う。これ以上は南の情報と交換だ」

「ふむ、よかろう。お前にはたっぷり情報を与えた方がよさそうだな」

ネプトーテスは薄く笑いつつ、こう答える。

「南のアクネイオンやカイネティロスなどの豊かな大国では、絶えず戦乱が続いておった」

うわー興味がある。凄く興味がある。こいつ歴史の生き証人っぽいぞ。やっぱり戦神か。戦神化すれば寿命で死ななくなるみたいだからな。しかし続きが聞きたい。

「戦を終わらせるための切り札となったのが戦神よ。戦神が一人いれば国を滅ぼせるからの。だが今度は戦神の数を競うようになった。そうなるとまあ、中には不心得者も出てくる」

核兵器と違って、戦神は自分で考えて行動するからな。

「もちろん服従や誓約の魔法はかけておったが、戦神を完全に縛ることなどできはせぬ。最後は戦神どもが暴れ出して全ての国が滅んでしもうたわ」

その光景は容易に想像がつく。

ネプトーテスは軽く溜息をつき、それから俺を見た。

「お前の話では、北の地では戦神は全て滅ぼされたようだな。何があった？」

話したくないが、ここまで丁寧に説明されたら喋《しゃべ》るしかないだろう。彼とはまだ完全に敵対していない。

「……人間の英雄が一部の戦神を味方につけ、暴れ回る戦神たちを討ち滅ぼしたと聞いている」

「ほう」

ネプトーテスは考え込む様子を見せた。

「人間に与《くみ》する戦神がおるとはのう。で、その裏切り者たちはどうなった？」

「残念だが俺は知らない。記録が何も残っていない」

これは事実だ。戦神がクウォールにいないのはほぼ確実だが、そこは説明せずにおく。

「では北の地には戦神はいないのだな？」

「いや、たまに現れる。俺も戦神の一人に副官として仕えていた」

俺は魔王フリーデンリヒターの副官だ。解任された覚えはないから、今でも副官のつもりでいる。

ネプトーテスは他の戦神をかなり警戒している様子なので、北の土地にも戦神が現れることは伝えておく。全て事実だ。

「お前の主はどうなった？」

「他の戦神と相討ちになった？」

二度の人生でいろんな人たちを見てきたせいで、信用していい人物とそうでない人物の区別はつく。ネプトーテスは信用できない人物だ。

彼はうなずく。

「お前の言葉に嘘がないことは我が術が証明しておる。その正直さを誇るがいい。おかげで命拾いしたのだからな」

カラカラと笑うネプトーテス。嘘をついていたら殺されていたのか。やっぱり仲良くなれる気が全くしない。

俺は警戒心を隠さずに問う。

「北の地の情報を得てどうするつもりだ？」

案の定、次の言葉は俺を身構えさせるのに十分だった。

「決まっておろう。支配するのだ」

「支配？」

嫌な予感が的中したようだ。俺はネプトーテスに気づかれないよう、そっと身構える。

ネプトーテスは楽しげに笑う。

「北の地に人間たちが暮らしているのであれば、その地を支配して安住するのだ。こんな砂と岩だらけの土地でブルベルガを避けながら暮らしていても、何も面白くないからの。もう何百年も酒の一滴すら口にしておらん。飽きたわ」

気持ちはわかるが完全に自業自得だろう。力だけあっても幸せにはなれないんだよ。そう言いたいのをぐっと我慢する。こいつが俺を殺す気になれば、一瞬でできるはずだ。

そう思っていると、ネプトーテスはニヤリと笑った。

「さてと、過去の話はもうよかろう。そろそろ未来の話をしようか」

「同感だな」

「わしはお前を匿ってやった。命の恩人だ。その命と忠誠をわしに捧げるのだ。北の地で案内役と通詞を務めよ。そうすればお前と郎党は今までと変わらぬ暮らしを保証してやろう。働き次第では側近に取り立ててやってもよい。文句はあるまい？」

クウォール侵略の手先になれっていうのか。冗談じゃないぞ。

それに俺は誰にも忠誠を誓わない。俺の主は俺自身だ。

俺は砂まみれの傷口にもう一度「高速治癒」の術をかける。そしてゆっくり立ち上がった。

「匿ってくれたことには感謝する。だがそれとこれとは話が別だ」

「従わぬのなら殺すまでだぞ」

本気の口調だった。隠蔽されている魔力量がわからないが、やはり戦神か。

魔術師なら戦神の膨大な魔力を最大限に活用できる。だとすれば俺よりも圧倒的に強い。

だがそれでも、俺は服従を拒否する。屈従なら前世で死ぬほどやった。今世ではもうお断りだ。

だから俺はサッと手を払い、きっぱりと言い返す。

「お前が戦神なら、約束を破ったところで誰も罰することはできない。そんな者と取引できる訳がないだろう。信用できない」

力しか信奉しない者は孤独だ。強くなればなるほど孤独になる。

一瞬、ネプトーテスの表情が醜く歪んだ。彼から「恐怖の匂い」がする。もしかすると、彼自身が最も恐れていた言葉だったのかもしれない。

「愚か者め。ならば死ぬがよい。ヴァス・グエス・エルピマヌエス！　ヴェス・ダン！」

未知の呪文を唱えたネプトーテスの指先から巨大な稲妻が迸《ほとばし》った。

直撃すれば即死確実の一撃だったが、稲妻は俺を逸れて明後日の方角に飛んでいく。驚いた顔をするネプトーテス。

「むっ？」

「空中放電はイオン化された空気に導かれる。知らないのか？」

俺は手を払ったときに、空気のイオン化を阻害する術をこっそり使った。慣れていない術なので、詠唱の省略には動作が必要だった。

ずっと昔、工業都市トゥバーンの攻略のために師匠が電撃の魔法を使ったことがあり、そのときに空気をイオン化するための術式が組み込まれていた。

ネプトーテスが何の術を唱えているのかはわからなかったが、放たれる前から空気の匂いが変わっていたので初手が電撃だと察知できた。人狼の嗅覚そのものは健在なようだ。

ネプトーテスは俺をじろじろ見た後、大儀そうに溜息をつく。

「面妖な術を……雑魚が手間を取らせるな。服従せぬのなら死ね」

「断る」

俺は堂々と言ってやったが、正直困り果てていた。戦神ブルベルガとの戦いで魔力も体力も消耗しきっていたし、傷も塞がっていない。

ネプトーテスは間違いなく戦神だ。さっきから大気中の魔力がヤツに向かって吸い寄せられている。

こいつが魔力を隠蔽している間は大気中の魔力の流れが止まっていたが、どうやら戦闘時には隠蔽ができないようだ。

「雷がダメなら炎をやろう」

ネプトーテスの指先から業火が放たれる。

だが炎の噴出は電流よりも遥かに遅い。俺は強化術で加速し、とっさに飛び退いてかわす。魔法の炎は長続きせず、一瞬で消えた。

「むう……」

不快そうに唸るネプトーテス。

戦神相手に戦うなんて、万全の状態でも時間稼ぎが関の山だ。今は満身創痍だから、ネプトーテスが戦神なら俺を殺すなど造作もないだろう。

だがどういう訳か、みみっちい破壊魔法しか撃ってこない。使った魔力はほんの数カイト。もちろん人間を即死させるには十分な威力だが、魔法の専門家である俺には通用しない。

なんでこんな手間のかかることをしているんだ？

そう思ったとき、俺はネプトーテスが何を恐れているのか気づいてしまった。

だからそれを突破口にする。

「お前、ブルベルガに気づかれるのを恐れてるんだろう？」

「恐れてなどおらぬわ。わしの方が強いのだからな。だが戦ったところで意味がない」

ネプトーテスはじりじりと後退している。俺が人狼化するのを警戒しているようだ。かなり慎重だな、こいつ。

だったらなおさらブラフが効くぞ。

俺はいちかばちか、余力を振り絞って人狼化した。傷口が猛烈に痛み、思わず叫んでしまう。

「ウガアァァ！」

「むぅっ!?」

ネプトーテスが慌てて術を展開する。俺の知らない術だが、何らかの防御魔法のようだ。

だが俺が狙っているのは、彼への直接攻撃ではない。

「アオオオォ――――ン！」

人狼の遠吠え。石壁がビリビリ震えるほどの大音量だ。

もしブルベルガが聞きつけたなら、すぐにここに向かってくるだろう。

ネプトーテスは真っ青になった。

「や、やめろ！　あの痴れ者に聞かれる！」

こっちはそれを狙ってるんだよ。

「アオオオォ――――ン！」

もう一発吠えてやると、ネプトーテスは慌てて部屋から飛び出していった。あの感じだと、どうやら移動用の魔法は使えないらしい。

砂に埋もれた城は地下迷宮のようになっていて、ネプトーテスがどこに逃げたかはわからない。人狼の嗅覚で追跡できるだろうが、むしろ今は距離を取らなくては。

ちなみにブルベルガに聞かれている可能性は全くない。天井に『消音』の術をかけておいたので、音は外には漏れずに吸収されてしまっている。

さすがに俺も戦神二人の大決戦に巻き込まれたくないからな。

「痛てて……」

ボロボロの体で人狼化したので、さすがに意識が遠くなってきた。だが今ここで倒れる訳にはいかない。ネプトーテスが戻ってきたら俺は殺される。

すぐに人狼化を解くと、俺は別の出口から部屋を出た。真っ暗な長い廊下を手探りで歩き、安全な場所を探し求める。

だが廃城のどこかにネプトーテスがいて、地上にはブルベルガがいる。二人の戦神を敵に回した状態で、どこに行けば安全を確保できるんだろうか。

気力が萎えそうになり、俺は壁に寄りかかる。信じられないほど一歩が重い。傷は痛むし喉も渇いた。何もかもが足りない。

「こりゃさすがに詰んだかもな……」

思わず独り言が口から出てくる。一度死んだ身だから、二度目の死も受け入れる覚悟はあった。

だがそのとき、脳裏にアイリアとフリーデの顔がよぎる。大事な大事な俺の家族だ。

俺が死ねば二人とも悲しむだろう。俺だって悲しい。

もう一度、二人に会いたい。

まだ死ねない。

「くそ……」

俺は壁をつかんで体を支え、もう一歩だけ前に進む。

まだいける。もう一歩。

もう一歩……。


ネプトーテスから遠ざかることだけを考えて歩き続けていくうち、俺は廃城の下層へと向かっていった。長い螺旋《らせん》階段を降りていく。

そのうち、俺は自分が本当に歩いているのかわからなくなってきた。暗闇の中で思考と感覚が麻痺してきたようだ。

おまけに幻聴まで聞こえてくる。

——ようやく来たかと思えば、満身創痍ではないか。

誰だ？　なんだか妙に親しげで、そして頼りがいのある声だが。それに聞き覚えがある。

――それはそうであろう。「親子は一世、夫婦は二世、主従は三世」などという言葉もあるが、縁とは奇なものだ。いや、余とそなたの間柄は主従とは違う気がするな。

この楽しげで力強い声は、まさか……。

＊　　＊

クウォール王国が生まれる、少し前の話。

聖河メジレの流域もまた、戦神たちによって手ひどく荒らされていた。人間たちが小さな国を作っても、すぐに戦神たちが襲ってきて支配しようとするのだ。

そして戦神が支配する国はすぐに廃れてしまう。戦神は人の姿をした天変地異だ。いつ殺されるかわからないのに、おちおち生活などできない。

そんな中、一人の男がこの地に生まれ落ちた。


（また戦で死んだと思えば、またしても新たな生を授かるとはな。修羅道に落ちた私を神仏は未だお許しにならぬようだ）

峡谷を貫く強風の中で、己の頬を撫でる男。鱗のない素肌の感触はどこか懐かしくもあり、また頼りなくもあった。

彼は生まれついての戦神だった。

幼少時から武芸では無敗。大の大人を苦もなく打ち負かし、剣術試合で百人抜きを達成したのは八歳のときだ。

だがやがて「戦神ではないか」という噂が立ち、故郷を離れることを余儀なくされた。戦神は災厄の象徴だからだ。

その後、故郷は別の戦神によって滅ぼされたと聞いている。

（力なき者が生きていくのは楽ではないが、力しかない者が生きていくには孤独な世界だ。前世の方がずっと満ち足りていたのではないか）

今は森の中で狩りをして暮らしている。それは竜人であった前世と同じだが、今世では共に暮らす仲間たちがいない。戦神というだけで恐れられ、誰も近寄ろうとはしない。

（これも前世で力に溺れた報いであろうな。輪廻の環を脱するにはまだまだ未熟ということだ）

そのとき、視界の隅に動くものがあった。

「むんっ！」

投げつけたのは腰に差した曲刀ではなく、何の変哲もないただの小石だ。

だが戦神が放つ石弾となれば、その威力は歩兵銃の銃弾を上回る。茂みを貫いた石弾は数十メートルを直進し、狙いを過たずに獲物を直撃した。短い鳴き声をあげて鹿が倒れる。

男は鹿に歩み寄ると、合掌してしばし黙禱した。

「許せよ」

小刀を抜いて血抜きを始めようとしたとき、男は振り返らずに告げる。

「そこにいるのはわかっている。この鹿肉を所望なら、快く分け与えようぞ」

すると茂みをガサガサと掻き分けて、一人の若者が現れた。

「いえ、そういう訳じゃないです。えーと、あなたが噂の戦神ですか？」

「ははは、こんな隠遁生活をしている私が世間の噂など知る訳がなかろう。だが戦神と呼ばれたことはあるな」

そう答えると、若者はどこかホッとしたように笑みを浮かべた。

「よかった、噂と違って優しそうな人だ……。申し遅れました。僕はシュマル」

「シュマル殿か。私は……」

男はふと、言葉に詰まる。

（私は何者なのだろうな）

思い悩む男に、シュマルと名乗った若者は不安そうに声をかける。

「あの、どうかしましたか？」

「ああ、すまぬな。私のことは……そうだな、リヒターとでも呼んでくれ」

「リヒター殿、ですか？」

「そう。ただの人《リヒター》だ」

男は苦笑する。

（過ちを繰り返して悔いばかり残してきた私に、他に名乗れる名などありはしないからな）

軽く首を振ると、リヒターはシュマルに笑いかける。

「何やら私に用がありそうだが、まずは腹ごしらえにせぬか？　シュマル殿も相当に腹を空かせている様子だ」

「えっ!?」

シュマルが驚いた顔をした途端、彼の腹から情けない音が聞こえてきた。

思わず苦笑いを浮かべるシュマル。

「すみません、持参した食料が尽きてしまいまして……」

「ははは、ではすぐに肉を焼くとしよう」

森の中にうっすらと煙が立ち上ったのは、それからすぐのことだった。


塩焼きにしただけの素朴な鹿肉を頬張りながら、シュマルはリヒターに事情を説明する。

「僕は近くのカヤンカカ山に暮らす農民です」

「あの辺りに人が住んでいたとは知らなかったな」

「十年ぐらい前に僕の一族が流れ着いて、森を切り開いて集落を作ったんです。故郷は戦神同士の争いでメチャクチャになってしまいまして……」

辛そうな顔をするシュマル。

彼の話によると、開拓地は最近ようやく暮らしが安定してきたのだという。

リヒターは深くうなずく。

「この辺りは地味《ちみ》が良いが、それでもメジを育てるには土作りが必要であろうからな。土を育てるには数年かかる」

「よくご存じですね。失礼ですが、戦神という方々は農作業などなさらぬものだと思っていました」

感心した様子のシュマルに、リヒターは串肉を差し出しながら笑いかける。

「こう見えても子供の頃は、親の手伝いをして田植えや稲刈りをしたものだ」

「タウエ？　イネカリ……？」

「存じないか。水田で育てる白い穀物なのだが」

「いえ、知りませんね……」

申し訳なさそうな表情のシュマルに、リヒターは首を振る。

「すまぬな。どこかで栽培しておれば、また食せると思ったのだが」

（やはり米はない、か。気候風土は適しておるのに残念だ）

前世のミラルディアと違い、ここは温暖湿潤だ。稲作には申し分ない。

この辺りで食べられているメジという雑穀は、リヒターはあまり好きではなかった。どことなく、戦火の中で食べた粗末な食事を思い出すのだ。

「それでシュマル殿、農業がうまくいっているのなら戦神などに用はあるまい。何か武力を要する問題でも起きたか？」

するとシュマルは沈痛な表情でうなずく。

「御明察の通りです。アガルという戦神が村に目をつけました。服従せねば村を滅ぼすと言われ、僕の一族はアガルの奴隷になっています。僕は我慢できずに隙を見て逃げ出しました」

「無茶をする。見つかれば殺されただろう」

リヒターは驚いたが、シュマルはどこか誇らしげですらあった。

「僕は誰の奴隷にもなりません。僕が仕えるのは僕自身です。以前からこの近くに別の戦神がいると聞いていましたので、思い切って助けを求めることにしました」

「蛮勇だな。だがその勇気に報いねば義がすたる」

リヒターは迷わなかった。

「私の武勇が通じる相手かどうかはわからぬ。負ければ私もシュマル殿も殺されよう。下手をすれば村の者たちも危うい。だがそれでも、屈従からの解放を望むか？」

「はい」

シュマルはきっぱりと即答した。迷いはなかった。

「僕たちの一族はもともと、戦神の支配から逃れてカヤンカカ山に来ました。あんな暴力的なヤツの支配を受け入れる気はありません」

「わかった。そなたらの命、謹んで預かろう」

リヒターは鹿肉を平らげると、スッと立ち上がった。

この戦いには何の見返りもない。あるのは危険だけだ。

（戦神を倒したところで私もまた戦神だ。畏怖されて追い出されるだけであろうな）

だがそれでも、不思議と迷いはなかった。不正義が罷《まか》り通っているというだけで、命を懸けて戦う理由としては十分すぎた。

それと、シュマルという若者に好感を抱いたのも大きい。

「シュマル殿、感謝するぞ」

「えっ、なぜです？　言っておきますけど、僕の村にはメジぐらいしかありませんからね!?」

不安そうなシュマルを見下ろして、リヒターは呵々と大笑する。

「そういう見返りは求めておらぬ。なぜなら私はもう、見返りをもらっておる」

「あの、それってどういう意味ですか？」

「なに、過去に悔いを残してきてな。力による非道は力でしか止められぬ。今度こそ、その力になろう」

腰に差した曲刀の鞘をパンと叩き、リヒターは微笑んだ。

「さあ、シュマル殿。正義を行うとしよう」

「はい」

青年はこっくりうなずいた。

＊　＊

俺は目の前の光景が何なのか、自分でもわからなかった。夢なのか、それとも何者かが見せている幻なのか。

わからないが、目の前の光景が少しずつ遠ざかっていく。

待ってくれ。行かないでくれ。

俺は壁に寄りかかりながら、その光景の続きを見るために歩き続けた。

＊　＊

奇怪な入れ墨だらけの巨漢が、リヒターと対峙していた。

「なんだ貴様は？　戦神か？」

「そう呼ぶ者もいる。我が名はリヒター。貴殿に尋常の勝負を申し込む」

腰の曲刀を音もなく抜いて、リヒターは正眼に構えた。

「抜かれよ。勝負を受けぬのであれば、この村は私がもらい受ける。命は取らぬゆえ、早々に立ち去るがよい」

「はっ、ふざけた野郎だ！」

巨漢は笑いながらジャンプした。見た目からは想像もできない俊敏さだ。人間の目には追うことすらできない。

「死ね！」

だがリヒターは曲刀を合わせることすらせず、その一撃を回避していた。

「鎖か」

「わかったところで遅えぜ。剣じゃ鉄鎖には勝てねえ」

戦神アガルは錘《おもり》のついた鎖をヒュッと引き戻しつつ、嫌な笑みを浮かべる。

「俺の鉄鎖術は打つも払うも絡めるも、何でもござれだ！　そんなありふれた剣一本で勝てるものかよ！　くらえ！」

ビュオッと風を切る音が聞こえて、リヒターは瞬時に動いた。後ろでも横でもなく、前にだ。

驚くアガル。

「なにっ!?」

（鎖は遠心力を使う武器だ。離れるほどに威力を増す。そして近づけば……）

リヒターが突きの態勢に入った瞬間、アガルがニヤリと笑う。

「かかったなバカめ！」

鎖を投げ捨てて、アガルはリヒターに組み付いてきた。

「鎖だけが武器じゃねえんだよ！　この俺様の怪力の餌食になりな！」

（当然、鎖使いは懐に入られたときの対策をしている。やはり組み討ちか）

リヒターは瞬時に曲刀を捨て、アガルの腕を掴む。アガルの巨木のような足を軽やかに払うと、彼を地面に叩きつけた。そのまま押さえ込む。

「ぐおぉっ!?」

アガルは戦神特有の凄まじい力で抵抗を試みているが、リヒターは同じだけの力で押さえ込んでいた。技量ではリヒターが圧倒的に上で、アガルは持ち前の力をうまく発揮できない。いくらじたばたしても地面が穿たれ、石が砕けるだけだ。

みしみしと骨が軋《きし》む音がして、それはやがてボキゴキという不気味な破壊音に変わっていく。

「や……やめろぉっ！　やめ……」

「我ら戦神には互いの信頼を担保するものがない。それゆえ降伏は認められぬ。修羅道の報いと知れ」

最後にボギンという大きな音がして、アガルは動くのをやめた。首があらぬ方向に曲がっている。

（戦神と呼ばれていても、我らは神などではない。やはり殺せば死ぬのだ）

リヒターが立ち上がると、シュマルが恐る恐る近づいてきた。

「あの、もう決着ついた感じですか……？」

リヒターは曲刀を拾って鞘に収めると、物言わぬ骸《むくろ》と化したアガルに手を合わせる。

「手加減する余裕はなかった。未熟な私を許せ、アガルよ」

「つ……強いんですね、リヒター殿。それも、とてつもなく」

感心した様子のシュマルに対して、リヒターは軽く首を振った。

「いや、アガルが弱かっただけだ。この男、戦神同士の戦いには不慣れな様子だった。おおかた大河近辺から追い払われて、この地に落ち延びてきた弱い戦神だったのだろう」

「戦神に弱いも強いもあるんですか」

「あるのだよ、シュマル殿」

寂しげに笑うと、リヒターは彼に背を向ける。

「この村の脅威は去った。後は私が去るだけだ。何かあればまた呼んでくれ」

「ま、待ってくださいよ!? お礼がまだですから！」

シュマルはそう言って引き留めたが、リヒターはすたすた歩き出す。

「村人にとってはアガルも私も同じ戦神だ。おらぬ方が平和というもの」

「いやいやいやいや!? なんでそう帰りたがるんです!? おいみんな、リヒター殿をおもてなしして！早く！」

リヒターは一刻も早くこの場を立ち去りたかったが、シュマルは彼の服の裾をつかんで離さなかった。ずるずる引きずるような形になってしまい、リヒターは困って立ち止まる。

「離してくれ」

「いいえ、離しません！ このシュマル、受けた恩は必ず返します！」

「しかし村人たちが怖がっているぞ」

リヒターは村人たちの視線に気づいていた。彼らは嬉しさ半分、怖さ半分といった様子で、家々の陰から恐ろしそうにリヒターを見つめている。歓迎の雰囲気ではない。

シュマルは悲しそうな顔をした。

「嘘だろ!? みんな、この人が村を救ってくれたんだぞ!? 怖がらなくていいんだ！」

「よせ、シュマル殿。虎が虎を退治したところで、そこにまだ虎がいることに変わりはない。皆を責めるのは酷というものだ」

リヒターはそう言うと、村人たちに軽く一礼した。

「騒動を起こして済まなかったな。そなたらの平穏を乱す気はない。では御免」

「いーやーだー！　絶対に離しませんよ！　僕はそんな恩知らずじゃありません！」

「その気持ちだけで十分だよ、シュマル殿」

リヒターはシュマルを引きずって歩き出す。

しかしシュマルはそのまま、どこまでも引きずられてきた。

「……離してくれ」

「離しません！　絶対に！」

「困ったな」

リヒターは再び立ち止まったが、もう村は見えない。

一方、シュマルは泥だらけになりながらリヒターにしがみついている。

「これは僕自身の問題なので、リヒター殿が困っても離す訳にはいかないんです。僕はリヒター殿にお礼がしたいし、リヒター殿のことを尊敬しています。このまま別れるのは嫌です。リヒター殿が村を離れるのなら、僕も村を離れます」

「そう言われてもだな……」

リヒターは溜息をついたが、ふとシュマルの顔をじっと見る。

（顔立ちも性格も全く違うのに、どこか似ているな。この義理堅さと一途さ）

リヒターの脳裏に一瞬、あの若者の笑顔が浮かぶ。懐かしいあの笑顔が。

まだしがみついたままのシュマルを見下ろしつつ、リヒターは考え込んだ。

(あの者なら、ここでシュマルと別れろとは言わぬであろうな……。下手をすれば、しがみついてくるのが二人になる)

想像しただけで笑えてきて、リヒターは思わず笑みを漏らしてしまう。

「ふっ」

「あ、笑いましたね？　認めてくれたということでいいんですか？」

「仕方あるまい。ここでシュマル殿を無理に引き離すのも危険だ。そなたの性分を考えれば、私を追いかけて山野を徘徊しかねん」

「わかりますか」

「昔、そなたのような若者と親しくしていてな。何となくわかる」

リヒターは苦笑して、片手一本でシュマルを引き起こした。

「わわっ!?」

驚くシュマルをストンと立たせて、リヒターは彼の頬の泥を拭ってやる。

「まったく、いつも無茶ばかりする」

「誰のことです……？」

「さて、誰のことであろうな」

リヒターは適当にごまかし、それからこう続けた。

「やはり戦神の横暴は見過ごせぬ。私は他の村々も救おうと思う。かなり危険な旅路になるが、そ

れでもついてくるか？」

「もちろんです」

シュマルが真剣な表情でうなずいたので、リヒターもうなずき返す。

「ではこれより私とそなたは旅の道連れだ。旅の終わる日まで、共に歩もう」

「はい！」

こうしていささか風変わりな二人の旅路が始まった。

＊　＊

俺は真っ暗な通路を這うように進みながら、目の前の不思議な光景を必死に追いかけていた。

リヒターと名乗った戦神は、シュマル王子と同じ名前の若者と旅を続けていく。

確かシュマルというのは、クウォールの建国王の名前だったはずだ。人の身でありながら戦神ジャーカーンを倒した英雄でもある。

そしてもうひとつ、見逃せないことがあった。

古代語では「ただの人」は、「コルモ・マルン」とか「ノール・マルン」などという。クウォール語なら「タシ・メッサ」あたりだ。いずれも「リヒター」ではない。

ロルムンド語やミラルディア語でも「リヒター」とは言わない。

だとすれば、この人は……。

俺はひとつの可能性を考えつつ、遠ざかる幻影を必死に追った。

＊　＊

リヒターとシュマルの旅路は波乱続きだった。

「リヒターさぁん！」

「シュマル殿、絶対にそこを動くなよ！」

リヒターの曲刀が火花を散らし、凄まじい勢いで人間たちを斬り捨てていく。

彼らは今、戦神ではなく山賊に襲われていた。旅の危険は戦神だけではないのだ。

「私を戦神リヒターと知って勝負を挑むか」

「バカ言え、戦神が人間を守る訳ねえだろ！　死ね！」

そう叫んだ瞬間、山賊の体が唐竹割りになる。リヒターが斬り捨てたのだ。

既に十人以上の骸が転がっている。山賊団は半分に減っていた。

「な、なんだこいつ……」

「まさか本当に……？」

残った山賊たちが恐怖の表情を浮かべたとき、リヒターは刀身の血脂を払いながら静かに告げる。

「人を殺める気なら、殺される覚悟もできておろうな？」

あくまでも確認の問いかけだったのだが、それは山賊たちの闘志を砕くのに十分だった。

「無理だ、勝てねえ！」

「に、逃げろ！」

仲間の骸を蹴飛ばすようにして走り去る山賊たちを見送り、リヒターは曲刀を鞘に収める。

「人の世を救おうとしても、人そのものがこれではな」

溜息をついたリヒターだったが、そこにシュマルが駆け寄ってくる。

「ダメですよリヒターさん！　あいつらに情けをかけた分、旅人が殺されるんですよ！　それに……」

「それに何だ？」

リヒターが問うと、シュマルは悲しそうな顔をした。

「そうやって辛そうな顔をするリヒターさんを見るのは、僕も辛いです。あいつらは悪人なんですから、気にする必要はありませんよ」

「……そうだな」

リヒターは微笑むと、シュマルの肩に手を置いた。

「友の優しさが私を強くする。この優しさを背負っている限り、私の心は折れぬだろう」

「だからそういう気配りもいりませんってば。僕に優しくしなくていいですから、自分に優しくしてください」

「わかった、わかった」

なんだか楽しそうな道中だな。この二人の旅路をずっと眺めていたい。

＊　＊

リヒターは他の戦神とも戦い、その戦いはいつも激しいものになった。戦神同士の戦いは巨象の群れが暴れているのと変わらない。いや、もっと凄まじい。

だがリヒターは周囲への被害を最小限に抑え、持ち前の技量と度胸で常に勝ち続けた。彼の言葉通り、友であるシュマルの存在が彼を支えているようだった。なんせリヒターが負ければシュマルも殺されかねない。

幼いリューニエ皇子を剣聖バルナーク翁が孤軍奮闘して守り抜いたときも、俺が幼いフリーデを守って人買いたちと戦ったときも、守るべき存在が戦う者を強くした。きっとリヒターも同じなんだろう。

この旅路の中で、戦神の中にも志を同じくする者が現れる。リヒターの生き様に感銘を受けた者が、ごくわずかだがいたのだ。彼らはシュマルやリヒターの仲間となり、やがて人間たちも巻き込んでひとつの集団になっていく。

そういえば魔王軍も、フリーデンリヒター様とうちの師匠が意気投合して始めた組織だったな。

俺が参加した頃にはもうすっかり立派な武装ゲリラ組織になっていたが、結成時はこれといった名称もなく、あんなに膨れ上がるとは予想もしていなかったという。

おかげで組織として洗練されておらず、副官と副長の区別がなかったり、文官と武官の区別が曖味だったりと色々問題があった。もっともこれは、当時の魔族たちが複雑な組織に適応できなかったのも一因だ。フリーデンリヒター様のせいじゃない。

ともあれ、リヒターとシュマルの旅路は多くの仲間を生み出すことになり、いつしか「戦神たちの支配から大河メジレを取り戻す」という目的が共有されるようになった。

そしてついに、その日が来る。

＊　＊

「ジャーカーン！　お前の負けだ！　降伏しろ！」

すっかり精悍な顔立ちになったシュマルが、堂々とした態度で叫ぶ。

だが血まみれで横たわる戦士は嘲《あざけ》るような笑みを浮かべた。

「断る……俺は戦神だ。人間どもに屈するぐらいなら死ぬ……」

戦神ジャーカーンの周囲には数人の戦神たちがいたが、全てシュマルの盟友だった。いずれも剣や槍を構え、厳しい表情でジャーカーンを取り囲んでいる。

その中にはリヒターもいた。

「シュマル殿、こやつの望み通りにしてやろう。人の生き様というものは、そうそう簡単に変えられるものではないのだ」

「でもリヒターさん……」

シュマルは辛そうな顔をする。

「あんなに恐ろしいと思っていた戦神の中にも、こんなに良い人たちがいたんです。ジャーカーン、今からでも遅くない。僕たちと共に歩まないか？」

しかしジャーカーンは無言で首を横に振った。もう話し合う気はなさそうだった。

ますます辛そうな顔をするシュマル。

「そうか……。わかった。ジャーカーン、僕はお前の生き方に敬意を払う。だがその生き方は僕たちを脅かす。だから討つ」

無言のまま、シュマルを見つめるジャーカーン。

シュマルの言葉を受け、リヒターが曲刀を上段に振り上げた。いかに瀕死といっても、相手は戦神。人間の腕力ではとどめすら刺せない。戦神の助けが必要だ。

リヒターは静かに告げる。

「有象無象の戦神たちと違い、そなたは誇り高い男であった。我らの名が忘れられても、最後の戦神ジャーカーンの名は人の歴史に刻まれよう」

驚いたようにジャーカーンがリヒターを見上げる。

そして穏やかな表情で目を閉じた。

「……だといいな」

「では、介錯つかまつる」

美しい太刀筋は流星のようにジャーカーンの首筋を流れた。

リヒターは曲刀を下ろし、片手でジャーカーンの骸を拝む。

「成仏いたせ」

そこにシュマルが歩いてくる。

「終わりましたね」

「ああ、終わった。この大河メジレの周辺には、人に害を為す戦神はもうおらぬ」

残っているのは全て、シュマルと心を通わせた穏やかな戦神たちだ。彼らは争いや支配を望んでおらず、むしろ人間に戻りたがっている。

その一人が傷だらけの顔に笑みを浮かべた。

「後は人間に戻るために、空っぽの秘宝を見つけるだけだな。そっちも頼むぜ、我らが主よ」

他の戦神たちもうなずく。

「ああ。遺跡で見つけた秘宝は、敵の戦神を封じるのにあらかた使っちまったからな」

「これでやっと元の暮らしに戻れるよ……」

「なんせ肘や肩がぶつかっただけで壁に穴が開くからな。このままじゃ左官職人に弟子入りしなきゃならん」

「それはお前だけだ」

わいわいと楽しそうな雰囲気の中、リヒターはシュマルと向き合う。

「全てが終わった後、シュマル殿はどうなさるのか」

「まだ決めてませんけど、みんなの面倒を見たいなと思っています。せっかくお互い仲良くなれたんですし、これからも仲良くできたらいいなって」

照れくさそうに笑うシュマルを見て、リヒターはうなずく。

「では私をシュマル殿の副官にしてはもらえぬか？　つまりは雑用係だな」

「リヒターさんが僕の雑用係!?　逆じゃなくて!?」

「一回ぐらいは誰かを補佐する人生があっても良いだろうと思ってな。以前、私の若い友人が実に楽しそうにやっておった。私もやってみたいのだよ」

そう言ってリヒターは笑った。

＊　＊

おいおいおい。やっぱりこのリヒターって戦神、俺の知ってる人にそっくりだぞ。ていうか、なんでみんな副官をやりたがるんだ。こういう地味な役回りは、俺みたいな小物に任せときゃいいんだよ。大物はトップに立て。

なんだかおかしくなってきてしまったが、俺は元気が出てきた。体は重いが、まだまだ動けそうだ。

少しずつ遠ざかる光景を追いかけ、俺はよろめきながらも前に進む。

＊　＊

「やれやれ、副官にはしてもらえなかったな……」

すっかり復旧されたジャーカーンの居城で、リヒターは軽く溜息をつく。

立派な装束を身に着けたシュマルが困ったように笑った。

「そりゃ無理ですよ、リヒターさん。いえ、リヒター公。ここから南には、まだ多くの戦神がいます。ここで元戦神たちを率いて、クウォールを守ってください」

「王命とあれば仕方あるまい。謹んで拝領するまでだ」

リヒターは冗談めかして言い、こう続ける。

「この城の後背には秘宝の隠し倉庫もあるからな。そういえば秘宝の番人は誰に任せるつもりだ？」

「人虎さんたちにお願いすることにしました。ほんの数家族ですが、戦神化しなくても人間より遥かに強いですから」

シュマルの言葉に、リヒターは目を閉じる。

「……そうだな。戦神も恐ろしいが、戦神の力を欲する人間も恐ろしい。最も警戒せねばならぬのは、むしろ人間の方だな」

「ええ。秘宝が必要なときは、いつでも引き出してください」

「承知した。有事の際には元戦神たちに支給するとしよう」

そう答えたリヒターは、ちらりとシュマルを見る。

「で、私は戦神をいつ辞められるのだ?」

「南の戦神たちも怖いですし、遊牧民とのゴタゴタもありますから、国が安定するまで待ってもらえませんか? あと五年……いや、七年ぐらい? これは命令じゃなくてお願いです」

「そう来たか。友の頼みでは断れぬな」

苦笑したリヒターは、王となった友の背中をポンと叩いた。

「ではせめて、今宵は一献酌み交わそう。妻が何やら旨そうなものを作っておってな。それに娘たちが国王陛下に拝謁したいと」

「やだなあ、そこは『シュマルおじさん』でいいんですよ」

「ははは」

結局それから三十年以上、リヒターはここで「戦神公リヒター」として鎮護の任にあたることになる。

＊　＊

「アイーリャおばあさま、ここに何があるの?」

あどけない少女が老婆を見上げている。

すると老婆はにっこり笑った。

「あなたのひいおじいさまのお墓があるのよ。お参りしてきましょうね」

「はぁい。ねえ、私のひいおじいさまって、どんな人だったの？」

少女の問いかけに、老婆は遠い目をする。

「そうねえ……とても真面目で、仕事熱心で、優しくて、強くて、物知りだったわ」

「えっと、それって、おじいさまみたいな人ってこと？」

「ふふ、そうとも言えるわね。あの人もお父様にそっくりだから、好きになったのかもしれないわ」

老婆は祭壇に右膝をつくと、そこに飾られた曲刀に一礼した。

「父様。あなたの孫のアインダーウがバッザ港を発って北の海を渡るそうです。海の彼方に大陸があるという噂を聞き、調査隊を志願したんですって。……まったく、父様にそっくりですよ」

そう言って、老婆は少女の背中を押した。

「さあ、あなたもひいおじいさまに御挨拶なさい。そして父様の旅の無事を祈りましょう」

「はぁい。えっと、ひいおじいさま、父上をお守りください。あと私も北の大陸に行きたいです！」

少女は目を輝かせてぴょんと跳ねた。

＊　　＊

俺はハッと我に返った。周囲は静寂と暗闇に満たされ、俺以外に動くものは何もない。……幻覚だったのか？

ただ、さっきの光景には、少しだけ気になることがあった。

「アイーリャ」はクウォールによくある人名だが、ミラルディア語表記では「アイリア」になる。

ついでに言うと、「アインダーウ」は「アインドルフ」になる。

——アイリア・アインドルフ。

俺の嫁さんの名前だ。とても偶然とは思えない。

アインドルフ家はクウォールに先祖を持つ南部系の貴族だ。そしてクウォール流の名乗りでは「アインダーウの子、誰それ」となるので、初代当主の名前が家名になりやすい。

信じられない話だが、俺はアインドルフ家の源流を探り当ててしまったのだろうか。


「ここは……」

いつの間にか、俺は地下室のような場所に迷い込んでいた。窓も照明もないのに薄明かりに包まれていて、かろうじて周囲の様子を見ることができた。

ここは不思議な安らぎに満ちている。それに魔力が安定している。

薄明かりの源を探すと、石の祭壇が見つかった。その上には古びた曲刀が一振り、台座に安置されている。

驚いたことに、曲刀は日本刀にそっくりだった。装飾などの意匠はクウォール風なのだが、反りや長さは日本刀そのものだ。

「まさかな」

俺は半信半疑で曲刀に触れる。

その瞬間、灼けるほどに強い魔力を感じた。なんだこれ、一万カイト以上あるぞ。もしかして、戦神の力を封じた「秘宝」か？

魔力が漏れ出さないように気をつけつつ、そっと刀を鞘から抜いてみる。

「あっ!?」

刀身に刻まれていたのは、まぎれもない日本語だった。たった二文字、「平和」とだけ銘が切られている。

平和。

誰でも知っている手垢のついた言葉。座右の銘にしては平凡だし、特に格好いいものでもない。武器に刻む銘としてもちぐはぐだ。

だがこの二文字を誰よりも欲していた人を、俺は知っている。その人は一軍を率いる王であり、平和のために戦うという矛盾を最後まで背負い続けた。

そして俺と同じ、日本からの転生者だ。おそらく戦前の日本からの。

「こんなところに……こんなところにいたんですか」

俺は鞘に収まった刀を抱きしめて、不意に目頭が熱くなった。

あの人は古今の漢詩を諳《そら》んじ、英語もドイツ語も堪能だった。愛刀に切る銘ならいくらでも風雅

で趣あるものを選べたはずだ。俺なんかよりずっと博識だったからな。

でも俺は知っている。

あの人が本当に欲しかったもの、守りたかったものが「平和」だということを。あの人にとってはどんな珠玉の言葉よりも貴重で、どんな格言よりも重い言葉だろう。

あの不器用で無骨な生き様は、何度生まれ変わっても変わらないようだ。

「まったく、あなたって人は」

そりゃ師匠が捜しても見つかる訳がないよ。過去に飛んじゃってたんだもん。「神世の大鳥居」で転生者を召喚しようとしたワの人々が、転生者を過去のロルムンドに送り込んでしまった事例がある。勇者ドラウライトがそれだ。

どうやら転生では異世界を渡るだけでなく、時間すら超越してしまうらしい。

「やっと手がかりを掴んだと思ったのに、またいないのか……」

本当に勝手すぎる。戦神のまま不老不死でここにいれば良かったのに。なんで魔力を封印して人間に戻っちゃうんですか。

でもそういうところが、とてもあの人らしいと思った。

「ありがとうございます。アイリアの祖先になってくれて……」

戦神リヒターの愛刀は不思議な温もりと安らぎがあり、体に魔力が満ちてくるのを感じる。「高速治癒」の術が活性化し、傷も癒えてきた。

何より気持ちが落ち着いてきた。あの日の喪失感が少しだけ埋まり、心のどこかが満たされた気分になる。

でももっといろいろ考えたいのに、なんだか猛烈に眠く……。

＊　＊

「黒狼卿救出作戦」

私はお父さんに言われた通り、カヤンカカ山を目指して歩いていた。

ビシッと油断なく背後を振り返りつつも、不安そうな顔をしているシュマル王子に声をかけたりする。

「戦神のことはお父さんに任せとけば大丈夫！　なんたって、勇者アーシェスを倒した伝説の黒狼卿なんだから」

「クウォールのことでヴァイト先生を危険な目に遭わせているかと思うと、とても平静ではいられないよ。逃げることしかできない自分が恥ずかしい」

シュマル王子は目に見えて落ち込んでいたので、私は明るく笑ってみせる。

「みんな、それぞれに役目があるからね。シュマル王子は逃げるのが役目だよ」

「ああ、わかっているよ。ありがとう、フリーデ。やっぱり君は……」

目を潤ませたシュマル王子の言葉を、侍従のティリヤがすかさず遮る。

「殿下、足下にお気をつけください。転んだりして無様な姿を見せれば、皆がますます不安になります。役に立たないなら立たないなりに、普段通りになさってください」

「そうだね。せめて皆の士気を保たないと」

表情を引き締めたシュマル王子は、すぐに笑顔の仮面で本心を隠した。

「皆、カヤンカカ山が見えてきたよ！　人虎族の集落まであと少し、助け合いながら進もう！」

退却中なのに「進もう」と言ったのは、皆の士気を落とさないためだ。たぶん。さすが王子様、細かい気配りが行き届いているなあ。

調査隊のみんながカヤンカカ山の麓、登山道の入口付近にたどりついたところで、私はそっと隊列を離れた。

行かなきゃ。お父さんを助けないと。

戻ろうとしたとき、背後からイオリが声をかけてきた。

「フリーデ、どうするつもり？」

「お父さんを助けに行く」

するとユヒテたちまで振り返ってきちゃった。

「どういうこと？　危険よ？」

「フリーデ、これは危険だよ。おじ上の命にも反している」

シリンも心配そうに言うけど、私は首を横に振る。

「お父さん一人じゃ、戦神には勝てない。たぶん逃げるのも無理」

「さすがに逃げるぐらいは余裕じゃないか？　ヴァイト教官はあの巨竜と不眠不休で戦い続けたんだぞ？」

ヨシュアが気楽そうに言う。

この中で魔術師なのは私だけだ。みんな、戦神とそれ以外の魔力の差を理解していない。

だから私はなるべく簡潔に説明する。

「この前倒したあの巨竜は、まだ戦神化していなかった。戦神ならあれぐらいは一撃で倒せると思う」

「待ってくれフリーデ。あの巨竜は、おじ上がどうしても倒せなかった強敵だよ？」

シリンが驚いた声をあげたけど、私はうなずく。

「そう。戦神とそれ以外では勝負にならないの。お父さんは戦神以外ならたぶん地上最強の一人だと思うけど、戦神じゃない。だから勝負にならない」

みんなが黙り込んだので私は続ける。

「それとね、人狼は群れで戦う種族なの。二人以上になったときに本当の力が発揮できるんだ。だからお父さんは人狼隊を四人でひとつの分隊にして、どんなときでも二人以上で動けるようにしてる」

四人のチームなら一人が負傷しても、一人が負傷者を運んで、残った二人で敵を食い止められる。

だからお父さんが指揮していた頃、人狼隊からは一人の戦死者も出なかった。

あとみんなには内緒だけど、お父さんの中身は人間だ。人間も群れで戦う種族で、一人じゃ何にもできない。まあ、戦神になれば別だろうけど。

「お父さんを生還させるためにも、もう一人誰かが必要だと思う。私は人狼の魔術師だし、お父さんの戦い方や考え方をよく知っている。だから私が行く」

「……そういうところ、本当におじ上にそっくりだ」

シリンは溜息をつき、それからみんなを見回す。

「フリーデの幼なじみとして断言するけど、僕たちが止めても彼女は行くよ。どうする？」

「私たちでは足手まといにしかならないし、困ったわね」

ユヒテが頬に手を当てて悩ましげな顔をしたけど、すぐにニコッと笑った。

「止めても無駄なら行かせるしかないわ。そうでしょう？」

ヨシュアが溜息をついて頭を掻く。

「てことはアレか、俺たちはシュマル王子の護衛か。本当は俺も行きたいけど、ありゃ無理だ。逃げ隠れできる気がしねえ」

「それは私もそうです。隠密行動の専門家なのに、人の身では……」

イオリが悔しそうに唇を噛む。

みんな、自分の限界を感じてるんだ。私は……限界を感じてるけど、行くしかないと思っている。だってお父さんが死んじゃったら嫌だもん。そんなこと絶対にさせない。

ただ、ちょっと不安はある……。いやいや、強化魔法を駆使すれば何とかなるはず。たぶん。

「戦神に見つからないように動かないといけないから、私一人で行くね。みんなはシュマル王子を護衛して、王都エンカラガまで戻って」

そう言って走りだそうとしたとき、逆さにぶら下がったモンザさんの顔が目の前にニュッと出現した。

「うわぁ!?」

「あは、悪巧み?」

今、何の気配もしなかったよ!?　相変わらず物凄い隠密術……あっ、そういうこと?

「モンザさん」

「なあに?」

「お父さんを助けに行きます。力を貸してもらえませんか?」

「いいよ?」

びっくりするぐらい簡単だった。

「てっきり私を止めに来たのかと……」

「たいちょ……ヴァイトを死なせるのは嫌だからね。あたし、おむつが外れる前からの幼なじみだもん」

ニッと笑うモンザさん。

「ありがとうございます、モンザさん」

「いいっていいって。ファーンも許可してくれたし」

全部バレてた。やっぱりベテランの人たちには敵《かな》わないなあ……。

モンザさんは笑いながらスルリと滑り降りてきて、音もなく着地する。

「ファーンもあたしもジェリクも、ヴァイトが輝いてるとこだけ見たいんだよね。戦神だか何だか知らないけど、ヴァイトを殺させるのはやだよ。さ、行こ」

「は、はい！」

返事したときにはもう、モンザさんは人狼に変身していた。しかも森の奥に消えかけている。速すぎる。

「おいでー」

「待ってくださーい！」

私は強化魔法で加速すると、するする滑るように密林を駆け抜けていくモンザさんを追いかけた。


それからしばらくの間、私たち二人は森を駆け抜けながら戦神の気配を探っていた。

「モンザさん、どうですか？」

「隠れてる感じはしないかな。戦神って強さに自信があるみたいだから、隠れる必要もないだろうし」

「あ、そうか」

それもそうだなって思ったけど、一瞬だけ「本当にそうかな？」という疑問を抱く。戦神同士だと隠れることもあるんじゃないだろうか。

ま、今ここには他に戦神はいないだろうし、関係ないか。

モンザさんは走りながら私に質問を投げかけてくる。

「魔力はどう？」

「この辺りの魔力はまだ正常っぽいです。あの戦神、ここにはまだ来てないみたいです」

私がそう説明したら、モンザさんは高速で走りながら器用に首を傾げた。

「戦神が魔力いっぱい持ってるのは知ってるんだけどさ、それと周囲の魔力にどういう関係があるのかよくわからないんだよね。魔力いっぱい持ってる人が来たら、辺りの魔力って増えない？」

「あ、それはですね」

私は難しい数式とかは使わずに、なるべく簡単に説明する。

「戦神は『魔力の渦』なんですよ。人間サイズの場合、保有する魔力が十万カイトを超えると渦を巻き始めるんです」

お父さんは前に「ブラックホールと同じなんだけど、ブラックホールがわからないよな……」って言ってた。空の上、宇宙って呼ばれる暗黒の空間には、そういうよくわからない渦があるんだって。

でもそれを説明するのは大変なので、モンザさんにわかるように言う。

「で、魔力が渦を巻き始めると回りの魔力を吸い込んじゃうんですよね。だから魔術師は戦神が苦手なんです。空間にある魔力を使えないから」

「じゃあヴァイトも戦神とは相性が悪いってこと？」

「そうなっちゃいますね……」

そう、私たち魔術師は戦神が苦手だ。魔法が使いづらい。お父さんは魔術師だけど、勇者アーシェスを倒したときには人狼の牙でとどめを刺したと聞いている。

「相性以前に魔力量が二桁ぐらい違いますから、こっちの魔法がほとんど通じないんですよ。ただでさえ魔力吸われてやりづらいのに」

「それ、ちょっとまずいね。ヴァイトは魔法抜きの格闘戦だと、ガーニー兄弟やウォッド爺さんより弱いよ。さすがにあたしやジェリクよりは強いけど」

あ、やっぱりそれぐらいなんだ。お父さん、武術は達人級だけど根が学者だもんなあ。

でもそれは私も同じ。魔法が使えないと普段の半分ぐらいの強さになってしまう。

「モンザさん、戦神に見つかったら逃げるのも危ういです。慎重に行きましょう」

「そうだね。ヴァイトが戦神なんかに見つかるとは思えないから、戦神のいないところを捜せばいいんだし」

モンザさん、お父さんへの信頼が篤いなあ。人狼隊の人はみんなそうだけど。

するとモンザさんはニコッと笑う。

「普通の索敵はあたしがやるから、フリーデは魔法でできることをお願いね。頼りにしてるよ？」

「あっ、はいっ」

人狼隊最高の斥候に頼られると緊張しちゃうなあ。モンザさんの隠密術は人狼隊のお手本になってて、人狼隊の若手はみんなモンザさんのやり方を真似て覚えるらしい。ヨシュアもそうだった。

でもこれは、私が「黒狼卿ヴァイトの娘だから」なんだろうなあ。

と思っていたら、モンザさんが走りながら笑う。

「あたしが頼りにしてるのは、今ここにいないヴァイトじゃなくてフリーデだからね。親のことか考えなくていいよ」

「えっ⁉」

見透かされてる⁉

するとモンザさんは困ったように頭を掻きつつ、こう続けた。

「あー……なんて言えばいいのかな。もしヨシュアがヴァイトを助けに行くって言ってたら、絶対に止めてた。少なくともあたしは行かない。生きて帰れないからね。でもフリーデとなら生きて戻れる自信がある」

モンザさんは人狼だけど、単独行動が好きな狩人だ。狼に追跡役と待ち伏せ役がいるように、人狼にも狩人タイプと闘士タイプがいる。

モンザさんは言葉を選ぶように、ぽつりぽつりと続ける。

「あたしはさ、人付き合いとか空気読んだりとかは苦手なタイプだから、狩りで組む仲間は実力でしか見ないんだ。ヴァイトの娘だから信用するとか、魔王の娘だから特別扱いするとか、そういうのは一切ナシ。フリーデの実力を認めてるんだよ」

「そ、そうなんですか⁉」

「そりゃそうでしょ？　風紋砂漠でアソンの偽物と戦ったときは、まだまだ危なっかしい新人だったけど、この間の巨竜退治じゃ大活躍だったじゃない？　人狼隊のみんなも、あんたの実力は誰も疑ってないもん。もう一人前」

そうだったんだ……。えへへ、何か嬉しいな。

普段あんまりゆっくり話をしたことがなかったから、モンザさんがこんなに多くの言葉で語りかけてくれたのはびっくりした。やっぱりいろんなことを考えてくれてるんだ。

「ありがとうございます。私、がんばります！」

「うん、がんばりすぎない程度にがんばろー」

モンザさんが走りながら、私の頭を器用に撫でてくれた。

なんだかいい雰囲気になった瞬間、モンザさんがぴたりと止まる。人狼の巨体なのに全くブレない。私は二、三歩走ってからようやく止まれた。

私は無言でモンザさんの顔を見る。

たぶん人狼の感覚で何かを捕捉したんだ。だから余計な言葉は発しない。

私の予想通り、モンザさんがそっとささやいた。

「あの巨木の先、五十弓里（五キロメートル）ぐらい先にブルベルガがいる。葦《あし》か何かを折って作った寝床で、いびきかいて寝てるみたい」

そこまでわかるものなの!?　モンザさんの嗅覚と聴覚が人狼離れしてるのは知ってるけど、凄すぎない!?

びっくりしている間に、モンザさんは近くの木にスルスルとよじ登った。そしてポーチから伸縮式の望遠鏡を取り出す。

「あは、寝てる寝てる。あれじゃ熊の寝床より粗末だよ。戦神の力があっても小屋すら作れないって哀れだね」

私も恐る恐る木に登り、同じように望遠鏡で覗いてみた。

モンザさんの言う通り、草とか茎を雑に敷いた緑色のベッドで大男が寝てる。あれがブルベルガか……。

でも匂いはもちろん、魔力の流れも感じ取れない。たぶん戦神の近くでだけ影響があるんだろう。あの辺りの魔力は戦神に吸い取られて、魔法が使いづらくなってると思う。近づきたくない。

モンザさんがフワッと宙に舞い、静かに着地する。人狼の巨体で音も震動も全く起きないなんて、魔法みたいで凄い。私も後から着地したけど、やっぱりストッて音はしちゃう。

ポーチに望遠鏡をしまって、モンザさんは笑う。

「これであいつの居場所は摑んだね。あそこに近づかなければ大丈夫だから、ちゃっちゃとヴァイトを捜そっか」

「あ、はい。そうですね」

戦神は強力だけど、同等の魔力を秘めた「秘宝」に比べると単純だ。ブルベルガに近寄らなければ大丈夫。

……大丈夫なはずなんだけど、何か不安だな。何だろう？

するとモンザさんがこう言った。

「あたしは音や匂いを感じるのが得意だけど、フリーデは魔力や魔法で感じ取ることができるよね？　そっちはどう？」

「あ、それがですね」

私は魔術師として鍛えた感覚を研ぎ澄ませて、周囲の魔力を嗅ぎ取る。

狩人が風の匂いで天候や獲物の位置を感じ取るのと同じように、魔術師は魔力の流れから情報を読み取る。

といっても、その辺は探知術師の人たちが専門なんだけど、私も少しはできる。

落ち着いてしっかり集中すると、魔力の「微風」が感じられた。

ブルベルガが魔力を吸って真空状態を作り出しているから、遠く離れたここでも魔力がブルベルガの方に流れている。魔力も物理学の法則に従うから、魔力の薄い場所があればそこに流れ込んで平衡状態になろうとする。大学で習った。

でもずっと観測していると、ときどき妙な「風」が吹いてくる。違う方向に魔力が引っ張られてる。

「ちょっと待ってください。強化魔法で感覚を強化してみます」

強化魔法も研究が進んでいて、魔力への感受性を高める術式が編み出されている。まあ測定器具を使えば済むから誰も使わないんだけど、考案者がうちのお父さんなので覚えてあげた。覚えておいてよかった。

体の芯が熱くなるような感覚があって、周囲を流れる魔力がイメージできる。「風の匂い」に温度とか湿度とかいろんな情報が含まれているのと同じように、魔力の流れも情報は複雑だ。うまく表現できないけど、魔力の動きを体全体で感じる。

そしてやっぱり、ときどき妙な流れが感じられた。

まるで……あれだ、物凄く大きな怪物が息を潜めているような感じ？　みたいな？　うん、わかんない。

でもこういう微かな違和感は無視するなって、お父さんや先生たちが言ってた。

だからモンザさんにも伝えておく。

「魔力の流れがときどき妙なんです。ブルベルガのせいだとすると説明がつかない感じで、うまく言えないんですけど……」

「いいよいいよ、そういうの大事だから。要するに『まだ気をつけろ』ってことだよね」

ニコッと笑って、私の頭をわしわし撫でてくれるモンザさん。

「あたしは魔力のこととか全然わかんないから、フリーデがいてくれないと生きて帰れないと思う。命は預けたよ」

「は、はいっ」

緊張するなあ。

とりあえずブルベルガに関しては近寄らなければ大丈夫っぽいので、今のうちに急いでお父さんを捜す方がいいかな。

「モンザさん、お父さんの居場所ってわかります？」

「臭跡は辿ってるよ。だいたいの方向は摑んでる。けど……ヴァイトがケガしてるみたい。血の匂いがする。人狼の血の匂いだから間違いない」

「お父さんが!?　傷は深いんですか!?」

「そこまではあたしにもわからないけど、傷はそこそこ深いみたい。ま、でも死体に群がる鳥や獣は集まってないみたいだから、死んではいないんじゃないかな?」

さらっとエグいコメントが出てきた。お父さんの世代の人狼たちは、絶え間ない戦乱の中で生きてきたから死生観がひと味違う。いろんな覚悟ができすぎてる。

「急ぎましょう」

「そうだね」

モンザさんが珍しく真顔でうなずいた。

私たちはブルベルガのねぐらを大回りして迂回した。戦神の知覚がどれぐらいのものか、予想がつかなかったからだ。見つかっちゃったら逃げきれないから仕方ない。

で、モンザさんがお父さんの匂いを追いかけてくれたので、私たちは崖下の遺跡に辿り着いていた。

「あの崖の上から落ちたみたい」

「あの崖の上から……」

見上げた崖はだいぶ高い。

「血の匂いは崖の上からも漂ってきてたから、大怪我して落ちたみたいだね。たぶん変身は解けてたんじゃないかなあ」

「大変じゃないですか!?」

「うん、大変。だから落ち着かないとね」

淡々と話していたモンザさんが、ふと私を見た。

「あたしも今、必死に落ち着こうとしてるんだよ。隠密行動の最中に冷静さを失ったら終わりだから。フリーデは冷静になれる?」

あっ、そうか。モンザさんだってお父さんを助けたくて命懸けなんだ。でもここは戦神が我が物顔でのし歩いている、とても危険な場所。冷静じゃなくなったら、もっと危険になる。

当たり前のことなのに、すっかり忘れていた。

よく見るとモンザさんの指先は微かに震えていた。私は人狼の匂いで感情を読み取ることはできないけど、モンザさんが凄く動揺しているのはわかる。

その微かに震える指先で、モンザさんは私の頭を撫でてくれた。

「大丈夫。何が起きてもあたしはフリーデの味方だよ。他のみんなもそう。だから、必ず生きて戻ろう。そうしないと報告する人がいなくなっちゃうからね。さ、いこいこ」

最後はいつも通りに笑って、モンザさんは歩き出した。

やっぱりベテランの人たちは違うなあ……。

私とモンザさんは崖下の遺跡に近づいたけど、モンザさんは中に入るのを躊躇《ため》ったた。

「微かだけど人の匂いがする。男で……年寄りかな？　一人だね。うわ、長いことお風呂に入ってない人の匂いだ」

「遊牧民や山賊かなあ？　でも一人ってのが変ですね。変といえば、この遺跡もかなり変です」

私は遺跡を指差した。

「この遺跡はたぶん、城塞として使われていた軍事拠点です。でもそういうのは普通、崖上に作ります。その方が守りが堅いですからね」

「あー、そっか。人狼にはあんまり関係ないから気にしてなかった。さすがだね、フリーデ」

ポンと手を叩くモンザさん。褒められて嬉しい。歴史学とか軍事学も勉強しておくもんだね。

ちょっと得意になった私は、さらに続ける。

「建物は立派ですけど、この雰囲気は海賊や山賊の隠れ家に似ています。クウォール側からだと建物が見えないんですよ」

「なるほど。人狼は匂いや風音の反響で気づくから無駄だけど、人間の考えそうなことだよね」

そうなんだよね。人間と人狼じゃ知覚が全然違うから、人狼から見た人間の建物は「なんで？」に溢れている。ずっと前にお父さんが講義で言ってた。

私はモンザさんに手早く説明する。

「このお城はたぶん、クウォールに攻撃を仕掛ける誰かが作った隠れ家です。クウォールのある北側からは見えませんし、南側からの攻撃は城壁で防げます」

「となると、中にいる誰かさんはやっぱり山賊かな？」

「どうでしょうね……。ちょっと魔力の流れを見てみます。さっき『物凄く大きな怪物が息を潜めているような感じ』がしたのが気になるので」

ちょっとした違和感を大事にすることにして、私はもう一度魔力の流れを感じ取ることにした。

ブルベルガからはかなり離れているので、その影響はかなり小さくなっている。

一方で、「物凄く大きな怪物が息を潜めているような感じ」は強くなっていた。魔法を使って強大な魔力を隠しているような、凄く怖い感じがする。

「なんかいますね。説明しづらいですけど、風音で例えたら大猪の鼻息みたいな感じです」

「何か危険なものが潜んでること？」

「たぶん……。モンザさんが嗅ぎ取ったおじいさんの匂いが、それなのかもしれません」

私の説明にモンザさんはじっと考え込む。

「もしかして戦神がもう一人いる？」

「そう考えるのが一番しっくりきますね。なんで隠れてるのかわかりませんけど」

「よし」

モンザさんが何かを決心したように私を見つめた。

「フリーデ、一人で城の中に入れる？」

「わ、私が一人でですか!?」

「そう。悔しいけど、あたしは魔力のことがわからない。それに戦神と戦う力はないし、逃げる力もないと思う。足手まといにしかならないよ」

　モンザさんは本当に悔しそうに、人狼の掌で小石をぎゅっと握りしめた。砕けた石がパラパラと荒れ地にこぼれる。

「人間の遺跡は人狼にはちょっと窮屈だけど、フリーデは人の姿のままで最大の力を使える。それに魔力の流れも感じ取れるでしょ。あたしが人狼の姿で同行するよりも、フリーデが一人で偵察してきた方が安全だよ」

　モンザさんは臆病じゃない。むしろ危険なことが大好きで、お父さんやファーンさんが困っているぐらいだ。おまけに自分の隠密術には絶対の自信がある。

　そのモンザさんが私に任せると言ってきた。どれぐらいの葛藤と悔しさがあったのか、私にも想像できる。

　だから私は真顔でうなずいた。

「わかりました。何かあったら犬笛を吹きますから、そのときはファーンさんへの報告を優先してください」

「そうする。でも、絶対に帰ってきてね。中で何を見たとしても、フリーデは無事に帰ってこなきゃダメだよ」

　モンザさんが私をぎゅっと抱きしめる。人狼の姿だからもふもふだ。ちょっとくすぐったくて、そして安心する。

　よし。絶対に生きて戻ってこよう。できればお父さんを連れて。

「行ってきます」

「うん」

祈るような視線を背中に感じながら、私はありったけの強化魔法をかけて静かに走り出した。

遺跡は石造りの古い城で、あちこち崩れている。砂漠の強い日差しと風が風化を早めているんだろう。うっかり触って崩れると大変なので、モンザさんの判断は正しかったと思う。人狼ならともかく、私の体重ならさすがに崩れないはず。たぶん。いや、きっと。

そっと周囲をうかがいながら、屋内の暗闇に溶け込むように物陰を進んでいく。さらに「無音」の魔法で私の周囲の物音は完全に消えているから、匂い以外で見つかる心配はない。

魔法抜きだとモンザさんには敵わないけど、魔法使っていいのならモンザさんと同じぐらい隠密できるもんね。なんせ私には、小さい頃に人さらいたちと渡り合った実績がある。

だから大丈夫。

そう、きっと大丈夫。

私はお父さんの血の匂いを微かに感じ取りながら、その方向へと進んでいく。もう一人、お父さん以外の男性の匂いが漂っているが、そちらは徐々に薄れているようだ。少なくとも近くにはいない。

反対に、お父さんの匂いはだんだんハッキリしてきた。これは近づいてる。血の匂いは薄いし、死体の匂いは全くしない。これはきっと、お父さんは生きてる証拠だ。

だったら私が絶対にお父さんを助け出す。

お父さんには「魔王の副官をやめて学者になる」という夢を叶《かな》えてもらうんだ。あんなにいっぱい苦労してきたんだもん。こんなとこで死んでほしくない。

鉄よりも固い決意でゴチンゴチンになりながら、それでも静かに暗闇を進んでいく。

そのとき不意に、背後から誰かに触れられた。

「うひゃあああぁ!?」

叫んだけど「無音」の魔法で声はしない。よっしゃラッキー。いやラッキーじゃなかった。

思考より先に後ろ回し蹴りを放つ。「よっしゃラッキー」と思ったのは、後ろ回し蹴りが最高速度に達した後だ。

けど、自慢の後ろ回し蹴りは空を切った。かすりもしていない。

「誰!?」

回転の反動を利用して宙返りし、空中から踵落としで急襲する。岩をも砕く必殺の一撃だ。

でも次の瞬間、私は空中で止まってしまった。なんだこれ、動けない!? もしかして戦神!?

あ、違う。

「……もしかして、お父さん?」

「そうだ。足癖が悪いのは赤ん坊の頃から変わらないな」

私の踵を摑んだまま、お父さんが溜息をついていた。いつの間にか「無音」の術が無効化されている。

そういえば強化術師同士だと、魔法の無効化合戦になるって聞いたことがあるなあ。

いやいや、今はそれどころじゃない。

「お父さん、無事!?」

「お前の蹴りを捌けるぐらいにはな。だが鼻が利かなくて最初はフリーデだとわからなかったよ」

そう言いながら、お父さんは私を静かに床に下ろしてくれた。元気そうだ。

「お父さん、ケガしてない？」

「魔力を回復できたから自分で治療したよ」

言われてみれば、お父さんは魔力に満ちあふれている。十分な魔力さえあれば、私たち強化術師は自分の傷ぐらい治せるからね。

でも戦神がギュインギュイン魔力を吸い取ってくるのに、どこで回復したんだろう？

そう思ったとき、お父さんの腰に見慣れない剣が差してあるのに気づいた。クウォール伝統の曲刀だけど、なんだか微妙にワ風でもある。おまけに魔法の剣みたいだ。

「もしかして、その剣……」

「察しがいいな、さすがはフリーデだ」

お父さんは笑ってくれたけど、すぐに表情を引き締める。

「話は後だ。戦神がもう一人いる。しかも魔術師だ。ネプトーテスと名乗っていた」

「戦神がまだいるの!?　そっちも悪い人!?」

「そうだな。彼と仲良くなるのは難しいと思う。しかも魔術師だから、こちらの手の内を知っている。そのせいで動くに動けなかったんだ。よく見つからなかったな？」

そういやそのネプトーテスって戦神、どこにもいなかったなあ。

「知らない人の匂いがひとつあったけど、だんだん薄くなっていたからどっか行っちゃったのかも」

「だといいんだが……。そいつ、姿を消すことに長《た》けているんだよ。匂いごと消して隠れているのかもしれない」

戦神みたいな最強の存在が、どうして隠れる必要があるんだろ？

次から次に疑問が出てくるけど、そのときフッとモンザさんの匂いがした。

「そのネプ……なんとかなら、たぶんここから出ていったよ。姿は見えなかったけど、匂いと音だけが人の速さで南に去るのを感じたから」

人間の姿に戻ったモンザさんは嬉しそうな笑みを浮かべていて、ぴょっと手を挙げる。

「あは、隊長元気そう」

「隊長じゃなくて長老だよ。隊長はファーンだろ？　こんなときでもモンザは気楽だな」

お父さんが困ったように笑ったけど、私は知っている。

モンザさんが心の底からお父さんの安否を心配してたことを。

「あの……」

私が口を開きかけたら、モンザさんは私の肩をトントンと叩いた。唇に指を当て、「黙っていて」の仕草をする。

えっ、どういうこと？

混乱している間に、モンザさんはお父さんに向き直る。

「シュマル王子たちは人虎の集落まで無事に撤退したよ。で、最初の方の戦神は、あたしたちが調べたときは北の森で野宿してた。これからどうしたらいい？」

「そうだな……」

モンザさんは必要な報告だけして、後はお父さんに判断を委ねる。いつもそうだ。

モンザさんはお父さんの判断を信頼しているし、お父さんもモンザさんの報告を信頼している。

私が生まれるずっと前から、お父さんと人狼隊の人たちはこうしてきたらしい。

お父さんの判断は早かった。

「俺たちも集落まで戻ろう。あそこには設置型の魔力通信機がある。あの高出力の魔力通信機ならリューンハイトまで通信できる。本国に報告だ」

「わかった。じゃあ道案内するね。行こ、フリーデ」

モンザさんはそう言って歩き出し、私を振り返ってウィンクしてみせた。

あれ、どういう意味なんだろう……。

なんだかとても、大人の世界な気がする。

＊　　＊

フリーデとモンザが迎えに来てくれたおかげで、俺はどうにか安全圏まで脱出することができた。

もう一度娘の顔を見られただけでも嬉しかったが、我が子を危険に曝してしまったのは痛恨のミスだ。我が魔王陛下になんて報告したらいいかわからない。

「……という次第で」

人虎の集落に設置していた魔力通信機で、俺はアイリアに恐る恐る報告する。

「戦神二人と遭遇して、命からがら逃げ帰ってきた。フリーデたちが来てくれなかったら、まだここに戻ってきていないと思う。だからそっちは叱らないでやってくれ」

一瞬の沈黙。

いや、この沈黙は通信の時差によるものだ。なんせ遠いから。しかし怖い。こんなに恐ろしい沈黙は初めてかもしれない。

『良かった……』

アイリアの声は震えていた。

『あなたとフリーデが無事で、本当に良かったです……。焦って無理をしないよう、くれぐれも気をつけてください』

彼女も本当は「今すぐ帰ってきて」と言いたい気分だろう。クウォールは海の向こうの異国だ。ここで戦神がいくら暴れても、ミラルディアには関係ない。

しかしミラルディアの経済はクウォールと深い関係があるし、何よりも無辜《むこ》の人々が虐げられるのを黙って見過ごすことはできない。

それにブルベルガもネプトーテスも、タイプは違うが危険な人物だ。戦神の力で暴れることしか考えていないブルベルガも厄介だが、ネプトーテスの方は支配欲が強い。

どちらが生き残ってもこの世界は混乱に陥ってしまう。

だから俺はアイリアの胸中を察しつつも、こう答えた。

「ありがとう。ここで戦神たちを食い止めないと、せっかく築いた平和が壊れてしまう。俺はフリーデンリヒター様や師匠、そして君が築いた平和を守りたい」

『あなたならそう言うと思っていました。ですが性急な動きは謹んでください。大魔王陛下と相談して、こちらからも支援しますからね』

「ああ、助かるよ」

普通の軍隊をどれだけ送っても無駄だが、師匠ならきっと何とかしてくれるだろう。

「最後の手段として、師匠が『魔力の渦』を全解放して戦神の魔力を吸い取りながら戦うという手もある。だがそれは全力で引き留めてくれ。クウォールが無人の荒野になってしまう」

カヤンカカ山以南が荒廃した平原になってるのは、たぶん戦神同士が全力で戦ったからだ。戦神は戦略兵器として使われていたぐらいなので、本気で戦うと山も川も吹き飛ばしてしまう。後には何も残らない。

聡明なアイリアは、すぐに理解してくれた。

『わかりました。それは本当に最後の最後、死なば諸共のときにしましょう』

「そうだな。それがいい」

死なば諸共のときにはやるんだな……。

かつてのアイリアは元老院を見限って最初に離反した太守だが、あの頃の度胸は今も健在だ。頼もしいし尊敬する。

だからこそ、アイリアは俺が守りたい。

そのために必要なのは蛮勇ではない。知恵だ。

「最優先で送ってもらいたいものがある。魔王軍技術局にいるリュッコに、研究中の試作品を持ってきてくれと伝えてくれ」

『わかりました。すぐに手配します』

あれを使えば、戦神でも倒せるはずだ。

＊　＊

大魔王ゴモヴィロアは死霊術師だが、他の系統の魔術にも長けている。

高度な数学を駆使する転移術も例外ではなかった。

「よう、ヴァイト！　やっと来れたぜ！」

リュッコと魔王軍技術局の竜人たちが、やや疲れたような顔をして俺に挨拶した。

「メチャクチャ歩いたけどよ、なんでここまで直接転送できねーんだよ」

「技術的な問題と、あとは外交的配慮だよ」

転送先の正確な座標がわかっていないと大惨事になるので、事前に術師自身が精密な計測をした地点にしか転送できない。だからクウォール国内への転送は場所が限られる。

実は王都エンカラガにも転送できるのだが、それは極秘だ。そんな事実を知ったらクウォールの人々は安心して眠れないだろう。

何せミラルディアがその気になれば、完全武装の人狼たちを少数とはいえ送り込めるのだ。奇襲攻撃で王宮を占拠することさえできるだろう。

だからあくまでもひっそりと、内陸の乾燥地帯に転送してもらった。あのへんは遊牧民の縄張りだから、クウォール人の感覚では国外だ。

なお、もし転送座標のことがバレたら「遊牧民の反乱が起きたときに人狼隊を派遣して鎮圧するため」と言い訳することにしている。だいぶ苦しい言い訳だが、外交ではこういう用意は必要だ。

こんな事情を説明してもリュッコには興味がないだろうから、俺はもっと大事な話をする。

「転送床は持ってきたか？」

「おう、バッチリだぜ。まあ試作品だから不安定だし、枚数も少しだけどな。ほらこれ」

リュッコの言葉に呼応するように、竜人の技官たちが梱包された木箱を持ってくる。

その上にぴょいと飛び乗って、リュッコは得意げに鼻をふすふす鳴らした。

「動作試験済みの転送床は六枚だけだ。足りるか？」

「何とかなるだろう。何とかするのが俺の仕事だ」

これ、日本円換算で何十億もかけて開発された、とてつもない代物だからな。一枚いくらするんだ？　触るのも怖い。

「ここが人虎族の聖地、カヤンカカ山ですか」

急にフミノの声がして、俺は慌てて振り返った。

ワの諜報機関「観星衆」の実力者、フミノが静かに立っている。

隣には悪徳商人のマオ。

「フミノ様、例の件は本当に確約なんでしょうね？」

「私が約束を違えたことがありますか？」

「ちょいちょいあったような気がするんですが……」

ワ出身のマオはフミノとも面識があるが、それにしてもなんでこの二人がここにいるんだ？

するとマオが気まずそうに言い訳してきた。

「すみません、ヴァイト様。転送座標の情報を観星衆が掴んでいたようで……」

「それで『クウォールには黙っててやるから、ワにも使わせろ』と言われた訳か」

「さすがヴァイト様、察しが良い」

褒められても嬉しくないよ。防諜ができてないぞ。どこから漏れたんだ。

ワとは同盟関係だが、お互いに機密情報を探り合っている。国家間には個人間みたいな友情はない。

俺はフミノの顔をじっと見る。フミノは全く悪びれる様子もなく、にこにこと俺を見返していた。

「フミノ殿」

「はい」

「ここは危険だぞ?」

「存じております」

そう言うと、フミノは巫女装束の袖をふわりと舞わせた。

「されど黒狼卿の正念場に駆けつけねば、私の義が許しません」

「もしかしてフミノ殿、多聞院の命令で来た訳ではないのか?」

「ワがこの件に介入する理由がありませぬゆえ、情報収集と後方での協力に留めよというのがトキタカ様の命にございます。それゆえ、これは完全な命令違反にございます。後日、厳しい沙汰が下りましょう」

呆れた。メチャクチャだよ、この人。

「フミノ殿の予知術は強力な戦力になるが、本当にいいのか?」

「この戦いでヴァイト殿が敗れれば、この世は戦神に滅ぼされましょう。ミラルディアだのワだのと申している場合ではありませんよ」

それはそうなんだけど……。

そして一番この場にふさわしくないヤツも来ていた。

「ヴァイトさん、ここは俺の出番ですね」

「いやカイト、魔術総監がこんな危険地帯に出向いてきてどうするんだ……」

最近白髪がちらほら目立ち始めたというのに、カイトがメチャクチャ張り切って俺を見ていた。

昔と変わらない。

俺は困ってしまったが、カイトは嬉しそうだ。

「何を言ってるんですか。俺はヴァイトさんの副官ですよ」

「いや……うん、そんな時期もあったが……」

彼の友情は嬉しいんだけど、探知術師には身を守る術が一切ない。

未来を読む予知術師なら、敵の攻撃を読んで避難することも可能だ。

でも探知術師は現在と過去を見るだけなので、そういうこともできない。魔術師の中でも最も脆弱なタイプに属する。

しかもカイトには体術の心得もないし、最近はデスクワークばかりしている身だ。おまけにもう若くもない。

「危ないぞ？」

「危険は承知ですよ。でも俺の探知術がないと、みんなが危険でしょう？」

「それはそうなんだが」

戦神の正確な情報を得るために、本職の探知術師をよこしてくれと要請したのは俺だ。でもトップが来るなんて想像できなかった。

いや、正確に言うと想像はしていたが、「まさか来ないだろう」と思っていた。

だってこの人、ミラルディア魔術行政のトップにいる重鎮だぞ？

その重鎮カイトの鼻息は荒い。

「こんなところでヴァイトさんを死なせる訳にはいきませんからね！　若手には任せておけないの

で俺が来ました！」

世界最高水準の探知術師にそう言われてしまうと、「お前もう帰れ」とは言いづらい。

「じゃあ、よろしく頼む。くれぐれも探知術以外で活躍しようとするなよ？」

「ははは、俺がそんな無茶する人間に見えますか？」

見えるよ。昔からずっと、お前は無茶な人間だ。

俺はいろいろ諦めて、エルメルジアに声をかける。

「済まないが、カイトたち魔術師の護衛をお願いしてもいいか？　彼らはクウォールの土地に慣れていない」

「お安い御用ですよ、ヴァイト殿。同じ魔術師として、誠心誠意お守りします」

強化術師でもあるエルメルジアが快諾してくれたので一安心だ。

俺は集まった皆を見回した。

思えばこの十数年で、俺は大勢の仲間を得た。ここにいない人たちを含め、みんなが俺を助けてくれている。俺は幸運に恵まれた。

「それで大将、これからどうするんだ？」

ジェリクが期待に満ちた目で俺を見てくる。少年時代にみんなで大猪を退治したときと同じ目だ。

わくわくが止まらない感じらしい。

それはガーニー兄弟やモンザも同じらしく、みんなあの頃の目をして俺を見つめてくる。

「早くやろうぜ、ヴァイト」

「勇者だか戦神だか知らねえけどよ、お前がいるならどうってことねえだろ」

全幅の信頼を寄せられると、ちょっと緊張してしまう。

俺は前世の頃から、誰かに失望されることが怖かった。それは自分の評価を落とし、ひいては自分の安全すら危うくしてしまうように思えたからだ。

期待に応えられなければ失望されてしまう。期待されるのが怖い。

期待を集めるような責任ある立場が怖い。

だから今世でも副官という立場で逃げ続けてきたはずなのに、こうしてまた期待されてしまっている。

しかし不思議なことに、今の俺はとても落ち着いていた。

ずっと一緒に戦ってきた仲間たちは、俺が多少失敗しても気にしないだろう。これまでの信頼の積み重ねがあるから、「ま、ヴァイトでもヘマすることはあるさ」ぐらいに思ってくれる。そう思えるぐらいには、俺も仲間たちを信頼できるようになった。

だから多少の緊張はあっても、重圧や恐怖はない。

俺は一同を見回し、それからこう言った。

「戦神と言っても神ではないし、熱力学第二法則を覆すほどの存在でもない。人と魔族の叡智には勝てないよ。それに彼らは俺たちと違って孤独だ。では今から作戦を説明する」

みんなが真剣な表情で、こくりとうなずいた。

＊　　＊

「一世一代の詐術」

不毛の荒れ地を歩きながら、マオはパーカーから説明を受けていた。

「ネプトーテスという戦神は古代の魔術師だ。僕たち現代の魔術師にはわからない点が多い。ただ強化術系統の術師みたいだから、探知術には長けていないだろう」

「はあ」

魔術の専門的な話をされても、マオにはさっぱりだ。

「それより言葉が通じないのに、どうやって交渉するんです？　私はクウォール語なら喋れますが、古代語はどれもわかりませんよ？」

「だから指名されたんだよ」

髑髏《どくろ》の魔術師は楽しげにカタカタと笑う。

「君が交渉役になると、必然的に僕が通訳になる。ネプトーテスは僕の言葉と君の真意、両方に対して警戒しなくてはいけない。これは結構骨が折れるんだよ。こう……こんな風に」

パーカーが関節を逆に曲げて骨折っぽく演出してみせるが、マオは完全に無視して話を続ける。

「私の心を読む魔法とかもあるんじゃないですか？」

「精神術の系統にはあるよ。しかも彼はそれを習得しているらしい。少しでも言葉を間違えれば、君はネプトーテスに殺されるだろうね」

さらりと言うパーカー。

「だけど僕という通訳が介在することで、ネプトーテスは僕と君の心を両方同時に読む必要が出てくる。これは技術的にかなり難しいんだ。剣術の試合で左右から挟み撃ちにされたら、勝つのはまず無理だろう？　しかも僕は不死者だから、人間用の精神術は効きにくい」

「なるほど、そんな感じですか」

マオは特に驚くこともなくうなずくと、ニヤリと笑った。

「それに私の嘘がバレて殺されても、パーカーさんが『悪いのはこの男で、自分には騙す意図などなかった』と説明して、改めて交渉を仕切り直せますね」

「そういうことだね。でも、かなり厳しい交渉になるだろう。できれば死なないでほしいな。僕は君のことも好きだから」

「ありがとうございます」

のんびりと会話しながら歩いていると、後ろから慌てた声がかかった。フリーデだ。

「ちょ、ちょっと何を落ち着いてるんですか？　マオさんが殺されるなんて絶対に嫌ですよ!?」

大人二人は振り返る。

「私だって嫌ですよ？」

「僕だって嫌だよ。でもね」

パーカーはフリーデの肩に、白手袋に包まれた手をそっと置いた。

「君たち次世代の未来のためなら、覚悟はできている。……まあ僕は何をどうやっても死なないから、覚悟してるのはマオの方だけど」

「だったらその台詞《せりふ》は私に言わせてくださいよ。たまには良いところも見せておきたいんですから」

マオは苦笑したが、内心ではパーカーに感謝していた。

そんな言葉、照れくさくてとてもじゃないが言えやしない。若い頃に逃亡生活を長く送ったせいで、本心を隠す癖がついてしまった。

そのパーカーはフリーデと打ち合わせをしている。

「ヴァイトに言われた通り、君は通信と脱出が担当だ。それまでは下っ端のふりをしててほしい。未来の魔王に言うのは気が引けるけどね」

「いやいやいや、魔王になんかなりませんよ!?　ガラじゃないです！」

慌てるフリーデにパーカーがクスクス笑う。

「じゃあ魔王の副官なら？」

「それは……ちょっと興味ありますね」

するとパーカーは楽しげに告げた。

「じゃあ副官の予行演習だ。主役を陰から支える名脇役になってくれ」

「え？　あれ？　副官って脇役なんですか？」

「……うん、そうなんだ。若い子は知らないと思うけど」

二人の会話を聞いていると、マオにも改めて覚悟ができてくる。

(言葉も通じない私を交渉役に選んでくれたのは、それだけ信頼されているからでしょう。その信頼には一所懸命で応えなくては)

マオは若い頃、何も知らずに禁薬の密売に加担させられていた。雇い主に騙されたのだ。

そして官憲に追われて故郷を逃げ出し、多くの人々の厚意と悪意に揉まれながら、ミラルディアで商売を始めることができた。

だがその商売も、ミラルディアを統治する元老院のおかげで苦労の連続だった。交易都市の太守たちも手強く、おまけに山賊や魔族の襲撃まである。

自分よりも圧倒的に強い者たちから命と財産を守るため、マオはあらゆる手で対抗した。

だが魔王の副官であるヴァイトと出会い、その苦難の日々は終わる。

そして今はただ、心穏やかにまっとうな商売をして、多くの人々に感謝されながら豊かに暮らしている。いつしかリューンハイト新市街の顔役になり、尊敬と信頼も勝ち得た。

(奪われてたまるか)

マオは拳を握りしめる。

(強者はいつだって横暴だ。気まぐれに奪い、有形無形を問わず様々なものを破壊してしまう。ヴァイト様の策と私の詐術で、戦神どもを蹴散らしてやる)

ヴァイトが授けた策。

それは「二人の戦神を争わせて共倒れさせる」こと。

マオには思いつきもしなかった大胆な秘策だが、ヴァイトは「昔話でよくあるヤツだよ」と笑っていた。

（確かにそういう昔話はありますけどね。それを実際の策として段取りを組めるのは、あなたが希有な才能を有しているからなんですよ……）

あのわからずやの人狼に自分の才覚を認めさせるには、あと三十年はかかりそうだ。

（長生きしないといけませんね）

フッと笑い、マオはパーカーに声をかける。

「私は反ヴァイト派の悪徳商人を演じますから、パーカーさんは魔王軍内部の反ヴァイト派筆頭になりきってください」

「わかった、楽しそうな役だね」

笑うパーカーと、不安そうなフリーデ。

「マオさん、私は？」

「フリーデ様の配役は会話の成り行き次第です。うまく合わせてください」

「えええ!?　そんな適当な!?」

困った顔をしているフリーデを見て、マオは思わず笑ってしまう。

「設定は緻密に作らないといけませんが、ガチガチすぎてもうまく動かないんですよ。融通を利かせる遊びの部分が必要です。よろしくお願いしますね」

「は、はい……がんばります」

＊　　　＊

「ネプトーテスの悪夢」

魔法文明が栄華を極めた古代、カヤンカカ山の南に広がる広大な大陸では数多の大国が覇を競っていた。

その大国のひとつに、ネプトーテスという強化術師がいた。

農家の四男坊だった彼は田舎で初歩的な魔術を修め、地方都市の下級役人になった。

仕事は書類の処分係。書類を手書きで複写して原本を焼却するという、何の意味があるのかわからない仕事だった。

それでも真面目にコツコツと働いた。

何年も。何十年も。

だがその仕事に、唐突に終わりが来た。

「困ったことをしてくれたな、ネプトーテスとやら」

宮廷魔術師の飾り帯を身に着けた男が溜息をつく。

王都から来た捕吏たちに両肩を押さえられたネプトーテスは、狼狽えながら訴えた。

「な、何のことでしょうか？　わしは命令通りに仕事を……」

だがその言葉は遮られた。

「強化術師であるお前が違法な人体実験を繰り返し、戦神の研究をしていたことは明白だ。押収された書類はお前の筆跡だったぞ」

その言葉で、ネプトーテスはハッと気づく。

「お待ちください！　それはおそらくわしが仕事で書き写した書類です！　上役に命じられただけで……」

「ふむ、そうか」

宮廷魔術師が納得したようにうなずいたので、ネプトーテスはホッとする。

しかし次の瞬間、宮廷魔術師はこう言った。

「では書き写した元の書類があるはずだ。それを調査すればお前の潔白は証明されよう。どこにある？」

「ご……ございませぬ！　焼却するよう命じられておりましたので！」

次の瞬間、宮廷魔術師が怒鳴る。

「写本を取らねばならぬほど重要な書類なのに、なぜ原本を焼却する必要がある！」

「そんなこと言われても、わしは命令通りにしたまでです！」

必死に弁明しながらも、ネプトーテスは自分が罠に嵌められたのだと気づいていた。

何かあったときに全ての責任を押しつけるために、自分は雇われていたのだ。もう何十年も前から。

自分の人生が誰かの身代わりとして存在していたことに気づき、ネプトーテスはうなだれる。

「ううぅ……そんな……わしは何もしていないのに……」

宮廷魔術師は口調を和らげた。

「お前の言い分については、こちらで改めて調査する。軽々に結論は出さぬゆえ、希望を捨てるでないぞ。ひとまず牢にて沙汰を待て」

「は……はい……」

藁にもすがる思いで、ネプトーテスは頭を下げた。

投獄されたネプトーテスは潔白が証明されることを待ち続けたが、訪れたのは全く違う報せだった。

「隣国との戦に備え、牢の罪人たちを戦神化させるよう通達があった。お前も戦神化の術を受けてもらう」

都から来た役人がそう言うと、強化術師のネプトーテスは真っ青になった。

「ま、待ってくだされ！　一般人を戦神化させる術はまだ完成しておらぬはずです！　膨大な魔力を流し込まれたら死んでしまう！」

「しらを切るのはよせ。他ならぬお前がそれを研究していたのだろう？」

都から来た役人は嘲笑うと、背後の捕吏たちに命じる。

「ここにいるヤツらを全員連れていけ。……一人ぐらいは成功するといいんだがな」

彼の期待通り、この罪人たちの中ではネプトーテス一人だけが戦神化に成功した。強化術の修練が彼を生き残らせたのだ。

他の罪人たちは全員、流し込まれる魔力に耐えきれずに爆発四散した。

目の前で次々に罪人たちが弾け飛ぶ中、ネプトーテスはかろうじて生き残った。

だが体内で暴れ狂う魔力に意識を呑み込まれ、そのまま失神する。


次に目覚めたときには、ネプトーテスは荒野の真ん中で倒れていた。

(なんだ……何がどうなっている……？　わしは戦神になったのか？　ここはどこだ？)

起き上がって周囲を見回すと、錆びた鎧を着た骸がそこらじゅうに散らばっていた。乾いた熱風が吹き抜けており、そのせいか骸は天然のミイラになっている。

鎧は二種類あり、片方は自国の軍のものだった。もう一方はおそらく隣国の軍だろう。

驚いたことにネプトーテス自身も自国軍の鎧を着ていた。やはりボロボロに錆びている。

(わしは戦神にされて、ここで敵の戦神たちと戦ったのか？　そしてわしだけ生き残ったというのか)

戦神化すれば膨大な魔力で傷を癒すことができる。もちろん魔術の基礎ができていないと無理だが、ネプトーテスは強化術師だ。人体に魔力を巡らせるのは専門だった。

鎧の脇腹には大穴が開いていたが、触れてみても傷はない。完全に治癒している。

（深手を負ったときに、とっさに治癒の強化術を使ったんじゃな。数ヶ月か数年かけて、今ようやく治ったということか。どれほどの傷を負わされたのやら……）

戦いの記憶は全くない。おそらく戦神化の術に精神支配の術式を織り込まれていたのだろう。精神支配が不完全だったのか、一度瀕死になったことで解けたのか。ネプトーテスのような下級魔術師にはわからない話だった。

（だがここはどこだ？）

周囲を見回すと、見慣れた故郷の山々が見える。

（あれはユナイ山じゃな。で、あっちがアドネ山。ということは、ここは街の近くのはずじゃが……）

見回しても街は見当たらない。それどころか森も川も見えない。緑に包まれたこの地方には、こんな石ころだらけの広大な荒野など存在しないはずだ。

（まさか……）

急速に嫌な予感が膨らんでくる。

錆びた鎧を脱ぎ捨てて歩き出したネプトーテスは、嫌な予感が的中していたことを悟った。

「なんと……なんということじゃ……」

彼の故郷は不毛の荒野に変わり果てていた。街は完全に破壊し尽くされ、もう誰も住んでいない。

簡素な自宅も長年奉職していた城も瓦礫になっていた。

よろめきながら自宅の礎石に座り込み、呆然とするネプトーテス。

だが不思議と疲労感はない。あるはずもなかった。今の自分は戦神なのだ。

(そうだ、わしは戦神……。それも精神支配のくびきから解き放たれた戦神ではないか)

戦神がどういうものか、ネプトーテスはよくわかっている。戦神を倒せるものなど、同じ戦神ぐらいのものだろう。

そして周囲に他の戦神はいないようだ。

「ふむ……」

ゆっくりと立ち上がるネプトーテス。

もう動揺も憔悴もしていない。

「都にでも行ってみるかの」

戦神は疾風のように走り出した。


普段なら徒歩で三日ほどかかる王都に、戦神ネプトーテスはその日のうちに辿り着いた。全力疾走する馬よりも速く駆けられ、しかも全く疲れないのだから簡単な話だ。

「ははあ、ここもやられたか」

王都の中心部にあるはずの大宮殿が、荒野の真ん中にぽつんと建っている。外壁は崩れ落ち、ボロボロになっていた。

民家も大路も川も見当たらない。荒野が広がっているだけだ。

「……まあ戦神同士が戦えば、街なんか残りゃせんわな。どれ、王宮の中を見物させてもらうか」

王都の大宮殿の中は、完全な無人だった。宮殿の内外にも戦神らしき兵士の骸が無数に転がっていたが、やはり生きている者はいない。乾ききった亡者ばかりだ。

役人や侍女の服を着た骸も多く、ここで一方的な殺戮が繰り広げられたことを想像させた。

「おうおう、派手にやられよったな。ん?」

砂埃だらけの廊下に、見覚えのあるものが落ちていた。宮廷魔術師の飾り帯だ。真っ二つに断ち切られており、端は茶色に染まっていた。持ち主の血だろう。

「あやつめ、くたばりおったか。ふん、良い気味じゃ」

楽しそうに笑いながら、ネプトーテスは飾り帯を拾い上げる。全ての魔術師が憧れる権威の象徴だ。

切れていた部分を結んで元のたすき状に戻すと、ネプトーテスは血に汚れた飾り帯を肩に掛けた。

「今この国で最高の魔術師は、おそらくわしじゃろうからな。わしが着けるのが当然じゃ。ついでに玉座も見ておくか」

予想通り、玉座には王の骸が鎮座していた。一族郎党と共に自害したらしく、辺りは豪奢な衣装の骸で埋め尽くされている。

干からびた亡者たちをパキパキと踏み割りながら、ネプトーテスは王冠を取り上げた。

「これももらっておこう。今からこの国の王はわしだ。異論があれば申してみよ」

周囲の亡者たちを睨みつけるが、異論を唱える者はもちろん誰もいない。

「ぱぁははははは! そうか、お前たちもわしを王と認めるか! 結構結構!」

ネプトーテスは大笑いしながら王冠を被る。

「わしの王国だ！」

それからネプトーテスは、廃墟となった宮殿の片隅で暮らした。国民は一人もいないが、それでも自分は王だからだ。地平線の向こうにある川まで行き、わずかな魚と水を得ることで日々の暮らしを繋《つな》いだ。

この国に住んでいた人々がどこに消えたのか、敵国がどうなったのか、何もわからない。ただ他の戦神の気配はときおり感じることがあり、そのたびにネプトーテスは危険を避けて身を潜めた。魔術師であるネプトーテスは魔力の流れを感じ取ることができたからだ。

（人間がこんな力を持てば、私利私欲に走るのが普通じゃからな。危なくて近寄れんわい）

やがて戦神の気配が全くしなくなり、それからさらに何年か経ってネプトーテスは宮殿を出ることにした。孤独に耐えきれなくなったのだ。

だがどこを歩いても廃墟ばかりで、生きている人間には一度も会えずじまいだった。

（普通の人間たちを見つけたら奴隷に……いや、家臣に取り立ててやっても良いのじゃが、どこにもおらん）

広大な大陸は石と砂ばかりの荒れ地がほとんどで、ネプトーテスは飢えと渇きに苦しみながら長い長い時間を放浪に費やすことになる。

誰かが呼ぶ声が聞こえた気がして、ネプトーテスはふと目を覚ました。

長年の習慣で、横になったまま物音に耳を澄ませる。さらに魔力の流れも感じ取り、周囲に他の戦神がいないか確認する。

安全を確認してから、ネプトーテスは岩陰から立ち上がった。周囲はいつもと同じ荒野だ。砂交じりの強い風が吹き付ける以外、何も変化のない不毛の大地。

ネプトーテスは被っていた王冠を手に取る。ずっと触っているせいですっかり摩滅し、細工はほとんど消えていた。宝石もあらかた脱落している。

「……いつも同じ夢じゃな」

長い孤独の末に独り言が増えた。この百年ほどは、誰かと会話らしい会話をした記憶はない。

しかしそれも昨日までの話だ。

人間たちは生きていた。

彼らがカヤンカカ山と呼ぶ山の北側には、人間たちの王国があるらしい。戦神もいたようだが、全て滅びたという。

ならばその王国を治めるのは自分であるべきだ。ネプトーテスは当然のこととして受け止めた。

だがひとつだけ問題があった。

この近くに別の戦神がいるのだ。ブルベルガという凶暴な男が。

直接戦えばどちらが勝つかわからない。かといって、そのままにしておけばいずれネプトーテスの王国を脅かすだろう。

王国を手に入れるためには、どうにかしてあの男を倒さなければならない。

「これはわしの王国だ。……誰にも渡さんぞ」

ネプトーテスはギュッと飾り帯を握りしめつつ、いつものように王冠を撫でた。

そのとき、彼を呼ぶ声が遠くから聞こえてきた。

「偉大なる戦神、ネプトーテス殿はいずこにおわす！」

＊　　＊

フミノに指定された場所で、パーカーがよく通る声を朗々と響かせる。

『我こそは魔王軍が将、パーカー・パスティエ！　偉大なる戦神、ネプトーテス殿はいずこにおわす！』

……と言っているはずなのだが、マオにはわからない。事前の打ち合わせで、そう名乗ると聞かされているだけだ。

古代語の名乗りは風に乗り、遠くに流れていく。

やがて一陣の砂塵と共に、ボロ布をまとった老人が現れた。

その異様な出で立ちと気配にマオは少なからず驚いたが、恐怖心をぐっと押し殺す。

すると老人は未知の言葉で語りかけてきた。

「アング・ユイッチェ、ウーズダート。ヴォテウ・ユイッチェ・マン・ナル〆？」

マオにはさっぱりだが、パーカーが彼の質問に答えた後、簡単に通訳してくれる。

「どうやら僕が魔術師だとわかっているらしい。自分の名前をどこで聞いたかと質問されている」

「わかりました。『正直』にお答えしてください」

これから相手を騙すというのに「正直に」というのも変な話だが、これは符牒だ。

万が一にもネプトーテスがミラルディア語を理解した場合、計画が根底から崩壊してしまう。

「わかった。任せてくれ」

パーカーは軽くうなずき、戦神との交渉を開始した。


『貴様も魔術師か。わしの名をどこで知った？』

『黒狼卿ヴァイトの報告を聞きました。もっとも、あの男はもう戻らぬでしょうが』

涼しい顔で答えるパーカー。

ネプトーテスはしばらく猜疑心の塊のような顔でパーカーをじろじろ見ていたが、やがて視線を転じた。

『して、そちらの男は？』

『失礼いたしました。この者は私の同盟者。ミラルディア随一の豪商、マオにございます。なにぶん蛮族の言葉しか話せぬゆえ、通詞はこの私めが』

『ふん、まあよかろう』

ネプトーテスはマオを見たが、決して好意的な視線ではなかった。

パーカーの通訳を介して、マオはこの戦神をどう攻略するか考える。

(ヴァイト様の話では、この男は修行者のような見かけに反してかなりの俗物らしい。だとすれば、私と話が合うはずです)

相手は数百年以上生きてきた古代の戦神、しかも訳のわからない魔術師だ。

しかし人間である以上、人間の論理でねじ伏せることができる。マオはそう信じ、熱弁を振るう。

「黒狼卿ヴァイトは海の彼方のミラルディアでは英雄ですが、私のような悪徳商人には都合が悪いのですよ。何せ彼は高潔で、清廉な政治ばかり目指すものですから」

そんなところが好きなのだが、マオはわざとらしく苦々しげな表情をしてみせる。

通訳を挟む以上、言葉だけではなく表情や仕草はいつも以上に重要だ。パーカーの通訳では伝えきれないものを伝えることができる。

「魔王軍のパーカー殿は『話のわかる方』ですし、聞けば戦神様と同様に不老不死であらせられるとか。こういう方が政治を差配してくださる方が、我々としては好都合なのです。おっと、こんなことはネプトーテス様には関係ありませんな」

マオはいったん言葉を句切り、パーカーが通訳するのを待つ。

ネプトーテスの表情に、ほんの少しだが納得の色が差した。短く返答する。

(行けるか？)

パーカーが戦神の言葉をマオに伝える。

「『続けろ』だってさ」

どうやら突破口になりそうだ。マオは慎重に斬り込む。

「黒狼卿ヴァイトは腐敗とは無縁なので、我らはこのクウォールの地で得られるはずの利益を得られずに難儀しております。ヴァイトを片付けてくださったネプトーテス様には、何か御恩をお返ししたいのですよ」

媚びへつらうような笑み。若い頃、元老院相手にさんざんやってきた作り笑いだ。

（さあ、どう出る？）

ネプトーテスは一瞬、不快そうな顔をする。作り笑いなのは見抜かれたようだ。

（さすがにそこまで愚物ではありませんか。ですが私は「自分は賢い」と思っている人を欺くのが一番得意なのですよ）

マオの一手に対して、パーカーがネプトーテスの返答を通訳する。

「『何か企んでいるのはお見通しだぞ。本当は何を考えている？』って言ってるね」

（よし、掛かりましたね）

真意を隠している相手に真意を問うほど無意味なことはない。真意を言うはずがないからだ。

しかしマオは恐れ入ったように頭を下げる。

「これは御慧眼、誠に恐れ入りましてございます。実は私、クウォール王家を滅ぼそうと思っておりまして」

大胆な策をサラリと口にする。

（「つまらない品ほど立派な箱に入れろ」とゲヘエがいつも言っていましたが、全くその通りです）

かつての雇い主、自分を罠に陥れた極悪人を思い出すマオ。

だが王家打倒という「立派な箱」は、マオの本心を隠すのに役立ったようだ。ネプトーテスの目が一瞬、大きく見開かれる。興味を持ったようだ。

「『わしを利用しようというのか?』だってさ」

マオは大きくうなずき、ネプトーテスに深々と頭を下げる。

「左様。ですがネプトーテス様にも利のある話にございます。我らはクウォールの統治など興味はありませんが、王家を滅ぼした後には新たな王が必要でございましょう。聡明で無敵のネプトーテス様こそ王に相応《ふさわ》しい」

自分でも呆れるほどに白々しいおべんちゃらだが、マオはネプトーテスの反応がもうわかっていた。

そしてその通りの反応が返ってくる。

「『なるほど、それは悪くない。だが別にお前たちと手を組む必要もない』と言ってるよ?」

(強者らしい驕《おご》りだ)

内心で唾棄しつつ、マオは薄く笑う。

「御心配には及びません。ネプトーテス様が王となられるまで、私どもがお手伝いいたします。こうして通訳もいたしますし、人心を掌握して民草を従わせるのも我らにお任せください。御自身に奉仕する民を皆殺しにするのはネプトーテス様とて本意ではありますまい?」

するとネプトーテスは面白くもなさそうに答える。

「『お前たちが考えそうなことだ。ならばせいぜいわしの役に立つのだな』だって」

「それはもう……。ですが、ブルベルガとかいう戦神が少々厄介ですな。不死のパーカー殿はブルベルガに敗れることはありませんが、勝つこともできませんので」

パーカーが通訳して、マオに向き直る。

「『それもわしにやらせようというのか。悪党め』って言ってるよ」

(こんなヤツに悪党と呼ばれても嬉しくはありませんね)

マオの脳裏に一瞬、ヴァイトの呆れたような顔が浮かぶ。彼を呆れさせるときはいつも、マオは楽しいのだ。

だがそれはそれとして、マオは恭しく頭を下げる。

「ではこの小悪党めを、ネプトーテス様の配下にお加えください。弱者は強者に従うのが世の理にございますから」

「『なかなか道理のわかった悪党だ。気に入ったぞ』だってさ」

(戦神も大したことはありませんね。これでヴァイト様のお役に立てたのなら良いのですが)

マオはそう思いつつ、愛想笑いを浮かべる。

だが次の瞬間、ネプトーテスから別の質問が飛んできた。

「『ところでその小娘は何者だ?』と聞かれたんだけど……」

ネプトーテスの視線は、ちょこんと畏《かしこ》まっているフリーデに向けられていた。

話の大筋に合意したので、今度は細部が気になり始めたのだろう。

だがマオは慌てなかった。

「ああ、この者は黒狼卿ヴァイトの一人娘にございます。哀れな半人狼ですよ。人狼に変身もできず、父親からも疎まれている次第でして」

一瞬、フリーデが驚いたような顔をする。

しかし彼女はすぐに、いかにもそれっぽい表情をして古代語で返答した。

パーカーがそれを通訳してくれる。

「彼女、父親への不満と敵意を一生懸命訴えかけているよ」

「なんか悪いですね」

フリーデが父親を尊敬していることはよく知っているが、世界の存亡がかかっているので我慢してもらおう。

(魔族の支配者層と、黒狼卿に不満を抱く跡取り娘。そして悪徳商人。この三枚の看板があれば、ネプトーテスを信用させられるはずです)

ここにいるのはたった三人だが、いずれも人間たちの内情をネプトーテスにほのめかせる材料になっている。

フリーデの熱弁はかなり長く続き、やがてネプトーテスは落ち着き払った様子で応じる。

「『どうやらいろいろ事情がありそうだな。しかしわしの足を引っ張るなよ』だって」

「重々承知しております。では共に参りましょう」

マオは内心で舌を出しつつ、深々と頭を垂れた。

＊　＊

パーカーたちが戦神ネプトーテスの説得に向かった後、俺たちは戦神ブルベルガと戦っていた。

もちろん、まともな方法では勝ち目がないので、少しばかり小細工を弄する。

『大将、左に捌けってさ』

『わかった』

俺はブルベルガの重いパンチを紙一重で避ける。

避けてから気づいたが、これは右のフックだ。もし右に捌いていたら巻き込まれていた。当たれば即死だ。

『次は右足の前蹴りだ』

遠吠えでナビゲートしてくれているのはジェリクだ。

人狼の遠吠えは単純な情報しか送れないが、それでは困るので人狼隊では単語をいくつか追加した。おかげでやや高度な情報伝達が可能になっている。遠吠えだから戦神の魔力で乱されることもない。

攻撃を予測してくれているのは、もちろんフミノだ。彼女は数分から数十秒程度の予知しかできないが、そのぶん精度が高い。数秒先なら的中率はほぼ百%だという。

もっとも指示される動作はかなり要求水準が高く、魔法で限界まで強化した人狼形態でどうにか……という感じだった。俺以外では避けられないだろう。

『あとカイトが言うには、ここの地面は見た目より脆いから気をつけろってさ。戦神の腕力なら地面をへこませるぐらいは簡単らしいぜ』

『ありがとう』

フミノの予知術だけでなく、カイトの探知術も俺をサポートしてくれている。

彼はありとあらゆる情報を収集し、分析するエキスパートだ。攻撃手段は一切持たないが、知識と技だけで戦神に対抗している。

昔から凄いヤツだったが、もはや賢者と言ってもいいだろう。

一方、ブルベルガは特に何も考えていない様子で、豪快に突き蹴りを放ってくる。

「ちょこまかと器用に避けるな！　だが次はどうだ!?」

『下段にタックルだな』

『了解』

ブルベルガの巨体が一瞬で消え、地面スレスレに鋭いタックルで襲いかかってきた。矢よりも速い。これは人狼の反応速度でも厳しい。

だが予知していたとなれば別だ。

俺はヒョイとジャンプしてかわし、ブルベルガの巨体を飛び越える。ついでに後頭部を思いっきり蹴り飛ばしてやった。

「うおっ!?」

熊の頭でも消し飛ぶ人狼のキックなのに、こいつはよろめきもしない。一瞬フラついただけで、ぴんぴんしている。なんてヤツだ。

だがこれは攻撃ではない。挑発だ。

『両腕を振り回してくるぜ』

ジェリクの遠吠えを聞いた瞬間、俺は半歩下がる。

「この野郎！」

吠えながらブルベルガが両腕を振り回してきた。洗練されていない動きだ。

だがスピードと破壊力は想像を絶する。鼻先をヒュッと掠めていったが、直撃すれば俺の頭は消滅していただろう。予知していなければ死んでいた。

『魔力を地面に叩きつけてくる、らしい』

『なるほど』

ジェリクの言葉から、俺は次の攻撃をなんとなく予想した。

ブルベルガは腕を振り上げ、思いっきり地面を叩く。

「このおぉっ！」

地面がグラッと揺れた。ほんの数メートルの範囲だが、足を取られるほどの揺れがあったぞ。とんでもない威力だ。

あまりの威力で地割れまで生じている。カイトが言った通り、ここの地面は脆いんだな。地上に留まらなくて正解だ。危なかった。

俺は空中にジャンプしているので、地面が揺れようが割れようが関係はない。

空中ではできることがほとんどないので、俺は見た様子をジェリクに伝える。

『魔力はほとんど減ってないな』

『カイトもそう言ってる。大丈夫なのか、これ？』

『問題ない、続けるぞ。次の予知をくれ』

さすがにブルベルガも今の大技は少し疲れたのか、動きが一瞬止まる。だがみるみるうちに彼の全身に力がみなぎってくる。膨大な魔力が疲労を回復させたのだ。

貯水ダムと相撲してる気分だ。こんなの勝てるのか？

するとジェリクが遠吠えで伝えてくる。

『着地際に魔力パンチ、だとさ』

なるほどな。

俺がわざとらしく高高度のジャンプをしてみせたので、ブルベルガはさらに大技を繰り出すつもりらしい。

自由落下中の俺は落ちることしかできないから、隙の大きな技でも避けることはできないと判断したのだろう。

「終わりだあぁっ！」

拳に魔力を込めたパンチが放たれる。もちろん届く距離ではないが、純粋な魔力が極太のビームみたいな感じで飛んできた。原理は魔撃銃と同じだ。

「悪いな、もらうぞ」

俺は「魔力の渦」の力で、その魔力をまるごと吸い込む。

純粋な魔力を使った攻撃は、俺には一切通用しない。魔力を回復させるだけだ。

この一点だけ、俺は戦神と全く同じ力を持っていた。

それを見たブルベルガは叫ぶ。

「やはりお前も戦神か！　堂々と勝負しろ！」

「戦神じゃないって言ってるだろうが。それにお前のような卑怯者とはまともに勝負する価値もない。だいたい弱すぎるからな」

「俺は弱くない！」

ブルベルガは隆々とした筋肉を鋼のように硬直させ、巨岩を持ち上げた。

この攻撃は予知しなくてもわかるな。

「くらえ！」

あの岩、何トンぐらいあるんだろう。運動エネルギーを計算すれば、消費した魔力が求められそうだ。計算する余裕はないが。

だがまあ、風化しかけた脆い岩なんか凶器にはならない。俺は拳に魔力を込め、パンチで岩を叩き割った。岩の破片が頬を掠めていくが、人狼は丈夫な毛皮に守られている。

「子供の喧嘩じゃないんだ。もっとマシな武器を使え」

「だったらこの肉体だ！　これこそが俺の武器よ！」

『右の上段回し蹴り、狙いは大将の左肩だ。刈り込むように来る』

ジェリクの指示を受け、俺は体を捌いて戦神の蹴りを避けた。人狼の目でも何が来たのかよくわからないスピードだったが、わかっていれば避けられる。

「ははっ、やっぱりお前、戦神だろう！」

「違うと言っている」

こいつはまだ、俺が攻撃を避け続ける秘密に気づいていないようだ。気づかれたら周囲にいるフミノたちが危ないから、気づかれる訳にはいかない。

この方法はやっぱり、対ブルベルガ専用だな。ネプトーテスの方は魔術師なので、予知術による回避に気づかれる危険性があった。

そんなことを考えつつ、俺はブルベルガの猛攻を躱《かわ》していく。さすがに戦神だけあって、一撃一撃が神速と呼ぶのに相応しい。しかも必殺の破壊力を持っている。

やがてだんだん、ブルベルガの表情に疲労が見え始めた。

「はあっ……はあっ……」

呼吸が荒い。発汗の状態は人狼の嗅覚で敏感に嗅ぎ取っているが、これはかなり疲れているな。

『大将、やれそうか？』

『いけそうだな。獲物が疲れてきた』

戦神は膨大な魔力を蓄えており、それを使って脅威的な攻撃を繰り出してくる。

魔力はどんなエネルギーにでもなれる、神秘のエネルギー源だからだ。運動エネルギーにもなるし、熱エネルギーにもなる。

しかしそこに落とし穴があった。

『魔力は何にでも使えるが、使った後はただのエネルギーになる。永久機関じゃないんだ』

『大将の話は相変わらず難しいな……』

高速でパンチを繰り出せば魔力は運動エネルギーになり、消費した分の魔力は失われる。使った後に魔力に戻ることはない。

『要するに、こいつに好きなだけ力を使わせればいいんだよ。そのうち魔力が足りなくなる。それにな』

俺はブルベルガの横をすり抜けて攻撃を回避しつつ、ジェリクに言った。

『戦神も心は……いや、脳は生身の人間だ。焦れば判断を誤るし、恐れれば拳は鈍る。本来の力を発揮できなくなっていくんだ』

どんな無敵の力を手に入れようが、本能的な部分は変わらない。強者としての自信が揺らげば、おのずと動きが萎縮してくる。

だがブルベルガは表向き、全く変わらない様子で拳を振るっていた。

「わはは っ、やはり強えヤツとの戦いは楽しいぞ！　強えヤツが正義だ！」

だが俺は騙されない。

「焦っているな、お前。匂いでわかるぞ」

これはブラフではない。人狼は人間を狩ることに特化した魔族で、人間の放つ様々な匂いで精神状態を読み取る。

ブルベルガは激しく発汗していたが、その汗には恐怖を感じている人間特有の匂いがした。

この戦神は今、俺に恐怖している。

ジェリクのサポートを受けてブルベルガの攻撃を回避しつつ、俺はなるべく冷酷な口調で告げる。

「どうした戦神？　たった一人の人狼も倒せないのなら、お前は弱い戦神のようだな。その喉笛を食いちぎられても文句は言えまい？」

「戦いを楽しんでいるだけだ！」

そう言いつつ、片手でとっさに喉を押さえたな。人狼の牙は最大の攻撃力を誇るが、通常の戦神を傷つけるには足りない。かなり衰弱させてからでないと無理だ。それこそ瀕死でないと。

俺の脳裏を一瞬、勇者アーシェスの姿がよぎる。あいつもフリーデンリヒター様との死闘で傷ついていなければ、俺なんかに敗れることはなかっただろう。

俺はいつだって、誰かに助けられてここまで来た。

『やっぱり俺の大将はすげえな。戦神が子供扱いだ』

ジェリクがそんなことを言ってきたので、俺は回避のついでに答えておく。

『俺が凄いんじゃない。人や魔族は互いに助け合ったとき、戦神を超える力を持つ。凄いのは俺たち全員だよ』

人間の魔術と、人狼の遠吠え。ずっと対立していた種族が互いの特技を使い、俺を支えてくれている。

昔は俺がその両方を一人で使って何とかしてきた。だが一人でできることなんてたかが知れている。

今の俺は違う。大勢の仲間が俺を支え、守ってくれている。

『負ける気がしないな』

『戦神相手に一騎討ちしてるのに、まったく大将は桁外れだぜ……』

一騎討ちじゃないからだよ。こっちは総力戦だ。

一方、孤独なブルベルガは心身ともにどんどん消耗していく。

「おらあぁぁっ！　うおおっ！　どりゃっ！」

「掛け声だけは威勢がいいな。新兵みたいで」

身も心も完全に悪役になりきって、俺は飛び回りながらブルベルガを挑発していく。というか、殴っても蹴っても全く通用しないので、口喧嘩ぐらいしかできることがない。

その代わり、確実にブルベルガのメンタルを削っていく。

「お前、他の戦神にもいきなり戦いを仕掛けて不意討ちで勝ってきたんだろう？　お前は強者なんかじゃない。弱くてみじめな卑怯者だ」

「違う！」

横殴りの拳が襲ってくるが、踏み込みが足りない。避ける必要もなかった。

だから俺はもっと挑発してやる。

「拳が鈍っているぞ。戦神の力があったとしても、それを使いこなすのは本人の技量だ。お前の拳術は拙い」

「なな、何だとぉ!?」

これも事実だ。

確かにブルベルガには格闘技の技術があり、戦神の怪力を有効活用できている。しかし力任せの乱暴な攻撃が多く、技に緻密さが欠けていた。

この辺りはフリーデンリヒター様とは全く違う点だ。あの人はたぶん、前世で剣道や銃剣道を嗜《たしな》んでいたんだろう。戦神としての基本性能に頼らない、鋭く緻密な攻撃をしていた。

もっとも竜人の骨格や筋肉は人間とはだいぶ違うから、その技で長時間戦うことはできなかったが……。

あの人が人間か人狼に転生していれば、今も一緒に戦えていたかもしれない。

もっともその場合、クウォールの歴史はどうなっていたんだろうな……?

ブルベルガの攻撃が弱々しくなってきたので、俺は間合いを取って様子を見ながら、ふとそんなことを思い出した。

おっと、挑発挑発。

「戦神よ、この程度で強者とは笑わせる。早くお前の本気を見せてくれ。人狼は忍耐強い種族だが、さすがにそろそろ飽きてきたぞ」

「こっ……このやろぉ！」

ドスドス踏み込みながらの大振りなパンチ。なんの技術も駆け引きもない。

とはいえパンチそのものは音速に近いスピードで放たれているので、俺だって本気で避けないと死ぬ。今回も紙一重だ。

ヒヤヒヤしたが、俺はなるべく冷静に言ってやった。

「当たらんな？」

「うっ、うおおおおおおぉ！」

メチャクチャに腕を振り回し、暴れるブルベルガ。もう駄々っ子みたいだ。

彼の格闘術は錆びついている。たまに見せるフットワークやコンビネーションには、どこかで正式に学んだ形跡がある。しかし習ったことをほとんど忘れている感じだ。

おそらく戦神になった後、その強さに驕ってしまったのだろう。人間相手に格闘術は不要だし、戦神相手には一方的な不意討ちを仕掛けてきた男だ。

もっと間合いを正確に保ち、フェイントを駆使して俺を追い詰めないといけないのだが、それを教える訳にもいかない。そんなことをされたら俺が死ぬ。

だからもっと挑発する。

「弱いぞ、お前」

「俺は弱くねえ！　俺は強い！　最強の戦神だ！」

「戦神が最強だと？　笑わせる」

勢いだけの猛攻を、俺は基本に忠実なフットワークで堅実に避けた。

ワで習った具足術は洗練されていて、これだけ避けても体力の消耗がほとんどない。甲冑《かっちゅう》を着て取っ組み合いをする技だからだろうか。やはり先人たちの知恵は凄い。

俺はブルベルガの拳をパンと払う。実際には伸びきって止まった拳を払っただけだが、ブルベルガはパンチを止められたように感じただろう。

「なっ!?」

「お前がどんな攻撃をしようが、俺には通じない。戦神は最強ではない。最も強いのは名もなき人々だ」

「そんな訳があるか、バカにしやがって！」

俺が使ってる魔術も体術も、無名の人々が少しずつ編み出して改良してきたものだ。無名の人々の生涯と努力が積み重なり、それが人類を進歩させてきた。

だから俺でも戦神と戦える。

「俺の言葉の意味がわからんようでは、お前に明日はない。この夕陽が、お前が見る最後の太陽だ」

視線誘導。ブルベルガの意識が一瞬、西の空に傾いた太陽に向けられる。

その隙をついて、俺はブルベルガの顔面にパンチを放った。

「ごあっ!?」

綺麗に決まったぞ。鼻血が出た。……いや、あのパンチで鼻血止まりなの？　負ける気は全くしないんだけど、勝てる気も全くしない。

しかし俺は勝利を確信していた。

モンザの遠吠えが聞こえてきたからだ。

『隊長ー！　おーい、たいちょー！』

『俺は長老だって言ってるだろ!?』

『あは、ガーニー兄弟の遠吠えがあったよ。ネプトーテス来るってさ』

そんな飲み会の連絡みたいに言わないで。人類の未来がかかってる戦いだぞ、これ。

今回、人狼の遠吠えをリレーすることで長距離高速通信を可能にしたのだ。

なお、ガーニー兄弟は戦いたがるだろうから中継役にしておいた。あいつらもいい歳したおっさんなのに、すぐ戦いたがるからな。

ブルベルガとネプトーテス。二人の戦神を戦わせ、共倒れにさせる二虎……共食？　いや競食？　どっちだったっけ……確か「競食」だった気がするな。転生後はもう確認しようがないから、中年の記憶はぼやける一方だ。

とにかく、この「二虎競食の計」で勝利を狙う。瀕死の戦神なら俺でも何とか勝てるのは、過去に実証済みだ。俺は実証されたものしか信じない。なんせ人類の未来がかかってるからな。

ただブルベルガの方が強そうだったので、少し弱らせておくことにした。今のメンタルぼろぼろブルベルガなら、あの陰湿ネプトーテスと良い勝負だろう。いい感じに共倒れになってほしい。

問題は俺とネプトーテスは既に敵対関係にあることだ。戦いの場に居合わせるとまずい。地味な副官はぼちぼち退場だな。

黒狼卿劇の舞台を思い出しながら、俺も素人なりに精一杯演技してみせる。

「つまらん男だ。この程度なら他の誰かが倒すだろう」

俺は三歳児みたいな気まぐれを起こしたふりをして、シュッと飛び退いた。

ブルベルガは追ってこない。遠目にだが、困惑している表情がよく見えた。

あの男は戦い好きな様子を装っていたが、本当はそんなタイプではない。いきなり戦いを仕掛けて不意討ち同然に相手を倒すのは、むしろ戦いが怖いからだろう。

攻撃性は生物の防衛本能で、ある意味では弱さの裏返しだからな。あれだけ攻撃性が高いということは、根は臆病なはずだ。その臆病な本心を剝き出しにしてやった。

俺は砂丘の稜線に姿を消した後、ぐるっと回り込んでカイトたちの下に戻る。

「ただいま」

「お帰りなさい、ヴァイトさん！」

カイトたちが笑顔で出迎えてくれる。やっぱり仲間っていいよなあ。

リュッコが微妙に苛ついた様子で俺に詰め寄る。

「あんま危ないことすんなよ、クソヴァイト！　心配させんな！」

「兄弟子に言う台詞じゃないぞ」

「君が言うのかい、それ？」

パーカーがカタカタ笑っている。隣にはフリーデとマオもいた。ネプトーテスを誘導するチームも無事に戻ってきて何よりだ。

あれ、でもエルメルジアが不機嫌そうな顔をしているな？

「どうした、エルメルジア殿？」

「私の出番がありませんでしたので、拗ねているだけです」

俺がやられたり動けなくなったりしたときの代打要員なんだから、俺に何事もなければ出番はないよ……。むしろ俺の無事を喜んでほしい。

入念に計画を練ったおかげで、今回の作戦はここまで順調に進んでいた。

フリーデが嬉しそうに報告してくる。

「お父さん、ネプトーテスはやる気まんまんだったよ！」

「それならいい勝負をしてくれそうだな。彼の魔術と格闘術ならブルベルガに負けないはずだが、なんせ戦いに消極的だからな。よくやった、フリーデ」

「うふふ」

娘の成長が頼もしい。もうそろそろアインドルフ家の家督ぐらいは譲ってもいいんじゃないかな、アイリア？　この戦いが済んだら提案してみよう。

そんなことを考えていると、戻ってきたニーベルトが声をあげる。

「おいみんな、始まるぞ」

「おお、戦神同士の一騎討ちだ！」

「どっちも負けろよ！」

人狼たちが物陰に隠れながら、望遠鏡で覗いて大はしゃぎしている。のんきなもんだ。

しかし勝負の行方は俺も気がかりなので、望遠鏡で覗いてみた。

「これは予想以上の展開だな……」

途方に暮れた様子で突っ立っていたブルベルガに、ネプトーテスは物も言わずに襲いかかったようだ。ブルベルガが「なんだてめえは!?」などと叫んでいるのが聞こえる。

一方、ネプトーテスは無言だ。あいつ本当に性格が悪いな。

ブルベルガは突き蹴りを主体とした格闘術で応戦しているが、ネプトーテスは組み技主体のようだ。

ネプトーテスはブルベルガの手足を掴もうとしていて、ブルベルガもそれを警戒している。キックは下段ばかりだし、パンチも踏み込みが浅い。

「なんだよあいつ、へっぴり腰だな」

ガーベルトが溜息をついているが、俺も同感だ。もしかすると、ちょっと自信喪失させすぎたかもしれない。総合的な技量ではブルベルガの方が上だが、力を発揮しきれていない。

一方、やる気まんまんのネプトーテスは魔法を駆使して勝負を有利に進めていく。

ときおり砂嵐が起きるのも彼の魔法だろう。戦神だって目に砂が入れば普通に痛いし、目だって閉じる。

フリーデがふと、心配そうに呟いた。

「これ、もしかしてまずくない……?」

「ああ、お父さんもそう思う。このままだと……」

そう言いかけたとき、ひときわ激しい砂嵐が起きた。戦神たちの姿が一瞬見えなくなる。

嫌な予感がするぞ。

砂嵐が収まったとき、俺の予感は的中していた。

戦神ブルベルガは地面に倒れている。首があらぬ方向に曲がっていた。魔力で傷を癒やせるとはいえ、頸椎を破壊されたらさすがに厳しい。

それでもブルベルガは首の損傷を修復しようともがいていたが、ネプトーテスがそれを見逃すはずはない。

カイトがぽつりと呟いた。

「あいつ、麻痺の魔法を使いました。それも喉に」

窒息させる気だな。戦神だって酸素は必要だ。脳が酸欠になれば死ぬ。

俺は溜息をつく。

「詰みだ。ブルベルガは死ぬ」

望遠鏡の不鮮明な像ではわかりづらいが、ブルベルガの顔が紫色になっているのが見えた。チアノーゼを起こしている。あっけない最期だ。

彼の死を悼んでやりたいが、その前にネプトーテスを倒すのが急務だ。

ネプトーテスの方はほぼ無傷で、ほとんど消耗していない。「二虎競食の計」とか言って策士気取りしてた俺を叱ってやりたい。やっぱり俺、謀《はかりごと》に向いてないな。

それはともかくとして、元気そうなネプトーテスを何とかするのが次の仕事だ。困ったぞ。

「ヴァイト君、どうすんの？」

さすがに不安そうな顔でファーンが聞いてきたので、俺は何でもないような顔をして振り返った。こういうときに俺が余裕を見せておかないと、みんなが不安になる。

「やることは変わらないよ。ブルベルガが生き残ったときの対策をしてるだろ?」

「あー、あれ?」

策士見習いの俺だが、計画がうまくいかなかったときの備えぐらいは用意している。どんなときでも切り札を複数用意しておくのは当然だ。

問題はネプトーテスの誘導だが、これは俺が出るしかないか。フミノたちサポートチームがいれば大丈夫だろう。

「あれがそのまま使える。みんなには悪いが、もう少し働いてもらうぞ。打ち合わせ通り動いてくれ」

「わかった」

緊張感を漂わせ、全員がうなずいた。

俺は砂丘を駆け下り、ネプトーテスの下へと向かう。放っておいたらこいつはクウォールに向かうだろう。そんなことになれば、どれだけの血が流れるかわからない。

ネプトーテスはブルベルガの死体を漁っていたが、俺の接近にすぐ気づいた。俺もネプトーテスに向かって叫ぶ。

「ネプトーテス!」

「誰かと思えば、死んだはずの人狼ではないか。娘にまで裏切られて哀れな男よ」

いやそれは違う。フリーデは俺とアイリアの自慢の娘です。あの子は誰かを裏切ったりなんかしない。娘の名誉のために訂正しておきたい。

しかし作戦が失敗した場合を考えると、誤解されたままの方が都合がいい。さもないとフリーデが殺されかねない。

ジェリクの遠吠えが聞こえてくる。

『大将、やれるか？』

『問題ない。さっきの要領で頼む』

遠吠えを返し、俺はネプトーテス相手に身構えた。

「疲れ切ったお前なら俺でも倒せるかと思ってな」

「疲れ切った、だと？」

ネプトーテスはせせら笑う。そりゃそうだろう。どこからどう見ても元気そのものだ。

しかしここは道化に徹さないと。俺は「我が子にまで裏切られ、孤立無援で戦っている愚かな人狼」でないといけない。俺に大勢の仲間がいて必勝の策もあるなんてことを悟られたら、こいつの出方が読めなくなる。逃げられたり、後方の仲間を攻撃されたりすると厄介だ。

だから誤解を深める方向で話を進めていく。

「そうだ。お前を倒せば俺は返り咲ける。戦神を倒した人狼に誰が逆らえようか」

「身の程知らずめ」

ネプトーテスは自分の優勢を確信している様子だ。猜疑心の強い男だが、マオたちの工作が効いている。「俺は何もかも知っているが、こいつは何も知らない」と思っているようだ。それでいいぞ。ムカつくけど。

ネプトーテスはブルベルガをずっと警戒していたが、直接対決で倒した。こいつの話では他に戦神はいないようなので、こいつは今「俺を脅かせる者は誰もいない」と考えているだろう。

そしてこの手の臆病者は、自分が本当に強者なのか確かめたがる。もし俺なんかに苦戦したら強者ではない。彼の中では俺の評価は低いはずだからだ。

『大将、右手で摑みかかってくるぜ。捕まったら終わりだ』

ジェリクの遠吠えが聞こえたので、俺はヤツが動く瞬間を見定める。

来た。

「愚か者は死ね！」

魔力を込めた指先が俺に迫る。何らかの魔法が付与されているが、触れるとまずいタイプのヤツだろう。こいつは組み技を使うから、相手を摑むのがうまい。

俺はわざとギリギリで避けた。ブルベルガの乱暴なパンチに比べると、ネプトーテスの摑み掛かりはかなり遅い。摑むという繊細な動作が入る分、適当に腕を振り回す訳にはいかないからだ。

だがこれなら十分避けられるぞ。魔法で強化された人狼ならいける。

『次は火噴きの魔法だとさ』

いろいろあるぞ、どれだ？　ネプトーテスが使うのは古代の破壊魔法だから、現代の予知術師であるフミノには区別がつかないらしい。

まあいいや。俺は耐熱の呪文を唱える。さすがにそこまで準備してなかったが、来るのがわかっているのなら詠唱で間に合うだろう。

ネプトーテスも何かを詠唱しており、詠唱が完了した直後にネプトーテスの掌から業火が噴き出した。

あ、これはまずいぞ。予定を変更して回避だ。

「うわっち!?」

俺は間一髪で炎の直撃を回避した。俺が避けた炎は地面に落ち、しぶとく燃え続けている。

危なかった……。これは可燃性の粘液を召喚する術だ。浴びれば肌に貼り付き、骨まで燃やし尽くす。フミノの予知と俺の魔法知識がなければ終わってた。

「ほう……躱したか」

ネプトーテスは余裕の表情だったが、微かに苛ついているのが匂いでわかった。こいつも単純だな。力に溺れてるからだろう。

しかし今回はブルベルガ戦のときのように挑発する訳にはいかない。ネプトーテスは劣勢だと感じたら逃げてしまう。優勢だと思い込ませなければ。

俺はたじろいだふりをして、慌てて逃げ出す。どうかな、追ってきてくれるかな？

「ははは、逃がしはせんぞ！」

よし、食いついた。

俺は遠吠えで仲間たちに知らせる。

『獲物が檻に入るぞ。準備はいいか!?』

『とっくに準備できてるよー』

ファーンの呑気な遠吠え。やっぱり俺たちの姉貴分は頼もしい。

「待て、待たんか！」

後ろから凄い勢いでネプトーテスが追いかけてくるが、走るのは苦手らしい。走るフォームが運動会の小学生みたいだ。

しかしそれで人狼にぴったり迫っているんだから、戦神というのは恐ろしい。

俺が本気を出せばネプトーテスを振り切ることもできたが、最高速度は見せずにおいておく。そもそも振り切ったら誘導にならない。

なんとも微妙な追いかけっこの末、俺は砂地に足を取られたふりをして立ち止まった。わざとらしく肩で息をしてみせる。

黒狼卿劇の役者たちが見たら失笑もののお粗末な演技だろうが、力に溺れて慢心した戦神を騙すのには十分だったようだ。

「逃がしはせんぞ。ここがお前の墓場だ」

ネプトーテスは格好つけて両手を広げながら呪文を詠唱し、左右の掌に火球を発生させる。さっきと同じ術だが、何かが違うようだ。

するとジェリクが遠吠えで伝えてくる。

『カイトが言うには、そいつは追尾してくるらしいぜ』

『また厄介な術を』

物体を浮かせる術はあるから、それとの合わせ技かな。さすがに追尾は手動だろう。

「終わりだ！」

左右の火球が不規則に飛びながら俺を襲ってくる。スピードはあまり速くない。キャッチボールの球ぐらいだ。人狼には遅すぎる。

でも二個使うってことは、たぶん挟み撃ちにするつもりなんだよな。

案の定、片方の火球が俺の背後に回り込んできた。気づかないふりをしておく。

「終わりだ！」

それさっきも言っただろ。

俺は背後の火球に激突される直前に加速し、ふたつの火球の間を滑り抜けるように回避した。燃えさかる粘液の球同士がぶつかり合い、べしゃりと潰れる。

「ちっ！」

ネプトーテスが舌打ちすると、粘液の塊は砂地に落ちた。

こいつ、破壊魔法はあんまり上手じゃないな。やっぱり強化魔法が専門か。だんだん手の内が読めてきたぞ。

魔術師同士の戦いは一手ごとに力量が露わになる。その辺りは剣客同士の戦いと同じだ。

『こいつは魔法をいろいろ使うが、戦神の膨大な魔力を使いこなすほどの実力はなさそうだ。いけるぞ』

『カイトとフミノも同じことを言ってる。パーカーたちも同じ意見らしいぜ』

だろうな。こっちは各分野の魔術師がいろいろいるから、判断に誤りはないはずだ。

大規模な破壊魔法で仲間が一網打尽、みたいなことはなさそうなので、俺は合図を送る。

『始めるぞ。戦神狩りだ』

『おう！』

嬉しそうな声がして、あちこちから人狼と人虎が飛び出してくる。

ファーン、モンザ、ガーベルト、ニーベルト、そしてエルメルジア。全員がエルメルジアの術で反射速度と筋力を強化されている。つまり戦力的には俺と同じぐらいだ。

ネプトーテスがギョッとした顔をする。

「な、なんだこいつらは⁉」

「俺の仲間だよ。まさか人狼が単独で狩りをするとでも思ったのか？」

ネプトーテスはキョロキョロと俺たちを見回していたが、戦神級の存在がいないことにすぐ気づいたようだ。腐っても魔術師だからな。

「ファハハハ！　虫けらが何匹集まっても虫けらに過ぎん！　神に勝てるとでも思ったか⁉」

戦神は神様じゃないよ。俺は異世界からの転生者だけど、神様なんか一度も見たことがない。

もっとも、この様子ならネプトーテスは逃げずに戦ってくれそうなので一安心だ。狩りがしやすい。

相手の闘志を確認したところで、俺はヤツを挑発していくことにした。

「宇宙から見れば俺もお前も砂の一粒に過ぎないぞ、ネプトーテス。お前が踏みしめている砂粒と何も変わらない」

「ほざくな、わしは神だ！」

摑みかかってきたが、狙いが見え見えだ。

戦神たちは格下と戦うことが多いから、攻撃に驕りがある。他の戦神との戦いを徹底的に避けてきたネプトーテスは、特にその傾向が強い。フェイントを使わないし、動作の隙を隠すこともしない。

ただそんなことをしなくても十分に速いので、そこは予知術などを駆使する必要がある。もちろん戦い方の工夫もだ。

「散開！　六花陣！」

俺を中心に他の六人が散開し、六角形の陣形を作る。前衛はガーニー兄弟だ。エルメルジアは人狼の遠吠えを聞き取ることができないので、会話は通常の肉声に切り替えている。

「いくぞ、『ブラッドムーン』！」

俺が編み出した全体強化魔法。戦神の周囲では魔法が使いづらいが、俺の魔力があれば戦神相手でも何とか使えそうだ。

「よし、これなら術の効果が切れてもすぐにかけ直せる！　かかれ！」

「おう！」

人狼たちが戦神に殺到する。

「ぬっ、ぬおおっ!?」

ネプトーテスは驚いた様子だ。たかが人狼が戦神に挑みかかるなど、想像もしてなかったのだろう。逃げ惑う弱者を殺戮するような戦いしか経験していないはずだ。

だが驚きや恐怖は戦神の力を鈍らせる。どんなに強い力を持っていても、正しい判断で使わなければ本来の強さを発揮できない。

「無礼者め！」

ネプトーテスはモンザを捕まえようとした。

しかしその攻撃を予知していたモンザは、スルリと指先から逃れる。

「あは、ざんねーん」

モンザは軽やかなステップで宙返りしつつ、その蹴り足で砂を舞い上がらせる。狙いはネプトーテスの顔だ。

ブルベルガもそうだったが、ネプトーテスだって目に砂が入れば痛い。あと嫌な気分にもなる。

「ぶわっ!?　ぺっ！　ぺっ！」

口の中まで砂が入ったようだ。詠唱しづらくなるな。

退いたモンザの代わりに、今度はガーベルトが割り込んでくる。

「噂の戦神を一発殴ってみたかったんだ！　いいか!?」

許可を取る必要はないと思うし、そもそも言葉が通じてないぞ。

だがネプトーテスも戦神だ。人狼の凄まじいパンチを苦もなく避ける。

「おのれぇ！」

ネプトーテスはガーベルトの右腕を取ろうとしたが、それも予知されていた。

「おっとっと」

ガーベルトは腕を素早く引っ込める。こいつも歴戦のベテランだから、そんなに簡単に隙は見せない。

「なあおいヴァイト、こんなんでいいのかよ？」

「いいから続けてくれ。こいつが冷静に戦ったら俺たちに勝ち目はない」

こいつはブルベルガとは違うタイプの戦神だ。俺と同じ強化術師で、組み技主体の格闘技も使う。得意分野が丸被りしているので、俺には弱点を突くことができない。

唯一違うのは、俺は孤独ではないということだ。

「じゃあ次は俺な！」

ガーベルトが退いた瞬間、ニーベルトが死角から滑り込んでくる。

「よう、爺さん！」

「うあっ!?」

ガーニー兄弟は赤毛の人狼で、ネプトーテスには区別がつかないだろう。驚いた隙にガーベルトが踏み込み、パンチをお見舞いする。

「おりゃあっ！」

重機が岩を砕くような凄い音がしたが、もちろん戦神には全く効いていない。もしかしたら、ちょっとヒリヒリしたかもしれない。

「おのれ！　ベゲム・トー・イヨル……」

逆上したネプトーテスが指で印を組み、何かの呪文を詠唱しようとする。

その瞬間、入れ替わりにガーベルトが砂を浴びせかけた。

「そうはいくかよ！」

「ぶっ!?」

口の中が砂まみれになり、詠唱を中断してしまうネプトーテス。同じ手にまた引っかかったな。

「自分は強いから絶対に勝てるはず」という無意識の思い込みがあるせいか、戦い方が稚拙だ。

ネプトーテスが怒りの形相でガーベルトを振り返ったときには、ガーニー兄弟はもう十メートル以上後ろに飛び退いている。何十年経っても兄弟の連携はバッチリだ。

「こっ……この……」

ネプトーテスは顔を真っ赤にして俺たちを睨みつけるが、全員が間合いを保っている。集団でいじめてるみたいで気が引けるが、戦神相手じゃ他にどうしようもない。

俺はネプトーテスに言ってやる。

「お前がクウォールに行ったところで、こうなるだけだ。誰もお前を王とは認めない。諦めて南の荒野に帰れ」

「下賤な人間どもが認めようが認めまいが、わしは王……いや神だ！　従わぬ者は殺すまで！」

指導者ってのは尊敬と信頼で人を引っ張っていく存在なんだが、そんな簡単なこともわからなくなっているようだ。力だけあっても虚しいな。

少し気の毒に思いつつも、俺はネプトーテスを挑発する。

「俺たちは誰もお前に従っていないが、まだ一人も殺せていないぞ。本当にできるのか？」

「見せてやろう！」

その瞬間、戦闘に参加していなかったジェリクが遠吠えで知らせてきた。

『魔力が高まってるらしいぞ！　強化術を使う気らしいぜ！』

カイトが探知術でネプトーテスの状態をチェックしていて、フミノは予知術で次の攻撃を予測している。こいつにどんな切り札があろうが、直前に察知できる。

人虎のエルメルジアは人狼の遠吠えを聞き分けられないが、彼女は魔術師なので魔力変化を読み取ることができる。すぐに身構えた。

一方、ネプトーテスは素早く飛び退き、俺たちから距離を取る。詠唱中に口に砂を投げ込まれるのがよっぽど嫌だったらしい。

「レッサ・デム・カーネージ！」

魔術系統が違いすぎてわからない。

『ジェリク、あの呪文は何だ!?』

『カイトが言うには、速度強化の術らしい！　最初に狙われるのはエルメルジアだってフミノが言ってる！』

一人だけ種族が違う上に、彼女が強化術師なのはネプトーテスも気づいているはずだからな。魔術師の頭数を減らして、強化術を使いにくくさせるつもりか。

「エルメルジア殿、退け！」

「は、はい！」

人虎族の魔術師が後方に飛び退いた瞬間、ネプトーテスが疾風のように駆け込んできた。魔法で強化された人狼たちよりも速い。

「逃がさぬわ！」

「きゃっ!?」

エルメルジアの服の裾がビッと裂かれる。戦神の指先が掠めたのだ。まともに摑まれたら、人虎の強靱な肉体でも握り潰されてしまうだろう。

「ははは、遅い遅い！」

ネプトーテスはさらに踏み込み、エルメルジアを捕らえようとする。俺たちはフォローに入ろうとするが、間に合わない。

しかし俺たちには、まだ切り札があった。

『転送パネル三番を起動しろ！』

俺が吠えた瞬間、エルメルジアの姿がフッと消える。

「なにっ!?」

次の瞬間、エルメルジアは百メートルほど離れた場所に出現した。さすがに戦神といえども、この距離では届かない。

この辺り一帯のあちこちに、リュッコが開発した転送パネルを隠しておいた。

転送パネルは全部で六枚あり、一番パネルに乗れば二番パネルに転送される。

この転送パネルは一方通行だ。二番パネルにもう一度乗れば三番パネルに転送され、三番は四番に行き、四番は五番、五番は六番のパネルに行く。最後の六番パネルは一番パネルに転送されるという仕組みだ。

この転送パネルは魔力の密度と形で生体を識別しているので、空気や砂を転送させることはない。うっかり転んで上半身だけ転送される、みたいな怖い事故もないから安心だ。

ただ、たまに衣服などが置き去りになる欠点があるらしいが、今は問題じゃない。

ジェリクの嬉しそうな遠吠えが聞こえてくる。

『うまくいったな、大将！』

『よし、しばらくこれを使うぞ。みんな配置は覚えてるな？』

『もちろん！』

この時点でエルメルジアは後衛になる。人狼の遠吠えを聞き取れないからだ。代わりに強化術でみんなを支援してもらう。

人狼たちはジェリクの遠吠えを聞いて、自分が標的になると転送パネルを使って逃げる。

「おーにさーんこーちらっ♪」

モンザが楽しそうだ。でも本当は追いかける側になりたいんだろうな。

「まどろっこしいわね……」

武闘派筆頭のファーンは不満そうだが、そつのない動きで危なげなく躱している。

「へーイ！」

「へーイ！」

ガーニー兄弟は完全に遊び感覚で、戦神の攻撃をヒラヒラ避けていた。赤毛の人狼は身体能力が高い変異種が多く、こちらも動きに余裕がある。さすがにみんな強いな。

一方、人狼としては平凡な俺は、具足術を駆使してどうにか捌いている有様だ。滑らかで隙のない体捌きは強力で、ネプトーテスの摑みかかりを完全に避けられる。

おっと、挑発しておかないと。

「まるで当たらんな」

「ぐっ、ぐおおっ！」

ネプトーテスは完全に逆上している。

やはり強者としての自負が彼の判断を歪ませているようだ。たかが数人の人狼なんかほっといてクウォールに向かえばいいのに、冷静な判断ができなくなっている。いいぞ、その調子だ。

ここまでの戦いで、俺はネプトーテスという人物を少しだけ理解していた。

彼は傲慢だが、猜疑心の強い臆病者でもある。自分が強く聡明で偉大だという幻想を抱いているが、それを信じ切れていない。だから他人に挑発されると、必死になって否定するのだ。

肉体を殴っても倒せないので、俺はネプトーテスの心をへし折りに行く。

「お前は本当に戦神なのか？　弱すぎるぞ？」

「何を言う！　わしに傷ひとつ付けることもできん雑魚どもが！」

仰《おっしゃ》る通りです。でも負けないぞ。

「これは慈悲だ。俺たちがその気になれば、お前を殺すこともできる」

「見え透いた嘘をつくな！　やってみろ！」

「本当にいいんだな？　お前を殺すぞ？」

「やってみろと言っているのだ！」

逆上したパンチが飛んでくる。強化術でスピードアップしているので、人狼の動体視力でも追えない。空気の振動でかろうじて感知できるが、もちろん危なすぎる。

幸い、フミノの予知術があるからそんなギリギリの賭けはしなくていい。適当にあしらって、追い詰められたふりをして転送パネルのところまで行く。

フッと視界が歪み、俺はネプトーテスからかなり離れた場所に転送された。周囲の景色が変わるせいで一瞬混乱するが、人狼の平衡感覚ならフラつく心配はない。つくづく強い種族だ。

『なあ大将、それ楽しいか？』

『あんまり楽しくはないかな……。さっさと奥の手を使いたい』

俺たちはまだ、最後の切り札を使っていない。正真正銘、これが最後の切り札だからだ。失敗したら逃げるしかない。絶対に失敗できない。

ただ、不安はある。

この転送パネルを使った戦神攻略法は、俺が対ブルベルガ用に考案したものだ。ネプトーテスは魔術師なので、魔法の道具を使った方法は意図を見抜かれる危険性があった。

戦いながら、俺は必死に考えを巡らせる。

ネプトーテスは砂に埋めた転送パネルに気づかなかった。こいつが探知術師や予知術師ではないからだろう。リュッコのような魔法道具の職人でもない。転移術も使ってこないから、転移術師でもないはずだ。

しかし強化術以外にも破壊術や精神術を使っているから、何か切り札を隠し持っている可能性があった。

俺は……俺はどうするべきだ？

一方、形勢はじりじりと不利になっていっている。

「ごめんなさい、これ以上は無理だわ！」

人虎族のエルメルジアが最初に退いた。人狼と違い、人虎は単独で狩りをする種族だ。遠吠えが聞き取れないこともあって、連携で常にワンテンポ遅れている。そのぶん、心身に負担がかかっていたのだろう。

「わかった、魔法で援護を頼む！」

エルメルジアは高位の強化術師でもある。みんなを加速させ、鋭敏にし、衝撃から守り、傷を癒やせる。

だがネプトーテスとやり合うメンバーが一人減ったことで、残った人狼たちの負担が増えてきたようだ。

「ちょっ、ちょっと危ないかも!?」

根っからのファイターであるファーンが、珍しく焦った口調で叫んだ。逃げたり隠れたりするのはガーニー兄弟よりも苦手な、直情径行パワー型の姐御肌だ。

「確かにこのままだと変身がもたねえぞ！」

「そういや腹が減ったな、兄ちゃん！」

兄弟で巧みな連携を取るガーニー兄弟も、疲労の色が濃い。

歳を取っても変身すればいつでも全盛期なのが人狼だが、加齢によって変身時間そのものが短くなるという弱点を抱えていた。そういや俺たち、みんな若くないからな……。

一方、ネプトーテスもかなり冷静さを欠いていた。

「うおぉのれえぇぇっ！　ちょこまかとおおぉ！」

ネプトーテスは転送パネルの存在にまだ気づいていないようだ。立ち回りがかなり雑になっている。

ただ気になるのは、あいつから「嘘をついているときの匂い」がすることだ。怒り狂っているのも間違いないが、まだ何か切り札を隠し持っている。

しかしもう、手の内を探るだけの余裕がない。

「これ以上は無理か……」

ここまでの戦いで、ネプトーテスは無詠唱魔法は一度も使ってこなかった。だから魔法を使った切り札なら、詠唱を妨害することで防げるだろう。

それ以外の切り札なら何とかなる。たぶん。

「よし」

俺は覚悟を決めた。

「みんなの命、俺が預かる」

「おう、命預けたぜ」

ガーベルトがうなずくと、モンザが当然のような顔をして後に続く。

「命なんか人狼隊を作ったときに預けてるよ？」

『おっと、俺は子供の頃からだぜ！』

遠吠えまで使って張り合うなよ、ジェリク。なんなんだお前たちは。

でも何だかちょっとだけ、背負っていたものが軽くなった気がする。

「よし、じゃあ俺たちベテランの底力を若い連中に見てもらうか。みんな、いいとこ見せろよ？」

「娘にいいとこ見せたいだけだろ、ヴァイト！」

ニーベルトが大笑いしている。うるさいな。

妙に和んでいると、ネプトーテスが怒り狂いながら突っ込んできた。

「ええい、蛮族の言葉で何をゲラゲラ笑っている!?　わしをバカにしているのか！」

そうじゃないんだけど、誤解を解く訳にもいかないか。

俺はネプトーテスの前に飛び出した。他のみんなは飛び退いて距離を取る。

いよいよ奥の手を使うときがきた。俺は遠吠えで命じる。

『オペレーション・パラドクス開始！』

ふふ、格好いいネーミングだ。パラドクスって何なのか今ひとつ理解してないけど、とりあえず強そうで元気が出てくる。

ジェリクの遠吠えが返ってくる。

『了解！　リュッコが「本気かクソ兄弟子」ってキレてるけどな！』

『後でウサギの形にリンゴを切ってやるから勘弁しろって伝えてくれ！』

心の中で開発者に詫びつつ、俺はネプトーテスと相まみえる。

「うぬぅ！」

ネプトーテスの放った拳を見切り、後ろに退く。まだ十分な距離があるのはわかっているが、実に心臓に悪い。少しでも距離を間違えたら即死だ。

「大丈夫だぞ、ヴァイト！」

「俺たちがちゃんと見てるからな！」

そう、みんなは見てるだけだ。しかし今はそれが最大の助けになる。

「ヴァイト、ちょい右だよ！」

ネプトーテスの掴み掛かりを捌き、俺はファーンの指示通りに少し右にずれる。あと何歩ぐらいだ？

俺は劣勢のふりをしつつ、じりじりと後退していく。いや、実際に余裕は全くない。身体能力はネプトーテスの方が圧倒的に高い。魔法による強化も互角だ。

唯一、格闘戦の技量だけは俺の方が上だった。ネプトーテスの攻撃は単調だから、先読みで回避できる。攻撃そのものはほとんど見えていない。

「ヴァイト、右にズレすぎた！　左、左！　ちょい右に戻して！」

ファーンの指示が大雑把すぎるんだよ。スイカ割りじゃないんだぞ。しかし左右は多少ズレても死にはしないので、ファーンに任せている。一番重要なのは前後の距離だ。

そっちはモンザが冷静に見ていた。

「あと三打分だよ」

「わかった」

モンザたちは長年俺と一緒に戦ってきて、俺の打ち込みの間合いをよく知っている。その間合いで三打分か。とてもイメージしやすい。

「何をごちゃごちゃと！　むぅん！」

ネプトーテスが印を組んで呪文を唱えようとしたので、砂を蹴って浴びせてやる。

「うわっぷ!?」

格闘戦の間合いで詠唱なんかできる訳ないだろう。いい加減に学習しろ。

「おのれ！」

見よう見まねの回し蹴りを軽くかわす。見よう見まねといっても、戦神のパワーが乗っている。当たれば人狼の胴体でも真っ二つだろう。一瞬も油断できない。

これで残りは二打分。

一瞬だけ足下を見ると、誰かの上着が目印に置かれていた。残り二打分で間違いない。

「ならばこうだ！　死ねぇえい！」

ネプトーテスが必殺の気合いで石を投げつけてきた。ただの石ころだが、戦神の投石だから音速に近いスピードだ。

もっとも、石の方が耐えきれずに割れてしまうんだが。

「人狼にそんなものが効くか」

空気抵抗で粉々になった砂利を払い落とす俺。残り二打分なんだから、とっとと踏み込んでこい。

石なんか投げてる場合か。

もういっちょ挑発しておこう。

「そんなに俺が怖いのか？」

「ほざけ！」

よし、突っ込んできた。バックステップで距離を取る。

とたんにみんなが叫んだ。

「ヴァイト！　残り一打分だぞ！」

「気をつけて！」

「左右は合ってるよ！」

みんなが叫ぶ中、ネプトーテスが鬼のような形相で駆け込んでくる。「次」は絶対に失敗できない。

「死ね、人狼め！」

ネプトーテスが大振りのパンチを放とうとする。よし、これを……。

「それで罠に掛けたつもりか？」

ネプトーテスの声が背後から聞こえた。

背後を取られている！

「くっ!?」

とっさに「硬質化」と「強心」の術を最大魔力で同時解放するが、凄まじい衝撃が俺を襲った。

体が宙を舞い、頭が揺れる。

「死ねと言っているのだ、愚かな人狼よ」

俺の意識はあっけなく途切れた。

＊　　＊

実を言えば、背後を取られる可能性は考慮していた。じりじりと後退を続けていれば、何か策があるのではと気づかれることもあるだろう。

もちろんその場合でも勝てるように、いろんな動きを想定していた。

しかしほんの少しだけ、タイミングが悪かった。

戦いの勝敗なんて、だいたいそんなものだ。ちょっとした運で決まる。

二度目の人生の終わりが、こんな形だなんて。

振り返ってみれば俺の二度目の人生、ここまでよくやったと思う。

前世じゃただの一般人で何の取り柄もなかったのに、転生したら魔族最強クラスの人狼だったもんな。種族ガチャは大当たりだ。

おまけに師匠と出会えたおかげで、世界初の人狼の魔術師になれた。

そして上司は同じ日本からの転生者であるフリーデンリヒター様。心から尊敬できる人だった。

美しく気高く優しいアイリアとの出会いと、愛娘フリーデの誕生。

何もかもできすぎているぐらいに幸運だった。

良い人生だったな。

……いや、待てよ。

死んでたまるか。

こんなところで死ねるか。

ここで俺が死んだら、フリーデや俺の仲間たち……俺の大事な人たちはどうなる。俺が半生をかけて積み上げてきたものが全部壊されてしまう。

それもあんなつまらないヤツに。

俺は今まで、いろんな強敵と戦ってきた。何度死ぬかと思ったかわからない。その強敵たちにはそれぞれ背負ったものがあったし、今ではかけがえのない友となった者もいる。

だがネプトーテスはそんな強敵たちと比べても、尊敬できるところが何もない。戦神の力を持っただけの、卑怯で臆病な男だ。

そんなヤツに負けて、何もかも奪われるなんて冗談じゃないぞ。強いだけのヤツが好き勝手して俺たちが不幸になるなんて、それじゃ前世と何も変わらないじゃないか。

ふざけるな。俺は戦うぞ。

俺の思考はまだ続いている。俺の肉体はどこだ。血と肉があれば俺はまだ戦える。

俺は負けない。負けられないんだ。

沸騰しそうなほどの闘志が満ちた瞬間、唐突に世界が戻ってきた。

＊　＊

「はっ!?」

俺は空中にいる。吹っ飛ばされてまだ一秒も経ってない。

全魔力を使って「硬質化」の術を解放したから、どうにかこうにか死なずに済んだようだ。

あちこち骨が折れている気がするが、こんなこともあろうかと「高速治癒」の術をかけている。

着地までには治るだろう。

ネプトーテスはというと、俺を見上げて怒りの形相だ。

「なんとしぶといヤツだ、戦神の一撃を浴びてまだ生きているとは！」

いや、生きてはいるがもう魔力が枯渇してしまった。千カイト以上の魔力を注ぎ込んで「硬質化」の術を使ったからだ。

戦神の力は圧倒的だ。人間の魔術師千人分の魔力を使って、それでも人狼が失神するほどのダメージを負う。しかも防げるのはたった一発だ。どうかしている。

それでも俺は、まだ生きている。死んでいない。

生きている限り、戦うことはできる。

戦うことができるのなら、俺は絶対に負けない。

「ネプトーテス！　お前に俺は殺せないぞ！」

叫びながら着地すると、ネプトーテスは明らかに怯んだ様子だった。戦神の一撃を耐える存在など、戦神以外にありえない。そう思っているのだろう。

そしてヤツからは「騙そうとするときの匂い」が完全に消えている。どうやらヤツの切り札とは、俺たちの仕掛けた罠に気づいていたことだったようだ。

だとすれば互いに策は出尽くした。後は俺が何とかするしかない。

魔力が枯渇した俺だが、それなら何とかできる。

俺は腰に差していた刀を抜いた。遺跡で手に入れた、あの刀だ。外見はクウォール風の曲刀だが、刀身は日本刀そっくりだ。

俺は万感の思いを込めて、「ソウルシェイカー」の雄叫びを放つ。

「ウオオオオオオォッ!!」

人狼の魔術師にしか使えない秘技、魔力を貪り喰らう「魔狼」の牙だ。戦神といえども、これは真似できない。

手にした刀から魔力が急激に失われ、俺の中に流れ込んでくる。凄まじい力だ。戦神化には足りないが、それでも一万カイト以上あるだろう。

だがその代償に、鏡のようだった刃はみるみるうちに曇り、やがて錆が浮いてボロボロになっていく。

あの人の転生先を追う大事な手がかりが、俺の手の中で朽ちていく。

すみません。あなたの形見、本当はミラルディアに持ち帰りたかった。無念だ。

だがこれで、俺たちはまだ未来を守ることができる。

「ネプトーテス!」

俺が身構えると、ネプトーテスは余裕たっぷりに笑う。

「まだそんな切り札を隠し持っていたのか。だがその程度の魔力では、わしは倒せんぞ? 戦神を倒せるのは戦神だけなのだからな」

俺は何も言い返さない。

こいつは今、必勝を確信している。さっきの俺のようにだ。

そして必勝を確信した瞬間、どんなに優れた戦士でも隙ができる。ネプトーテスは別に優れてもいないし戦士でもないから隙だらけになるだろう。だったらその方がいい。

ネプトーテスは背後を振り返り、首を傾げている。

「その辺りに何か仕掛けているようだな。さっきの転移術と関係あるのか?」

俺はそれには答えず、彼に最後の質問をする。

「戦いをやめ、それぞれがいた場所に帰るという選択肢はないのか?」

「ある訳なかろう！　今さら命乞いか!?　ふぁははははは！」

完全に勘違いさせてしまったようだが、降伏勧告はしたからな。もう俺も余裕はないぞ。

ネプトーテスは俺に向かって突進してくる。

「小賢しい人狼め、わしはもう罠にはかからんぞ！　どうするつもりだ！」

本当はギリギリまで引き寄せてから、具足術で転ばせて転送パネルに叩きつける予定だった。あるいはサッと避けて踏ませるとかでも良かった。そうすれば一撃で終わる。

しかし転送パネルはネプトーテスの背後だ。ヤツを退かせない限り、転送パネルに叩きつけられない。

だがまだ方法はある。

チャンスは一度だ。同じ手は二度と通じないだろう。

「ヴァイト、まだやれる!?」

ファーンの問いかけに俺は答える。

「後は頼んだぞ、みんな」

「えっ!?　どういうこと!?」

「ちょっと待てこら!?」

みんなの叫びを聞きながら、俺はネプトーテスに向かって突進する。

ネプトーテスは勝利を確信した表情だ。俺が万策尽きたと思っているらしい。雑な踏み込みで俺の顔面をえぐり取ろうと掌を伸ばしてくる。

俺は強化術で動体視力を限界まで強化した。一万カイト以上の魔力があれば、こいつの動きを捉えられる。

見えた。

俺は避けず、退かず、ただ前に突き進む。戦神の間合いの内側へと。

「なにっ!?」

次の瞬間、俺は人狼化を解除した。人狼の巨軀が一瞬で消え失せ、平凡な人間の姿に戻る。避けるまでもなく、ネプトーテスの掌は空振りした。

戦闘中の人狼化解除は、ロルムンド人狼の長・ボルカが披露した技だ。あんな芸当ができる人狼はミラルディアにはいなかった。世界は広い。

そして体格差が縮まったことで、具足術の選択肢は一気に広がった。

「げっ、下郎め！」

叫ぶネプトーテスの懐に入って、ヤツに背中を向けながら腕を取る。こんな至近距離で敵に背を向けるなど普通は考えられないが、それだけに対抗策も少ない。ネプトーテスは本職の格闘家ではないから、どう対応していいかわからないようだ。

そのまま俺は膨大な魔力を使い、自分の体を重くする。強化術の基礎中の基礎、下向きの力を発生させる術だ。

「ぬううぅっ!?」

ネプトーテスは俺をどうすることもできない。詠唱するには時間が足りず、格闘術では応戦する方法を知らない。戦神の怪力でも今の俺を吹き飛ばすのは無理だ。

俺は腰の力でネプトーテスを跳ね上げようとする。ワの具足術で習い覚えた、一本背負いの態勢だ。前世の日本から伝来した技が今世の俺を守ってくれる。

だがもちろん、戦神を投げ飛ばすのは容易ではない。というか、投げ飛ばしたところで戦神が死ぬ訳がない。地面がへこむだけだ。

しかしネプトーテスは反射的に踏み止まった。

「くおぉっ!?」

投げられたくないという気持ちが強すぎたのだろう。前方に投げ飛ばされないよう、後ろに体重を預ける。

俺はその一瞬を待っていた。

ヤツの腕からパッと手を離すと、そのまま滑り込むように背後を取る。具足術の次はミラルディア人狼式レスリングの出番だ。

再び人狼に戻った俺は、「瞬間剛力」の術に全魔力を叩き込む。

そして吼《ほ》えながら、ネプトーテスを裏投げでぶん投げた。

「うおおおおりゃあああああっ!!」

通常の裏投げでは真後ろに倒れ込むだけだ。しかしそれでは転送パネルまでの距離が足りない。だから地面を蹴って俺も跳ぶ。

「ヴァイト!?」

「やめろバカ!」

みんなの声が聞こえる。いや違う、相討ち狙いじゃないんだ。意図を説明する時間がなかったので仕方ないが、誰か転送パネルまでの距離を教えてくれ。地面に叩きつけるタイミングがわからない。

そのとき、フリーデの叫び声が荒野を貫いて聞こえた。

「今だよ!」

さすがは俺の娘だ。打ち合わせも何もなしに、俺の意図を理解してくれた。

「くらえ!」

俺は全てを賭けて、戦神を転送パネルに叩きつけた。

「はあ……はあ……」

完全に静まりかえった空気の中、俺は慎重に起き上がる。転送パネルに触ったらアウトだ。

ネプトーテスの姿は見当たらない。理由は簡単だ。俺のすぐ隣には、活性化した転送パネルが置

かれていた。完全に露出している。衝撃で砂が吹き飛んだのだろう。

「終わったのか……？」

誰かがそう言ったとき、パーカーがひょこりと姿を現した。

「終わったよ。彼はもう戻ってこれないだろう」

一同に安堵の空気が流れる。俺もホッとした。

「しかしヴァイト、君の考えた作戦は恐ろしいね。転送パネルを二枚貼り合わせて、その間を無限往復させるなんて」

俺は砂を払いながら、兄弟子に軽く手を挙げてみせる。

「ずっと未来に起きた事故を再現しただけだ」

「ずっと未来……に『起きた』？　なんで過去形なのかな」

「なんでもない。だがこれで、戦神も科学の敵じゃないってことが証明されたな」

俺は転送パネル五番と六番を貼り合わせてもらい、六番の転送先を五番に変更してもらった。

この状態で転送パネル四番を踏むとどうなるか。

犠牲者は五番パネルに飛ばされ、間髪いれずに六番パネルに飛ばされる。そして六番から五番に。また五番から六番に。

五番六番五番六番……と、一瞬の間に無限にも等しい回数の往復が行われるが、パネル同士はくっついている。人が生存できる空間はない。あったところで転送されてしまうから関係ないけど。

プログラミングでこの無限ループが面倒なことになると前世で聞いたが、どうやらそれは魔術でも同じようだ。転移術の取り扱いには気をつけないとな。今のままじゃ危なすぎて旅客輸送には使えない。

「転送パネルは今どんな状態だ？」

するとリュッコが溜息をつく。その背後ではカイトが台車を使い、五番と六番の転送パネルを慎重に運んでいた。

リュッコはそれを指してこう言う。

「あの転送パネルは踏んだヤツ自身の魔力で動いてるからな。あいつの魔力が空っぽになるまで好きなだけ往復してるだろうぜ」

「ネプトーテスの魔力が枯渇するまで、あとどれぐらいかかる？」

「知るかよ。どっちにしても、魔力が減ったら戦神じゃいられないんだろ？　生身の人間がこのループに嵌まりゃ、貼り合わせたパネルの間で挽肉だろうよ。つま先が脳味噌にめり込んで死……」

その瞬間、転送パネルの隙間から赤いドロドロが流れ出してきた。血液というよりは、人体をミキサーで念入りにかき混ぜたような感じのドロドロだ。いや、見たことないけど。

「うわぁ……」

フリーデをはじめとする一同が引きつった顔をしているが、リュッコは平然とニンジンスティックをポリポリかじる。

「おう、割と持った方だな。なあカイト、何往復ぐらいしたんだ？」

「十億回は軽く超えてると思うけど、計測するなら先に掃除してくれ。さすがに触りたくねえよ」

「え？　でもお前ら、素手で生肉を触って料理してるじゃねえか？」

「人体は別だろ！」

怖いな、これ……。いやリュッコも怖い。

するとジェリクが頭の後ろで手を組みながら、長い長い溜息をついた。

「まったく大将は底が知れねえぜ……。とうとう戦神を一人で倒しちまいやがった」

「いや、それは違う。一人だったら俺は負けていた」

俺は首を横に振って苦笑いする。

「ヤツを転送パネルに送り込めたのは、ここにいる全員の手助けがあったからだ。転送パネルだって俺が作ったものじゃないし、ヤツと戦うときにつかった武術も魔法も、ずっと以前にどこかの誰かが編み出したものだ」

ひとつひとつの技術や知識は、名も知られていない誰かが生涯をかけて後世に伝えたものだ。それを礎にしてまた新たな技術や知識が生まれ、次の世代に託される。

一人一人はたぶん、優秀だけど普通の人だっただろう。希代の天才や英雄ではないはずだ。希代の天才ってのは、希にしか代《よ》に現れないから希代の天才なんだ。

「数え切れないほどの普通の人たちが長い年月を積み重ねてきたものが、今ようやく戦神に届いた。それだけだ。俺は何もしていない」

「……大将の言うことは相変わらずよくわからんな」

するとフリーデが首を傾げる。

「そうですか？　私はよくわかると思いますけど……」

お、さすがは我が子だ。

「僕もわかるよ」

「あ、シリン。お帰り」

「ただいま。シュマル王子たちは人虎族に預けてきた。こっちの様子を早く知りたいってさ」

いつの間にか戻ってきていたシリンが会話に入ってきた。

古い世代の魔族は英雄の統率下で群れを作ってきたから、俺の言うことはわからないかもしれない。

でも新しい世代の魔族は、人間と同じような価値観を持っている。この世界は一人の英雄ではなく、無数の凡人たちで成り立っている。

そのことを魔族たちが理解してくれれば、人間たちともうまくやっていけるかもしれない。

そんなことを思った俺は、いつの間にか周囲の魔力に変化が起きていることに気づいた。

戦神たちがいなくなったことで、魔力が正常化している。颪に例えるなら、まるで台風が通り過ぎた後のような、穏やかで爽やかな状態だ。

戦神は魔力を吸い込む巨大な渦だから、存在するだけで周囲の魔力を枯渇させていく。それが消え去ったから、この不毛の大地もいずれ蘇るかもしれない。

他の魔術師たちもその変化に気づいたらしい。カイトが口を開く。

「今回も何とかなりましたね」

「何とかしたんだよ。今回もみんなでな」

俺は笑う。一人じゃ何もできなかっただろう。

「さて、戦神を倒した程度で感傷に耽っている暇はないぞ。やることが山ほどある。まずは付近一帯の安全確保だ。それから調査の再開だが……」

俺がそこで黙ると、フリーデがおかしそうに笑った。

「たぶん魔力枯渇の原因、倒しちゃったよね？」

「そうだな。調査計画の再検討から始めないと」

戦神が魔力を吸い取っていたのだとしたら、南の荒野に進むよりも元の計測地点に戻って再計測した方がいい。新旧のデータを比較すれば仮説が検証できるだろう。

……でも今は、さすがにちょっとめんどくさい。

俺は自称副官の旧友を振り向く。

「なあカイト、後全部任せていいか？」

「ヴァイトさんがいないのに俺だけクウォールでフィールドワークなんて嫌ですよ！」

やっぱり？

＊　　＊

「おかえりなさい黒狼卿」

「そうですか、そちらにもまだ情報が入っていないのですね」

『うん、ごめんね魔王様。何かあればすぐにボクたちが駆けつけるから大丈夫だよ』

人馬族を率いるフィルニール殿の声からも、隠しきれない焦りが感じられた。

彼女は今、魔王軍の精鋭を率いてロッツォの港に駐留している。情勢に応じてクウォールに出兵するためだ。魔王軍には水上歩行の魔術を施された蹄鉄があり、四足歩行の彼女たちは水上でも戦える。

「ええ、ありがとうございます。頼りにしていますよ」

私は魔力通信を切り、カード型の通信端末を机上に置いた。

トゥバーン太守でもあるフィルニール殿までも動員したのは、完全に権力の私物化だ。戦神相手ではどんな猛将でも勝ち目はないというのに、無理を言ってロッツォに詰めてもらった。申し訳ない。

「……待つのが下手になっていますね」

あの人がロルムンドに行ったときも、ワに行ったときも、ちゃんとおとなしく待っていることができた。妊娠中にクウォールに行ってしまったときも、魔王としての務めを果たしながらじっと待てた。

でも今回だけは待てない。

それはそうだろう。今回は夫だけでなく娘まで向こうにいる。何かあれば、私は最愛の夫と一人娘を失ってしまうのだ。

そんなことになってしまったら、正気でいられる自信がなかった。

心を蝕《むしば》む焦りをぐっと抑えつけて、私は執務室の南側の窓を見る。

我がリューンハイト市が魔王軍の襲撃を受けたときに、あの窓を破って飛び込んできたのが我が夫だった。黒狼卿劇でもさんざん演じられ、私たちのなれそめは異国にまで知れ渡っている。

「窓なんかいくら破っても構いませんから、二人とも無事に帰ってきてくれるといいのですが」

つい、独り言が漏れてしまう。

そのときだった。


頭上から微かにミシリと軋む音が聞こえる。

「はっ!?」

とっさに私は立ち上がり、書き上げたばかりの書類の束を抱えて横っ飛びに跳ぶ。

次の瞬間、天井を抜いて何者かが落ちてきた。

「やっぱ無理いいぃ!」

「フリーデ!?」

バキバキガラガラという音の中に愛しい娘の声が聞こえて、私は驚く。

そして間髪いれず、あの声。

「だからお父さんが『空中浮遊』を切るって言っただろ!? なんでお前まで切ってるんだよ!?」

「お父さんみたいに術の制御がまだできないの! これ強化術の最高難度の術だよ!?」

「わかった、わかった。じゃあ明日補講な」

「うえー!?」

目を丸くして固まっているフリーデを床にそっと下ろして、私の夫はこちらを見た。

歴戦の猛将にして強化術を極めた大賢者、そして人狼族の長老。

でも優しいこの人は、天井を見上げて困ったような顔をしている。

「すまない、師匠が転移術で俺たちだけ先に送り届けてくれたんだが、なんせ距離が距離だから惑星の丸みの分まで計算する必要があったんだ。今回は計算の誤差が少し大きかったみたいで……」

私はヴァイトの肩の埃を払いながら笑う。

「御無事なら何でも構いませんよ。初めて会ったときは窓でしたね」

「今度は屋根だ。どうしよう、これ修繕にどれぐらいかかる?」

「かなりかかるでしょうけど、魔王の執務室なんですから魔王軍が直してくれますよ。ほら、もう来てます」

今回は割られなかった窓を見ると、魔王直属の魔戦騎士たちが血相を変えて集まっていた。リューンハイト衛兵隊の面々も一緒だ。

ヴァイトはそれを見て、ますます困ったような顔をする。

「戦神の襲撃と勘違いされてる気がするな」

「誤解は解けば良いだけのことです。それよりも」

私は愛しい家族を両手で抱き寄せる。

「おかえりなさい。二人とも無事で良かった」

「……ああ、ただいま」

ヴァイトは私の肩をぎゅっと抱き返してくれた。

＊　＊

戦神との死闘から少し経ち、クウォールは平和を取り戻した。

カヤンカカ山から南に広がる砂漠地帯には、ミラルディアとクウォールの合同調査隊が派遣されるらしい。予備調査や準備に二年ぐらいかけるらしいので、まだまだ先だけど。

そして私やシリンたちは無事にミラルディア大学を卒業した。

……のだけど。

私は今、ちょっと悩んでいた。

「シリンとヨシュア、魔王軍正式入隊おめでとう！」

今日は私の家でホームパーティを開いていた。こういうのも後世の歴史家に見つかったら「魔王の居館で宴を催した」とか書かれちゃうんだろうか。やだなあ。

せわしなく給仕をしてくれているのは、ワで知り合った猫人の抜け忍たちだ。

「はいお茶」

「はいお菓子」

「ごゆっくりどうぞニャー」

世間的にはアインドルフ家の使用人だと思われているらしいけど、実際は食客とか居候とか言った方が正しい。わざとらしく語尾にニャとかつけてる辺り、相変わらずちゃっかりしてる。

それはともかく、今日の主役はそっちじゃなくてシリンとヨシュアだ。

紅茶のカップを手にしたユヒテが、ふと首を傾げる。

「シリンは蒼鱗騎士団の小隊長でしたね？　私は詳しくないけれど、どれぐらいの立場なの？」

「普通の新米士官の仕事だよ。竜人の騎兵十騎と従卒二十人、あとは騎竜医や竜丁たちを統率する。総勢五十人ぐらいだね。みんな僕より年上だから、お互いやりづらいよ」

シリンが苦笑している。

私も一緒に苦笑しつつ、黒い制服姿のヨシュアを見た。

「やりづらいと言えば、ヨシュアも大変そうだね？」

「ああ。人狼隊の分隊長と言えば格好いいけどさ、人狼の分隊って四人編成だから相変わらず先輩三人に囲まれてるぞ。見習い隊員の頃よりダメ出しが厳しいから偉くなった気がしねえ」

魔王軍の人狼隊は少数精鋭の特殊部隊だから、一人一人の役割分担が重いんだよね。私はちょっと遠慮しておきたい。

私は親友たちの肩をポンポン叩く。

「ゆくゆくはもっと上の立場になるんだろうけど、最初はその辺からってことだね。すぐに偉くなると思うから、活躍を楽しみにしてるよ。二人とも凄い逸材なんだから」

「う、うん」

「まあな……」

なぜか俯き加減になって、照れくさそうにしている二人。あれ、なんかまずいこと言った？

そして物凄くニコニコしているユヒテ。なに？　なんなの？

するとユヒテが私を見た。

「フリーデはまだ士官候補生のままなのよね？」

「あー……うん」

今度は私が俯き加減になった。

そしたらヨシュアたちまで私を見てきた。

「人狼隊から勧誘されたんだろ？　なんで断ったんだ？」

「それにおじ上から聞いたけど、評議会からも外交官にならないか打診されたんだろう？　そっちも返事を保留してるそうだけど」

お父さんのおしゃべりめ……。

私は苦笑いしてみせる。

「だって私、そんな難しい仕事できないよ」

顔を見合わせる友人たち。

「魔術科首席卒業の秀才なのに？」

「今年の魔術科卒業生、私入れても八人しかいないし……」

魔術研究者や技術者を育成する課程だから、そんなに人数がいない。飛び抜けて優秀というほどでもないし、成績が良かったのもモヴィばあちゃんの教え方が上手だっただけだ。

そこに猫人たちを従えたイオリがやってくる。漆塗りのお盆にはワ菓子が満載だ。

「八人しか卒業していないのは、残り十一人が卒業試験に合格しなかったからでしょう。過剰な謙遜は良くありません」

「それはそうだけど」

魔術科の卒業試験、実技だけじゃなくて魔術史や数学の筆記試験まであって難しいんだよなあ……。なんで合格できたんだろ。運？

すると今度はユヒテに頬をつつかれた。

「ほらほら、またそうやって余計なことを考えてる。イオリの言う通りよ。過剰な謙遜は不遜と大差ないわ。ほどほどにね」

そう言って笑った後、私の幼なじみはなぜか小さく溜息をついた。

「フリーデは最近、妙に自信なさそうね？」

そこにシリンも口を挟んでくる。

「もしかして、魔術科を首席で卒業したのに進路が決まってないことと関係ある？」

「うーん、関係ある……かな？」

私は頭を掻く。

「なんかいろいろ経験しちゃったせいで、実力以上に評価されてる気がするんだよね。あとお父さんたちの名声が凄くて」

「もしかして重圧になってるの？」

ユヒテが心配そうな顔をしたので、私は苦笑いした。

「いやあ、だって私なんか大したことないのに『黒狼卿の娘』とか『魔王の娘』とか『黒狼姫』とか呼ばれるから、何をやってもみんなをガッカリさせちゃいそうで……」

するとシリンがワ菓子の串団子に手を伸ばしながら冷静に言う。

「風紋砂漠の謎を解明して、大樹海の巨竜を倒して、太古の戦神たちと渡り合ったのに？」

「それはみんなでやったことでしょ？　私一人じゃなんにもできないよ」

私はそう言ったけど、ヨシュアが溜息をついている。

「少なくとも俺よりは活躍してたと思うけどな。同じ人狼なのに格の違いを見せつけられてばかりで、これじゃいつまで経ってもお前に……いや、何でもねえ」

なんだろ？

私も同じぐらい溜息をつく。

「もっと優秀な人がお父さんの子供だったら、私なんかよりも良い仕事ができてたんじゃないかって思うんだよね」

ヨシュアたちが顔を見合わせる。

「どういうことだ?」

「僕にもわからないよ」

「私にもちょっと……」

私は慌てて言葉を継ぎ足した。

「いやほら、アインドルフ家に生まれたおかげで、私はお父さんやモヴィばあちゃんたちから教育を受けて、ロルムンドやワやクウォールの偉い人たちとも顔見知りになれたんだよ? それって私が偉い訳じゃないでしょ?」

「ああ、なるほどね」

シリンが串団子をもぐもぐしながらうなずいた。

「生まれの貴賤……というと君は嫌がるから、生まれの運不運としておこうか。それは誰にでもある。僕は蒼騎士バルツェの子として生まれたから、騎士として最高の教育を受けた。それは確かに幸運だったと思うよ」

口から新品同様の串をスッと抜くと、親友は落ち着いた口調で私に語りかけてくる。

「でもその幸運は責任を伴う。最高の教育を受けた以上、僕は最高の騎士になるのが道理だ。父上のように、竜人の騎士たちから信頼される将軍にならなければいけない。まだ道半ばにも至っていないよ。実は焦ってるんだ」

シリンの言葉にイオリもうなずく。

「私もミホシ家の養女になったときから、シリン殿と同じような責務を負うことになりました。責務を果たすための教育なのですから、特別扱いを恥じる必要はありません」

「それはまあ……そうだけど」

困った。

私はお父さんから、ニホンという異世界の国の話を聞いている。

ニホンでは誰もが無償で九年間の教育を受けられるらしい。十五歳になるまで毎日学校に通って勉強できる。ちょっと信じられない。

しかも大半の人はさらに三年間、コーコーという学校に通うそうだ。ミラルディア大学みたいな大学には、その後に入るらしい。だから平民でもこっちの貴族と同じぐらい勉強できる。

逆に言えば、こっちの世界で高い教育を受けた人は物凄く貴重な訳で、ミラルディア大学の卒業生はみんなバリバリの超エリートだ。

でも私はがっくりうなだれる。

「『黒狼卿の跡取り』って看板、私に背負えると思う……？」

「思います！　フリーデならヴァイト殿を超えられます！」

「イオリ、近い近い!?」

顔がくっつきそうなほどイオリが迫ってきたので、私はずりずり後退する。

「ま、まあ私たちまだ若いし、まだ焦って進路を決めなくてもいいかなって」

「若いって言っても、もう十七でしょう？」

まあミラルディアはだいたい十五で成人だからね……。ワやロルムンドもそうだ。

前世のお父さんは二十で成人したって言ってたし、成人後もしばらく学生だったらしい。いいなあ。

どうせなら私もニホンに生まれて、ジョシコーセーとかいう身分を経験してみたかった。

まあでも、シリンたちのお祝いの席で私の進路の話になっちゃ良くないよね。

「とりあえずは大学の魔力学研究室に残って、モヴィばあちゃんのお手伝いをしながら魔力学の勉強を続けるよ」

ユヒテが微笑む。

「教官になるの？　それも素敵ね」

「それもいいけど、だいぶ遠い道のりになるねえ……」

今はほぼ無給に近い状態で、講義の準備や実験助手なんかをやっている。

代わりに大学の図書館や実験室が使えるので、好きな勉強ができる。

勉強を続けて優れた論文を書けたら教官になれるんだろうけど、ミラルディア大学はそう甘くない。たぶん私じゃ無理だろう。

私は笑う。

「これから少し実家が忙しくなりそうだから、私は身軽な立場の方がいいかなって」

「忙しく？」

シリンが首を傾げたので、私はニコッと笑った。

「聞きたい？」

＊　＊

魔王の副官として名高い「黒狼卿」ヴァイト・フォン・アインドルフ。

初代魔王フリーデンリヒターの副官となってから既に二十年が過ぎ、三人の魔王を支えてきた。

大陸全土に武名を轟かせる、生きた伝説だ。

その彼と対峙しているのが、元ロルムンド帝国皇子のリューニエ。

ドニエスク家の流れを汲み、帝国追放後はミラルディアで戦球都市ドニエスクの太守となった若き俊英である。

そのリューニエが口を開いた。

「僕は魔王にはなりません」

ヴァイトはしばらく沈黙していたが、静かに口を開いた。

「そこを何とか頼む。アイリアの在位期間が長すぎるんだ。この複雑な国で国政の頂点を二十年も続けるのは心身に良くない。アインドルフ家の者が魔王位と副官を独占しているから、権力の偏在も問題だ。君ならわかるだろう」

「それはわかりますが……」

ヴァイトはリューニエを救った命の恩人であり、ミラルディア大学での恩師でもある。

さすがにリューニエも辛そうな顔をしたが、彼はこう返した。

「魔王の大任を果たす自信がありません。せめてヴァイト殿には留任していただき、僕の副官になっていただきたいのです」

しかしヴァイトは首を横に振った。

「それだけは引き受けられない。さっきも言ったように、権力の座に長く留まるのは問題だ。俺は政治の素人だし、もう歳だ。そろそろ後進に道を譲る時期だよ」

「じゃあ僕も引き受けられません」

若き俊英は不満そうな顔をして頬を膨らませた。

「そもそも、どうして急にそんな話になっているんですか？　僕に何か秘密にしていることがあるのでは？」

ヴァイトは苦笑した。

「さすがは俺が見込んだ次期魔王、察しがいいな。実はどうしてもアイリアに譲位させたい理由がある」

「なんです？」

ヴァイトはニコッと笑った。

「聞きたいか？」

「もちろんですよ」

するとヴァイトは少し照れくさそうに、こう告げる。

「実はアイリアが懐妊したんだ」

＊　　＊

魔都リューンハイトのお屋敷で、お父さんとお母さんがお茶を飲みながら苦笑している。

「リューニエ殿の驚いた顔を君にも見せたかったたな」

「教え子を驚かせに行った訳ではないでしょうに」

お父さんをたしなめつつ、お母さんも笑っている。

「ですが、リューニエ殿は魔王の後任を引き受けてはくれませんでしたね」

「ああ。こちらの事情は理解してくれたが、魔王即位は人生どころか一族の命運を左右する一大事だ。ウォーロイに相談するらしい」

ウォーロイ殿はリューニエ殿の叔父上で、大陸に名を轟かせた英雄だ。

今は隠居と称して人生を楽しんでいるらしいけど、あの人の人生の楽しみ方は歴史を動かすからなあ……。そういうところはうちのお父さんに似ている気がする。

お父さんはお茶を飲んで溜息をつく。

「リューニエ殿からは俺が副官に留任することを強く要望されたが、正直それもどうかと思うんだ」

私は卓上の焼き菓子を頬張りながら、ぴょろっと会話に首を突っ込む。

「やっぱり権力の問題？」

「そうだな。お父さんが副官に留まるのなら、アインドルフ家が実権を握ったままだと思われるだろう。いろいろ邪推されてはリューニエ殿が可哀想だ」

お父さんは穏やかな口調でそう答えてくれた。

昔なら「こら、大人の会話に口を挟むのは良くないぞ」と言われたかもしれないけど、今はそんなこともない。私も立派な社会人だ。……まあ、形だけは。

お父さんは腕組みしつつ、最近ちらほら増えてきた白髪を撫でる。

「ミラルディア人は南部と北部で異なるルーツを持つ。アインドルフ家は南部の家系だ。南部が権益を独占していると思われると、やはり不和を招くだろう」

「だから北部にゆかりのあるリューニエ殿を魔王にするの？」

するとお父さんは急に饒舌になった。

「そうなんだよ。リューニエ殿たちは表向き『ロルムンドでの内戦でエレオラに敗れて亡命した皇子』という扱いになっているだろ？　ロルムンドの再侵攻を警戒している北部太守たちにとっては、争乱の火種でもあるが希望の旗手でもあるんだ」

北部の太守さんたちって南部太守とはライバル関係だけど、ロルムンドとはもっと仲が悪いもんね。エレオラ陛下のせいらしいけど、私が生まれる前の話だから歴史の講義でしか知らない。

私はわかったような顔をしてうなずいてみせる。

「で、そのリューニエ殿はお父さんの教え子だから、南部太守にとっても安心できる人材って訳だ。

魔王になった後に北部を贔屓《ひいき》したら、お父さんが文句言ってくれるから」

「文句を言うつもりはないし、その必要もないだろうと思っているよ。だがその通りだな。リューニエ殿は南部太守にも受けがいい。ロッツォ太守のミュレとは大の親友だし」

南部と北部の対立を再燃させないためには、うってつけの人材ってことだね。

「魔族の人たちは何て言ってるの？」

「魔王の上には名目上、大魔王陛下がおわすだろ？　うちの師匠がリューニエ殿を魔王と認めれば、誰も文句は言わないさ」

それもそうか。

あと、お父さんが推挙した人物なら信用がある。武闘派の魔族はみんな、お父さんの熱狂的な信奉者だ。

うちのお父さん、戦神を三人も倒した伝説の黒狼卿だからね。戦神を倒すだけでも前人未踏の偉業なのに、それを三回もやってのけたお父さんは正真正銘の英雄だ。

たぶんお父さんが魔王の副官を引退しても、その辺りは何も変わらないだろう。お父さんが一声命令すれば、死すら恐れずに戦う魔族がごまんといる。いや本当に五万ぐらいいる。もっといるかもしれない。

私はお父さんにチクリと釘を刺しておく。

「ねえお父さん、自分の存在をなかったことにしようとしてない？」

「そろそろ忘れ去られてもいい頃合いだと思うんだが」

「無理でしょ……」

お父さんは普通の人に戻りたがっているけど、さすがにそれは難しいだろう。確かにどこに行っても英雄扱いされるのは疲れるだろうけど。

お母さんが困ったように笑う。

「魔王になってほしい人ほど、魔王になりたがらないんですよね。フリーデもなりたくないんでしょう？」

「私には無理だし、それに世襲は良くないからね。絶対に他の太守さんたちが誤解するでしょ」

アインドルフ家が最高権力を継承し続けることを、みんな内心では警戒している。私も大人になって、そういうことがわかるようになってきた。

だから私は何があっても絶対に魔王にはならない。魔王にならないことが私にできる最大の社会貢献だと思っている。

「副官に推挙したい人物なら何人もいるんだが、困ったことにリューニエ殿はお父さんを御指名だ。誰の名を挙げても首を縦には振らなかったよ。みんな素晴らしい逸材なんだけどな……」

お父さんが腕組みをして難しい顔をしている。よっぽど留任が嫌なんだろう。

「好きでやってきたことはいえ、さすがにそろそろ副官を引退させてほしい。三人の魔王に仕えた副官なんてお父さんだけだぞ？」

「『魔王の副官』といえば黒狼卿のことだもんね」

魔王がどれだけ交替しても、お父さんが副官をやっている限りは悪い方向には転ばない。みんながそう思っている。信頼と実績ってやつだね。だからこそ、辞められない。

「とはいえ魔王は交替しないといけない。お前が生まれたときも、お母さんは大変な難産だったからな」

「お腹を切って手術したんだよね？」

お父さんの前世じゃ「帝王式の切開」、みたいな呼び方をしてるらしい。

でもこっちの世界じゃ「魔王切開」と呼ばれている。この手術の史上初の生存者が、うちのお母さんだからだ。普通はお腹を切ったら死ぬからね。

ミラルディア大学病院ではこの魔王切開による手術ができるので、ロルムンドやクウォールからも妊婦さんがやってくる。

お金持ちや貴族ばかりなのがちょっと残念だけど、大学病院の設備にも人員にも限りがある。世界中の妊婦さんたちを救うなんてとてもできない。

わかっているけど、やっぱりちょっと悲しい。

「魔王切開した人って、二人目の出産も魔王切開になるんだっけ？」

「お父さんの前世ではそうだったと聞いているな。だから今回も切開することになるだろう。ま、当時とは医療水準が桁違いだ。そっちはあまり心配しなくていい」

この手術って心配するようなものなんだ……知らなかった。魔術や医術が発達しても、出産は命懸けなんだなあ。

お母さんがお腹を撫でながら微笑む。

「どちらかというと、悪阻《つわり》の方が心配ですね。あなたのときは大変だったから」

「それ何度も聞いたけど、そんなに？」

「ワの餅しか食べられなくなった時期があって、今でも食べるたびに当時を思い出すわ。あの状態で公務を続けるのはもう遠慮したいです」

「そっか……」

苦労したんだなあ。ごめんなさい、苦労かけた割に不出来な娘で。

お父さんがうなずく。

「君の負担を減らすためにも、そして子供たちに余計な苦労をかけないためにも、ここらで魔王の座からは退いた方がいいだろう」

そしてお父さんはニコッと笑う。

「アインドルフ家が権力から少し距離をおけば、フリーデも生まれてくる子も自分の好きな道を歩めるだろう。権力や名誉なんかよりも、子供たちが好きなことをして楽しく暮らしてくれる方がいいよ」

「あはは」

嬉しい反面、ちょっと重荷でもあるな……。今の私は進路未定の宙ぶらりんだ。私の好きなことってなんだろう。

とりあえず親孝行でもしとくか。

「じゃあちょっとロッツォに行きたいんだけど、評議会か魔王軍の用事ないかな？」

「そうだな、ロッツォから改良を依頼された塩田用ポンプの試作品が今日あたり完成するはずなんだが……。さては何か考えているな？」

「ふふふ、ちょっとね」

お父さんと私はニヤリと笑った。

＊　＊

そして私はお父さんからお使いを頼まれて、はるばるロッツォまでやってきた。

表向きは塩田用ポンプの試作品を護送する任務だけど、本当の用向きは別にある。

「お前が来るとは予想外だったな」

ミュレさんが不思議そうな顔をしているので、私は慌てて言い繕った。

「人狼か人馬が走って届けるのが一番早いですから」

「急いで届けてくれたのは嬉しいけどな。この試作ポンプ、死んだ爺ちゃんが魔王軍技術局に発注したヤツの後継機なんだよ。おお、なんて滑らかに動くんだ。やっぱり工作精度がいいのかな？すげえなぁ」

私が持参したポンプのピストンを動かして、ミュレさんは子供みたいに感動している。相変わらずだ。

そしてポンプをいじりつつ、ミュレさんは私に質問してくる。

「で、俺になんか相談か？」

「……わかります？」

「そりゃな。いくら重要機密とはいえ、試作ポンプの護送程度を巨竜殺しの英雄にやらせる必要はないだろ。マオ商会の人馬輸送隊で十分だ」

ポンプを机上に置いたミュレさんは、冷静な目をしていた。

「お前が俺に相談ってことは、リューニエ絡みだろう。違うか？」

「よくわかりますね」

「ふふん」

急に得意げになるミュレさん。

「お前が俺のこと、リューニエの母親代わりだと思ってるのは知ってるからな」

「思ってませんけど」

事情通に見えるけど、たまに勇み足なのがミュレさんの惜しいところだ。リューニエ殿が絡むと途端にポンコツになる、らしい。

私は軽く咳払いしてミュレさんに言う。

「私はあくまでも、ミュレ殿をリューニエ殿の御学友だと思っています」

「うん、そうか」

「学友にしては親しすぎるから、同期の女の子たちが変な誤解をして大変盛り上がっていたというのも知っています」

「それは忘れろ。今すぐ忘れろ」

渋い顔のミュレさん。

いやでもね、界隈では「リュミュかミュリュか論争」というのがあって、それで喧嘩別れした人たちが大勢いるとか聞きましたよ。

もう十年以上も激論が続いているらしい。みんなよくやる。

「お前だってユヒテやイオリと仲が良すぎるから、後輩たちにキラキラした目で見つめられてたそうじゃないか」

「うっ、それは忘れてください」

本人に直接言うのは反則だ。いや、私も言ってた。すみません。

私はもう一度咳払いした。

「話が全然先に進まないので単刀直入に行きますが、リューニエ殿のことをもっと知りたいと思いまして。それで……」

「俺のところに来るとはさすがだな、フリーデ・アインドルフ！　気に入ったぞ！　で、何が聞きたいんだ？　あいつの好物か？　それとも好きな色か？」

「それを聞くためにわざわざ来ると思います!?」

ダメだ、この人。お父さんの話題を振られたときのジェリクさんやカイト先生みたいになってる。

私は必死に頭を働かせて、この困った大先輩からどうやって情報を集めるか策を巡らせる。

「事情通のミュレ殿なら、うちの母のこともご存じかと思いますが」

「ああ、懐妊なさったんだってな。めでたいよな。これでフリーデもお姉ちゃんになるって訳だ。……いや待てよ」

笑っていたミュレさんは真顔になる。

「お前がわざわざ俺のとこに来て、リューニエのことを知りたいと言ってるってことは……まさか、リューニエが次の魔王……」

うわあ、鋭い!?　さすがは俊英と名高いミュレさん!?

ミュレさんは私を真正面から見据える。

「……の副官になるのか？」

あ、やっぱり微妙に惜しい。副官好きすぎて思考がそっちに寄っちゃってる。

「いえ、違います。副官じゃなくて魔王の方をお願いしたいなって話が出てまして」

「おお、いいんじゃないか？　あいつなら絶対大丈夫だろ」

なんかあっさりしてない？　副官ポジションの方が大事なんだろうか。ミュレさんってよくわからないところがある。

ミュレさんはニヤリと笑う。

「でもリューニエのやつが渋ってるんだろ？」

「わかるんですか？」

「あいつの考えてることぐらい、俺なら手に取るようにわかるさ。……まあ、半分ぐらいはな」

微妙に謙虚だな……。

「半分でいいから教えてもらえませんか?」

「随分熱心だな。ヴァイト先生の指示か?」

「いえ、私が勝手に動いてるだけです。だからお会いするのも、こうして表向きの用件が必要だった訳でして」

ミュレさんはロッツォ太守だから、私みたいな無位無官の人間がホイホイ遊びに行くという訳にもいかない。お父さんの名前を出せば面会できるけど、それも何だか気が引けた。

ミュレさんはうんうんとうなずいている。

「いい心がけだ。お前にリューニエの副官やらせようかな……」

「なんでミュレ殿が決めるんですか」

「それはもちろん、本来なら俺がやるべき仕事だからさ」

ああもう話が先に進まない。リューニエ殿と副官ポジションが好きすぎるんだ、この人。

でもさすがに太守だけあって、ミュレさんはすぐに話を戻した。

「冗談だよ。魔王になるのを渋ってるんだとしたら、たぶんリューニエは不安なんだろうな」

「不安……ですか?」

「ああ。説明すると長くなるが聞いてくれ」

ミュレさんはそう言って、執務室の椅子に深く腰掛ける。

「あいつ、故郷のロルムンドで辛い光景を見すぎたんだよ。俺みたいな温室育ちのボンボンには想像もつかない苦労をしたんだ。それがあいつの謙虚さと責任感を養ったんだろうけどな」

冷静な分析をしつつも、めちゃめちゃ早口になっていくミュレさん。

「尊敬する祖父と父を亡くし、剣聖バルナークと決闘卿ヴァイトに守られ、政敵エレオラからも同情されてミラルディアに落ち延びた。その後はウォーロイ殿と魔王陛下の庇護下だったし、あいつ自身で道を切り拓いた感じがしないんだろう」

わかりましたから、もう少しゆっくり喋ってください。怖い。

「俺たちミラルディアの学生から見れば、あいつは正真正銘の英雄なんだけどな。まあでも、こういうのは本人が納得できなきゃ意味がないんだ」

目を輝かせて熱く語っていたミュレさんは小さく溜息をついた。それから優しい微笑みを浮かべる。

「でもな、俺がリューニエの賢さと強さに驚いたのは本当なんだ。最初は生意気なチビだなと思ってたけど、あの凄さを見せつけられたら認めるしかないよ。そしたら次は、こいつを守らなきゃって思った」

それであの数々の武勇伝を……。

リューニエ殿がここまで大成した一因として、ミュレさんのフィカルツェ家が強力に後押ししたというのがある。海外貿易で潤ってる南部の大都市が後ろ盾になったので、リューニエ殿の威光がますます強まったらしい。

ミュレさんは夢見る乙女みたいな目をしながら、窓の外を見つめる。

「どんな偉人だって、一人じゃ大したことはできやしない。俺みたいな凡人たちが集まって支えたときに、歴史に残るような何かができるのさ。お前だってユヒテやシリンたちがいたから、学生時代にあれだけの武勇伝が生まれたんだろ？」

「はい、それはもう。あ、でも私は偉人じゃなくて凡人側です」

みんなには助けられたもんね。私以外はみんな偉くなって、若手の筆頭みたいな感じでバリバリ働いている。私って恵まれてるよなあ。

ミュレさんは溜息をつく。

「空飛ぶ巨竜を素手で絞め殺すヤツを凡人とは言わねえよ」

「絞め殺したんじゃなくて、背骨ごとへし折っただけです」

「余計に凄いじゃねーか」

また溜息をついてから、ミュレさんは私をじっと見つめた。

「ここに来たのはお前の意志なんだな？　じゃあお前自身がリューニエを魔王に推していることになる。その理由を聞かせろ」

「えっ？」

しまった、そういえば元々は「お父さんたちがリューニエ殿を魔王にしたがっているから」ぐらいの理由だった。結局私ってば、全然自立できてないんだよなあ。

でももちろん、私にだって少しぐらいは考えてることがある。

「私から見たリューニエ殿は、異国の政変に巻き込まれて大変な苦労をしつつも、ミラルディアで学問を修めた凄い人なんですよ。大学時代のリューニエ殿の秀才ぶりは伝説になってますし」

「ふふん、だろうな。あいつ、次席に大差をつけての首席卒業だからな」

嬉しそうなミュレさん。確か次席がこの人のはずなんだけど、自分のことはどうでもいいらしい。

ほっとくとまたリューニエ殿の自慢を始めそうなので、私は急いで言葉を継ぎ足す。

「ミラルディアは人と魔族、クウォール系とロルムンド系、そして静月教徒と輝陽教徒が共存する国です。だから魔王になる人は、対立する人たちの間に立って両方の言い分を聞くだけの度量が必要なんです。国外追放すら乗り越えてきたリューニエ殿なら、それができるんじゃないかなって」

するとミュレさんは目をキラキラ輝かせて何度もうなずいた。

「そう、そうなんだよ！　お前、あいつの価値をよくわかってるじゃないか。あいつは単に賢いだけじゃない。歳の割に経験を積んでるんだ。だから視野が広いし判断にも安定感がある」

「でしょう？　他にあんな苦労人は……まあシャティナさんとかがいますけど、やっぱりリューニエ殿が別格だと思います」

「そうだな。シャティナ殿も元老院に親父さんを殺されて苦労はしてるけど、地元愛が強すぎてザリア一辺倒になりがちだ。俺もロッツォ大好きだからわかるけど」

ミュレさんはうんうんとうなずき、それからニコッと笑ってくれた。

「よしよし、さすがに後輩だけあって立派なもんだ。腕っ節だけのじゃじゃ馬じゃないな」

「私のことそういう風に思ってたんですか」

「ははは、そう拗ねるなって。よしよし、ここから先はミュレ先輩に任せとけ」

ミュレさんは豪奢な執務机に向かい、羊皮紙にサラサラと何か書き始めた。でもなんだか、悪巧みをしている人間の匂いがするよ……？

書いたものを封筒にしまってから、ミュレさんは蜜蠟にフィカルツェ家の紋章を捺《お》す。ということは、あれは正式な公文書だ。

「ほら、こいつを持っていけ。ポンプの受領証だよ。魔王陛下かヴァイト閣下にお渡ししろよ?」

う、うーん？　なんだあの満面の笑み。何か企んでますよね？

そうは思ったけれども、封印された公文書は受け取るしかない。

「えと、じゃあ確かにお預かりしました」

「うん。あ、もしリューニエに会ったら、嫁さん連れて遊びに来いって言っといてくれ。俺の嫁さんが会いたがってる。俺たち四人とも大学の同期なんだ」

「あ、そうでしたね」

リューニエ殿もミュレ殿も少し前に結婚したんだよね。当主は結婚が義務みたいになってるから。

私は何にも言われてないけど。

「そういえばあの……奥さんは嫉妬してませんか?」

「いや、あいつは『尊いものが毎日拝めて寿命が無限に延びるわ』って言ってる」

この御夫婦強いな……。

＊　　　＊

そんなこんなの後、私は戦球都市ドニエスクへとやってきた。

魔力通信を使えば話はできるんだけど、大事な話は直接会った方がいいよね。

でも今回会うのはリューニエ殿じゃなくて、叔父のウォーロイ殿だ。

ウォーロイ殿は太守も評議員も退いて隠居の身だけど、現役時代の活躍が凄すぎて今でもミラルディア連邦の重鎮だ。

おまけに女帝エレオラ陛下の従兄だもんね。表向きは追放されてるけど、今でも手紙のやり取りはしているそうで、ロルムンド外交に欠かせない人物でもある。

なので、面会するのも簡単じゃない。

……と思ったんだけど。


「おお、フリーデ！　また一段と御父上に似てきたな！　いや、御母上の面影もあるぞ。三国一の美女になる日も近いな！」

なんか簡単に面会できてしまった。いやまあ面会の予約は取ったんだけど。

「お、お久しぶりです、ウォーロイ殿。本日は貴重なお時間を戴き、誠に恐縮です」

「ははは、そう畏まるな。御父上は息災か？　いや、息災に決まっているか」

「はい、メチャクチャ元気です。ただ……」

なんとなくウォーロイ殿のペースに巻き込まれそうな感じだったので、挨拶も早々に本題を切り出すことにする。

「魔王陛下が懐妊なさったので、さすがに譲位したいということで悩んでいます」

「うむ、その話は俺も聞いている。あいつの困り顔が目に浮かぶな」

あくまでも真面目な顔で、しかしどこまで本気かわからない口調でウォーロイ殿が深くうなずく。

ウォーロイ殿って、お父さんの話になると上機嫌なんだよなあ。カイト先生やマオさんたちもそうだけど。

こうやってお父さんの話題さえ振っておけば、私はどんな大人ともなんとかやっていけるのだ。

それがありがたくもあり、同時にちょっと後ろめたくもある。

ま、それはさておき。

「お父さんたちはリューニエ殿に魔王の座を継いで欲しいようなんですけど、リューニエ殿が渋っておられるそうで」

「無理もあるまい。帝位継承問題で実家が滅ぼされたとあれば、玉座に対して慎重にもなろう。正直、俺も困惑していてな」

おっと、機先を制されてしまった。

ウォーロイ殿は私をじっと見つめる。穏やかな、でも冷静なまなざしだ。

「フリーデ。おぬしの話を聞く前に、ひとつ確認しておきたいことがある」

「な、なんでしょうか？」

「おぬしは今、黒狼卿ヴァイトの娘としてここにいるのか、それともフリーデ・アインドルフとしてここにいるのか、どちらだ？」

ウォーロイ殿は私に問いかけ、静かにこう続ける。

「もしヴァイトの名代として来たのであれば、俺の考えは変わらん。この件に関しては動くつもりはない。リューニエの心情を思えば、叔父として無理強いはできんからな」

「はい」

緊張しながらうなずく私に、ウォーロイ殿は優しく微笑んでくれる。

「だがフリーデ・アインドルフの頼みとあれば、無下にもできまい」

「えっ!?　なんでですか!?」

「おぬしは大樹海の巨竜を討伐し、このドニエスクの街を守り抜いた。俺の執務室がこうして無事なのは、俺ではなくおぬしのおかげだ。この街の恩人であるおぬしの話には耳を傾ける義務がある」

そっか。そういう考え方もあるのか。だからすんなり会ってくれたのかな?

「それだけではないぞ。おぬしは皇女ミーチャの誘拐事件を阻止し、風紋砂漠の怪異を解き明かした。さらに古代の戦神たちとも渡り合った。正真正銘の英雄だ。俺などもはや足下にも及ばん」

「そんなことはないです！　ウォーロイ殿は歴史に名を残す英雄ですよ！」

慌てて否定したけど、ウォーロイ殿は嬉しそうに笑う。

「それはおぬしも同じであろう。百年先まで語り継がれる功績を持っているのだからな」

「そうかもしれませんけど……」

私は考え込んでしまう。

私は英雄……なんだろうか？

「英雄っていうのは、ウォーロイ殿みたいな方のことだと思いますよ？」

「俺は訳もわからずに帝位争いに巻き込まれ、何も為せず敗残の身となり、おぬしの御父上に命を救われた。英雄などとは到底呼べぬ。その後の人生はまあ……なかなかに面白いがな。気ままにやっているだけだ」

そう言ってから、ウォーロイ殿は深く溜息をついた。

「本当ならば、俺の親父や兄貴が英雄と呼ばれるはずだったのだ。二人とも俺よりも遥かに聡明で、領地と民を守る覚悟を持っていた。二人の名誉を回復せぬ限り、俺に英雄と呼ばれる資格などない」

ウォーロイ殿のお父さんっていうと、ロルムンド史上屈指の謀略家と恐れられた人だ。

で、ウォーロイ殿のお兄さんは、その父親を暗殺して内乱を起こしたイヴァン皇子。

二人ともロルムンドじゃ大悪人ということになっていて、ロルムンドのドニエスク家は断絶扱いになっている。

それなのにウォーロイ殿は、お父さんやお兄さんの方が英雄だと言っている。

「そうなんですか……」

「なに、昔の話だ」

そう言って笑うウォーロイ殿は、どこか寂しげだった。

若輩の私には、かける言葉が見つからない。

だから私はせめて、ウォーロイ殿の問いには正直に答えることにする。

「私はフリーデ・アインドルフです。黒狼卿ヴァイトと魔王アイリアの子ではありますが、今はそれは忘れてください」

「うむ、よし」

ウォーロイ殿は満足げにうなずくと、きりっと表情を引き締めた。

「ではドニエスクの恩人よ。この俺にどのような話だ？」

「はい。実はリューニエ殿の説得をお願いに来たのではありません」

まあ、心のどこかで「ウォーロイ殿が説得してくれたら楽だなあ」とは思ってたよ？

でもそれは良くないとも思っていた。

「リューニエ殿が叔父の説得で翻意するような方なら、むしろ魔王には相応しくありません。国家の大事を身内に差配されてしまいますから」

「ははは！　まさしくその通りだ！　帝王たる者、国家の大事を親兄弟にあれこれ言われているようではどうにもならん。俺の伯父上のようにな」

ウォーロイ殿の伯父は皇帝バハーゾフ四世。ロルムンド帝室史上、最も凡庸で当たり障りのない皇帝だったと聞いている。皇弟のドニエスク公が裏で実権を握っていたからだ。

私は緊張しながら言葉を続ける。

「私は今日、ウォーロイ殿に質問があって参りました。あ、もちろんリューニエ殿の件ですけど」

「ほう。わかった、答えられる限りで何なりと答えよう」

力強くうなずくウォーロイ殿に、私は大事な質問を投げかける。

「リューニエ殿が魔王に即位することを決意できるような、何か良い方法はありませんか?」

「なるほど、そう来たか」

ウォーロイ殿はニヤリと笑い、それから腕組みする。

「叔父としては可愛い甥っ子にこれ以上重い責務を負わせたくはないのだが、ドニエスクの男としては我が一門がどこまで高みに届くのか見てみたくもある。よかろう、俺のわずかばかりの知恵で良ければ貸そう」

よかった、あっさり承諾してもらえた。ウォーロイ殿、なんだかすごく楽しそうな顔をしているけど。

「あ、ありがとうございます」

「いやなに、すっかり前置きが長くなってしまったな。歳を取ると回りくどくなっていかん。リューニエの不安材料は多い。主なものを挙げられるか?」

私は指を折りながら数える。

「ええと……。まず自分が異国の出身で、権力基盤が弱いこと。かつて帝位争いで全てを失った辛い過去があること。他にもあるでしょうけど、大きいのはこの二つですよね?」

「そうだな。他には前任者が偉大すぎて気後れしてしまうというのもある。リューニエはミラルディアに来た頃から、アイリア殿に母の面影を感じていたからな」

そうなんだ……。その頃のお母さんって二十過ぎぐらいで、リューニエ殿は十二歳ぐらいだっけ？　ああ、なるほどなあ。

「だが、前任者が偉大なことはどうしようもあるまいな。そこは俺が説得しよう。だが残る二つは俺にはどうにもしてやれん。俺もあいつと同じ立場だ。権力基盤は他の太守たちよりも弱い」

私は物心ついた頃からドニエスク市があった世代だから、その辺がよくわからないんだよなあ。私の知っているミラルディアは十八都市の連邦制だ。

私はとりあえずうなずく。

「だからリューニエ殿は、うちのお父さんに副官留任を強く希望しておられるんですよね」

「そうだな。偉大な前任者の片割れ、黒狼卿ヴァイトが副官なら後ろ盾として申し分ない。しかもヴァイトはリューニエを救い出した実績がある上、捕虜だったエレオラを帝位に就けた実績まである。あいつは王ではないが、王を作る男だ」

わあ、うちのお父さんカッコイイ……。

うーん、でもこれは困ったな。リューニエ殿の悩む気持ちが、ますますわかってしまった気がする。私がドニエスク家の人間だったら、やっぱり同じことを希望してただろう。

「なるほど、リューニエ殿の方が正しいですね」

「ははは、おぬしもそう思うか？」

ウォーロイ殿は豪快に笑うと、私を正面から見据えた。

「ではフリーデよ。おぬしはどうすべきだと思う？」

ううん、これってなんか答えが見えてきちゃったぞ……。

私は今、目の前に一本のまっすぐな道が敷かれていることに気づいてしまった。

やだなあ、怖いよ。でももう、逃げられない。

だから私は覚悟を決める。

「お父さんは副官を引退したがっていますので、そこは譲れません。ですので」

私はウォーロイ殿にきっぱりと告げる。

「私がアインドルフ家の家督を継ぎ、その上で魔王の副官となるのはどうでしょうか？」

「うむ、名案だ」

ウォーロイ殿がニヤリと笑った。

＊　＊

「うあああぁ～っ！　やっちゃった！　また独断専行やっちゃった！」

帰りの馬車の中で、私はじたばた悶えていた。

横に座っているイオリが冷静な口調で私をなだめてくる。

「フリーデ、落ち着いてください。私も良い案だと思います」

「でもまだ家督を継ぐ話すらしてない！　お母さんに怒られる！」

「どのみち家督はフリーデが継ぐでしょう。生まれてくる赤ちゃんに継がせる気ですか？」

「それは！　そうなんだけど！　ああっ、この構図だとアインドルフ家が権力の座に留まってる感じになってるし！」

でもイオリは平然としていた。

「急に政権中枢からいなくなると、逆に何かあったのかと思われます。これぐらいが逆に良いのでは？」

「ああ言えばこう言う……」

あーもう、イオリまで完全に面白がってるよ。匂いでわかる。

イオリは私の頭を撫でながらクスクス笑う。

「リューニエ殿にとっては願ってもない話だと思いますよ。フリーデは魔王陛下と副官の長子で、アインドルフ家の次期当主。しかも風紋砂漠の調査や巨竜討伐など大きな実績もあります。ミラルディア大学魔術科の首席という秀才ですし」

「そこ、いいとこだけつまみ食いして列挙しない！　箇条書きにすれば何でもそれっぽくなる！」

私はびしりと人差し指を突きつけたが、内心では「そうだよなあ」とも思っていた。

ちょうどいい場所にいる人物なんだよ、私。

私はイオリと指同士をつんつんさせながらぼやく。

「評議会の仕事も手伝ってるから顔が利くし、魔王軍にも士官候補生という名目で籍はあるから、調整役としては最適だよね」

「ええ。隣国全ての指導者たちと顔見知りですし、良好な関係を築いています。おまけに実質的に無位無官で暇ですしね。私たちの世代で、他にこんな人がいますか？」

「いない……」

ひとつひとつの条件ならシリンたちも当てはまるんだけど、全部に当てはまるのは私しかいない。なんせ前任者の娘な上に無職同然なので。

嘘でしょ……なんでこんなことになってるの……？

イオリはにこにこ笑っている。

「フリーデは私が支えるから大丈夫。副官の副官になりますので安心してください」

「いや、それは凄く期待してるんだけどね？」

文武両道でサポートが得意なイオリがいてくれたら怖いものなしだ。他のみんなも協力してくれるだろうし。

うああ、条件が整い過ぎている。誰かの陰謀としか思えない。お父さんか、お父さんが悪いのか。

私は馬車の窓に頭をこつんとぶつけ、ずりずり滑り落ちる。

「どうしてこうなった……」

＊　＊

フリーデが退出した後、ウォーロイの執務室にリューニエがやってくる。

「叔父上、フリーデ殿がいらしたというのは本当ですか？」

「ああ、ミュレの手紙通りだった。そしてもう帰って行ったぞ。まったく、面白い娘だ。英雄と持ち上げられても頑なに拒むところは父親にそっくりだな」

ウォーロイは苦笑しつつ、窓の外を眺める。

「魔王の王冠を戴くか否か、お前がどちらを決断したとしても誰も咎《とが》めはすまい。背負いきれぬ責任を負ってしまうと、必ず後悔する日が来るからな。あのヴァイトでさえ、魔王の座は固辞したのだ。お前が拒んだとしても誰が責めようか」

「それもそう……なのかな？　うーん……」

腕組みしながら考え込むリューニエに、ウォーロイは言った。

「お前の決断を尊重することに変わりはないが、フリーデの誠実な心は俺を動かした。それゆえ、お前に提案したいことがある」

「はい、叔父上」

＊　＊

リューンハイトに帰った私は、予想通りお母さんに叱られていた。

「アインドルフ家の家督は、あなたや私の一存で決めるものではないのですよ」

「はい……」

「家督の相続権は私の従兄弟たちの家系にもあります。きちんと話を通した上で決めないと」

「はい……」

魔王をやっているお母さんはそう言って溜息をついた後、ふと微笑んだ。

「ですが、誰も反対はしないでしょう。みんな、あなたに期待していますからね」

「期待されてるのかな？」

「あなたの武勇伝は大陸全土に鳴り響いていますから」

困ったように溜息をつくお母さん。

「そんなあなたを差し置いて当主になろうものなら、周囲から何を言われるかわかりません。そういう意味でも、当主の座はあなたのために空けられているのです」

「うわぁ……」

思っていた以上に、にっちもさっちもいかない状況だった。

「じゃあ当主やるしかないね」

「ええ、私が一門衆に話を通しておきます。どのみち当面は私が後見人を務めることになるでしょうから、その間に当主としての知識と人脈を培っておきなさい」

「はい！」

ちょっとめんどくさそうだけど、自分で言い出したことだからやるしかない。

「ところでお父さんは？」

「エレオラ陛下に会うため、極秘でロルムンドに渡りました。あなたとリューニエ殿の件で水面下の調整をしてくれていますよ」

「なんで私が報告するより先に、お父さんが知ってるのかな？」

「ミュレ殿の手紙に、あなたが副官をやると言い出す可能性が書いてありましたから。私の出産が控えていますので、お父さんが前倒しで準備を進めてくれています」

「ふぉっ!?」

私が副官やるって言い出すところまで完全に読まれてた!? さすがミラルディア屈指の有力都市の太守、知略が冴え渡ってる!

「ロッツォは手強そうだね……」

「いえ、他の太守たちも手強いですよ。それにミュレ殿と違って、同窓生という理由で手心は加えてくれませんからね」

「怖……」

＊　＊

ロルムンド帝国の帝都オリガニアには、皇帝の住まいである荘厳華麗な大宮殿がある。

そしてその周囲には、帝室御用達の老舗も軒を連ねている。

その一角に高級銘菓だけを扱う菓子店があった。

「まさかこんな場所に皇帝がいるとは、誰も思うまいよ」

女帝エレオラはそう言って笑うと、卓上の銀の盆から菓子をひとつつまんだ。

「私は甘味を好まないと思われていてな。実際はそうでもないのだが」

「確かにお前が菓子を食べているところは想像できないだろうな……」

そう答えたのは黒狼卿ヴァイトだ。この国では決闘卿の異名でも知られている。

「どうだ、ワの上生菓子は？」

「美味《うま》い。こちらにもワ菓子は多少入ってきているが、乾燥させた干菓子の類ばかりでな」

「それなら良かった。方々に伝手を頼ってワ菓子職人を連れてきた甲斐があったよ。見込みのあるロルムンド人には技を伝授してくれるそうだ」

ヴァイトが笑うと、エレオラも微笑む。

「そういうところだぞ、人たらしめ」

エレオラは「春一輪」と名付けられた上生菓子を眺める。

雪原に咲く早春の淡い花をイメージしたものらしいが、純白と薄紅の織りなす美がもはや菓子のそれではない。米粉を練って作った花もあまりに繊細すぎて、大半のロルムンド人はこれを食べ物だとは気づかないだろう。

その見事な造形美を口に運び、優しい甘味を噛みしめながらエレオラは呟く。

「こうしてお前とまた会えるとは思っていなかった」

「お前がミーチャ殿に帝位を譲ると聞いて、そろそろ会ってもいいだろうと思ったんだ。俺はこの国で悪名も轟かせてしまったからな。会うのはリスクが大きすぎる」

「わかっている。だが今回は直接会う必要があった。だからこうして密会の場も設けたのだ」

エレオラは窓のない密室で微笑む。ここは公式には存在すら極秘とされている部屋だ。この店の菓子職人たちもこの部屋のことはほとんど知らない。

「しかしリューニエ殿が魔王とはな。決闘卿よ、我が帝国への意趣返しか？」

「表向きにはそう見えるだろうが、リューニエ殿はお前や帝国に対して恨みは抱いていない。むしろ関係改善に向けて働いてくれるはずだ。ウォーロイにも話は通してある」

ヴァイトの言葉に、エレオラは少し考え込む様子を見せた。

「なるほどな。表向きは緊張関係にある両国が、女帝ミーチャと魔王リューニエの歩み寄りで雪解けを迎えるという筋書きだ。平和を生きた世代だからこそ実現できる」

「ああ、これは二人にとって最初の大きな功績になる。それぞれの国内で支持を固めるのに役立つはずだ」

「ふっ、悪党め」

エレオラは二個目の上生菓子をつまむと、クスクス笑う。

「そうやって他人の手柄のことばかり考えているのは相変わらずだな、我が決闘卿よ？」

「俺の手柄なんかどうでもいいからな。地味な副官に名声は不要だ」

「よく言う」

エレオラは次の上生菓子に手を伸ばす。

「だが新帝ミーチャの第一歩としては上々だ。ミーチャは私たちの悪事には加担していない。生まれてすらいなかったのだからな。私が在位していたら十年経っても叶わぬ望みだ」

もぐもぐと上生菓子を頬張りながら、エレオラは上機嫌で続ける。

「この歩み寄りに謝意を示し、帝室はドニエスク家の名誉を回復する。隣国の王を流罪人扱いする訳にもいくまい。相応の敬意を払わなくてはな」

「そうしてもらえると助かる。俺がこの国に残してきた気がかりが、ようやく解決するな」

ヴァイトは大きく溜息をつき、それからふと上生菓子を指差した。

「エレオラ、もしかしてそれ三個目か？」

「そうだが？」

＊　＊

そこからお父さんが帰ってくるまで、なんやかんやいろいろあった。親戚回りをしたり、神殿や商工会の偉い人に挨拶したり。本当にいろいろ……疲れた。

アインドルフ家の当主になるってことは、リューンハイトの太守になるってことだもんね。いろんな組織の利害関係を調整して、評議会でもリューンハイトのために発言しなきゃいけない。

ただ問題は、私がアインドルフ家当主として魔王の副官になるとしても、リューニエ殿がそれで魔王即位を決意してくれるかどうかだ。「お前じゃ黒狼卿の代わりにはならん」と言われそうだし、私自身もそう思っているので……。

そんな慌ただしい日々を過ごしているうちに、お母さんのおなかはどんどん大きくなっていく。

悪阻の時期はお父さんと二人でサポートしたけど、私はここでも失敗ばかりだった。

お父さんは慣れた様子で、絶妙な距離感でお母さんを支えていた。お母さんをなるべくそっとしておきつつも、寂しくならないように細かい気配りをしている。

お父さんって何をやっても手際がいいなあと感心していたら、「二回目だから」と苦笑された。

「こういうのも全部お前に鍛えられたんだよ、フリーデ」

「なるほど……」


そうこうするうち、おなかの赤ちゃんの性別がわかった。女の子らしい。ミラルディア屈指の予知術師、ミーティさんが教えてくれた。探知術が専門のカイト先生も同じ見立てなので、これは確実だよね。

さっそく赤ちゃんの名前を決めるために、家族会議を開くことになった。

「アインドルフ家の令嬢には、伝統ある名前がいくつかございますね」

「あ、そうなんだ」

「ええ、アイリア様の名もそうですよ」

「ほほう……」

イザベラ侍女長が教えてくれたので、私は書庫で調べてみることにした。

アインドルフ家の書庫には、我が家の歴史だとか御先祖様の著書とかが山盛りになっている。長い歴史がある一門なので、お目当ての本を探すのも一苦労だ。

「えーと、家系図でいいかな……いや、名鑑の方がいいかな？」

天井まで届く大きな書棚の間を歩いていると、ふと誰かに呼ばれた気がした。

「ん？　誰かいる？」

いるはずがない。いたら匂いでわかる。

じゃあ幽霊とか？　でも死霊術基礎演習で霊体の見つけ方は習ったし……。幽霊でもなさそうだ。

でも確かに、誰かに呼ばれた気がするんだよね。

私は扉つきの書棚の前に行き、踏み台に上って一番上の扉を開けた。

「この本？」

手書きの古い本だ。大学時代の習慣で手袋をはめ、紙を傷めないようにそっとめくる。

内容は誰かのメモのようだった。数学や医学なんかの走り書きで埋め尽くされている。内容はどれも大学で教えられているものだ。誰かの講義ノートかな？

ぱらぱらめくっていくと、余白っぽいところに単語がいくつも記してあった。

「えーと、フルベルト……ヴェレダ……なんだろこれ」

ミラルディア語でもないし、ロルムンド語やクウォール語でもない。ワ語でもなさそうだ。

一番最後に「フリーデンリヒター」と記されていて、力強いマルで囲ってあった。

「フリーデンリヒターって、初代魔王様だよね？」

私は振り返って周囲を見回すが、誰の気配も感じられない。

記されている単語のうち、「オティリエ」のところに二重傍線が引いてあった。これを書いた学生か教官の人は、この単語もお気に入りらしい。下に小さく「幸福」と書かれている。

「ほうほう……幸福かあ」

生まれてくる妹ちゃんには、絶対に幸せになってほしい。何語かわからないけど、お父さんかモヴィばあちゃんに聞けばわかるだろう。

「ではこのお名前、ありがたく戴きます」

ページに付箋を挟んでからぺこりと一礼して、私は本を抱いて書庫を出た。


それから居間に親子三人で集まって、妹ちゃんの命名会議が始まった。

紅茶を飲みながらお父さんが切り出す。

「フリーデのときは、フリーデンリヒター様から名前を半分もらったんだ」

「じゃあ残り半分にする？」

私がそう聞くと、お父さんが苦笑する。

「リヒターって、たぶん前世のドイツ語で『人』って意味だぞ」

「あ、そうなんだ。じゃあフリーデは？」

「フリーデンが『平和』だな。だからフリーデンリヒターは『平和をもたらす人』ぐらいの意味になる……と思う」

おお、いい……とてもいい名前だ。由来とかあんまり気にしたことがなかったから、全く知らなかった。

ということは、私は「平和さん」と呼ばれている訳だね。うんうん、こっちもいい名前だ。

お母さんがおなかを撫でながら微笑む。

「お姉さんが平和なら、妹は何がいいでしょうか。平和がもたらすものといえば、繁栄や平穏、それに幸福ですが」

あ、それだ！　私は慌てて本を取り出した。

「じゃあ『オティリエ』はどう？　幸福って意味なんだって」

お父さんたちが顔を見合わせる。

「オティリエ？」

「何語でしょうか？」

あれ、お父さんも知らないんだ……。

私は本を開いてみせた。

「ほらこれ、この本に書いてあるでしょ？　書庫で見つけた本だから、ちゃんとした本だと思うんだけど」

するとお父さんが驚いた顔をした。

「その本は……！　いやでもお前、それ読めなかっただろ!?」

「読めたよ？　ここに……あれ？」

付箋のページを開いても、そこには全く読めない文字が並んでいるだけだった。

「読めない……」

「そりゃそうだろう。書いてあるのは日本語とアルファベットだ。日本語はかろうじてワに伝わっているが、転生者に関する機密だから公開されていない。アルファベットに至っては伝わってすらいないから、読めるのはお父さんだけだ」

お父さんはそう言い、愛おしむような目で本を見つめた。

「この本はフリーデンリヒター様直筆のノートだ。あの人は前世の知識をこの世界で役立てるために、こういうノートを何冊も書き残していたんだよ。あの人は本当に博識だったからな」

その言葉で私はようやく気づいた。

「あ、じゃあ内容が大学の講義と同じなのは……」

「そう。このノートが原典だからだ。ミラルディアの繁栄の基礎となった、歴史的な一冊だよ」

そう言ってからお父さんは腕組みをする。

「しかし、なぜ読めたんだ？　確かにここには『オティリエ』と書かれているし、意味も『幸福』で間違っていないようだ。ああ、古代ゲルマン語なのか……さすがはフリーデンリヒター様だ」

「その古代なんとか語って、お父さんも知らないの？」

「全くわからないな。学校で習う機会すらなかったから」

お父さんは苦笑し、それから私の頭を昔みたいに撫でた。

「お前が生まれた夜、フリーデンリヒター様らしい人を見たという報告があってな。きっと今でも、お前のことを見守ってくれているんだろう」

「そ、それは恐縮です」

きょろきょろ見回しながら頭を下げる私。初代魔王ってもうほとんど神様みたいな存在だし、畏れ多すぎて逆に困ってしまう。

するとお母さんが不意に小さな声をあげた。

「あっ」

「どうしたの？」

お母さんはニコッと笑う。

「今、おなかの中の子がとても元気に動きました。こんなに元気なのは初めてです」

「さてはお姉ちゃんの見つけてきた名前が気に入ったかな？」

お父さんが笑い、お母さんのおなかに向かって声をかける。

「オティリエにするか？」

服の上からでもわかるぐらいに、赤ちゃんがもこもこ動いてる。私の妹、凄いな！

私たちは顔を見合わせ、それから笑った。

「では当人の意思を尊重することにして、『オティリエ』にしようか」

「そうですね。響きも優しいですし」

こうして私の妹の名前は、オティリエ・アインドルフに決定した。

名前通り、お姉ちゃんが絶対に幸せにしてあげるからね。

よーし、がんばろう！

＊　＊

「でも疲れたぁ……」

溜息をつきつつ、私はミラルディア大学の一角にある温室で作業をしていた。ハクイと呼ばれる異世界伝来の白い上着を着て、実験助手の仕事をする。

「もー本当に当主って大変すぎるよ……。みんなは元気？　さっさと水よこせって？　はいはい待ってて」

栽培中の花たちに声をかけつつ、ジョウロで水をしょばしょば注いでいく。

「ほうら、モヴィ研特製の高魔力水だよ～。おいちい？　うん、よしよし」

私は一株ずつに規定量の水を与えていく。単なる花壇の水やりではなく、これも立派な実験だ。

担当の鉢植えたちに一通り水をやった後、最後に温室の片隅に置かれた黒い覆いに近づく。

「ごめんね」

覆いの中にジョウロを差し入れて水をやった後、私は振り返った。

そして背後の人物に言う。

「リューニエ殿がこんなところにおいでとは思いませんでした」

「やあ。お仕事中に邪魔しちゃったね」

リューニエ殿は笑いながら片手を挙げた。南部の若者が愛用する緩めのチュニック姿で、その上に私と同じハクイを着ている。うちの学生たちの定番スタイルだ。

あの格好ってことは、今日はドニエスク太守として来たわけじゃない……ってことかな？

「さすがは黒狼卿の跡取りだけあって、気配にも敏感なんだね」

「いやあ、人狼の血を引いていますから……」

私には父譲りの人狼の嗅覚と聴覚があるので、人の気配ならかなり離れていてもわかる。

わかるんだけど、まさかリューニエ殿がここに来るとは思わなかったからちょっと焦った。さっきの恥ずかしい独り言、聞かれてないよね？

リューニエ殿は温室を見回し、栽培されている植物をじっと観察する。

「リュウジンソウだね。『魔術師の花』とも呼ばれている」

「あ、はい。ご存じでしょうけど魔力を多く蓄える性質の植物で、与えれば与えるほど発育が良くなります」

私はそう言って、温室の片隅に置かれた鉢植えを指差した。

「あっちの株には覆いをして、日光を完全に遮っています。同じ土、同じ魔力、同じ水、同じ温度で」

「対照実験だね。僕もやったなあ。初等科の授業で使うのかな？」

「はい。あの子たちにはまだ少し難しいので、私が管理栽培してます。授業をするのはモヴィばあちゃんですけどね。こないだは魔力水の濃度で対照実験をしましたから、今度は日光で対照実験です」

「魔力よりも日光の方が重要なんだよね。魔力さえあれば日陰でも育つイメージがあるから、よく誤解されるけど」

「そうそう、最初はみんな勘違いしてるんですよ。授業を受けてびっくりする様子が可愛くって」

他愛もない会話を楽しみつつも、私は内心で首を傾げる。

まさか温室を見に来た訳じゃないだろうから、用があるとしたら私の方だろう。でも本題に入ってこないなあ。

するとリューニエ殿は黒い覆いをじっと見つめる。

「さっき、その覆いに謝っていたよね。良ければ理由を教えてもらえるかな?」

「え? いや、簡単ですよ。この子たち、こんな有様ですから」

観察や管理に使う隙間を少し開けると、萎れた草が垣間見えた。

リューニエ殿が呟く。

「これは記憶より酷いな……。苗のまま全然育ってないし、葉が萎縮してねじれている。魔力はたっぷり与えているんだよね?」

「はい。他の子たちと同じですよ。同じ花から種を採って、同じように苗まで育てました。そこから先はずっと覆いの中です」

私は覆いをそっと閉じると、溜息をついた。

「この子はもう、花を咲かせることはできません。種もできないから子孫を残すこともできません。本当なら他の子たちと同じように育って、綺麗な花を咲かせたんでしょうけど」

「対照実験の対象に選ばれてしまったことが、この草の人生を変えてしまった訳か」

リューニエ殿はそう言い、ふと寂しそうな顔をする。

「まるで僕みたいだ」

「いや、リューニエ殿は大輪の花でしょう？」

私は首を傾げたけど、リューニエ殿はこう言う。

「僕が今ここにいられるのは、僕がドニエスク家の嫡流だったからだ。もしロルムンドの農奴の子だったら、今でも麦畑を耕しながらロルムンドの空を見上げていただろう」

「あ、なるほど。そういうことですか」

私はうなずいたけど、今度はリューニエ殿が不思議そうな顔をする。

「え、今のでわかるのかい？」

「ええ。自分はたまたま覆いを被せられなかっただけで、温室で守られながら育てられた。だから誇れるものがない。……ってことですよね？」

するとリューニエ殿は頭を掻く。

「参ったな、その説明は僕がする予定だったのに。君は父上同様、あまりにも鋭すぎるよ」

私やお父さんは感情の動きが匂いでわかるから、対人関係では割と察しが良くなっちゃうんだよね。それにリューニエ殿の悩みはミュレ殿やウォーロイ殿との話でわかったし。

リューニエ殿は黒い覆いを撫でながら静かに言う。

「帝位を巡ってドニエスク家とオリガニア家が争ったとき、僕はまだ子供だった。何もわからないまま祖父と父を失い、ボリシェヴィキ家の刺客たちに追われた。そして何もわからないままバルナークとヴァイト殿に助けられ、ミラルディアで貴族としての暮らしを続けさせてもらっている」

そう言って、彼は私を見た。

「そんな男がミラルディアの十八都市を統《す》べる魔王に相応しいと本気で思うかい？」

「そう言われると確かに気になりますけど、私はやっぱりリューニエ殿こそが魔王に一番相応しいと思いますよ」

私はジョウロを所定の棚に戻しながら笑う。

「私たち若いミラルディア人から見たリューニエ殿は全然違うんです」

「というと？」

「帝位争いで家族と故郷を失ったのに、そんな過去は微塵も感じさせない優しさと明るさ。途方もない悲しさを乗り越えてきた人だけが持つ、心の強さもお持ちですから。おまけに物凄い秀才ですし」

「そ、そうなのかなあ……」

こういうことはあまり言われ慣れていないのか、リューニエ殿が困ったように腕組みしている。

「確かに君たちは戦乱の時代を見てきていないからね。平和な時代だとそうなのかもしれない」

「今求められているのは平和な時代の魔王ですから。時代に合った人が魔王になった方がいいですよ」

リューニエ殿はうなずく。

「言われてみればそうかもしれない。うちの家臣団は、ドニエスク市建設以前の古参ほど武辺者が多い。みんな立派な人たちだけど、平和な時代では活躍の場が少なくなっている。時代に合った人材が必要だね」

でもリューニエ殿はそこでふと表情を曇らせ、私に問う。

「ただし僕が即位することで、ロルムンドとの関係が悪化するかもしれない。もしまた戦争になったら、戦場を知らない僕には荷が重いよ」

「戦場を知ってる人って、どっちの国でも中年以上ですよね？　みんな知らないんですから、気にしなくてもいいいんじゃないですか？」

私も戦場に立ったことはないから、お父さんみたいには戦えないと思う。基礎教養として軍学はちょろっとやったけど。

「私たちみんな、戦乱を知らない世代なんです。戦場で人を殺すのは怖いですし、攻め込むのも攻め込まれるのも嫌です。でも私たちのこういう気持ちは、上の世代にはあんまりわかってもらえないみたいで……」

「戦場で何人討ち取ったかを今でも誇りにしているからね。そういう意味では、僕は両方の世代の橋渡しになれるのか」

お、なんだかリューニエ殿の雰囲気が変わってきたぞ。匂いでわかっちゃう。

リューニエ殿は私を見た。

「なるほど、僕に期待されていることが少しわかってきたよ。その上で君に聞きたいことがある」

「なんでしょう？」

ちょっと緊張しながら背筋を伸ばすと、リューニエ殿はさっきの覆いを見た。

「君は僕の生い立ちへの負い目を理解してくれた。もしかして君自身にも、何かそういうのがあるのかな？」

「なんせ『黒狼卿ヴァイトの娘』やってますからね……」

「ああ、親が偉大だと苦労するよね」

納得したようにうなずくリューニエ殿に、私は頭を掻きながら補足する。

「それもありますけど、私もリューニエ殿と同じなんですよ。私が黒狼卿の子じゃなかったら、私の実績はどれも存在してなかったはずですから」

「それは……まあそうだね」

お父さんの血を引いているから人狼の力を持ってるんだし、お母さんの子だからアインドルフ家の家督も継げる。

「私がもしロルムンドの農奴の子だったら、今頃は『農奴のリューニエさん』の横でロルムンドの空を見上げてたと思います」

「それ言ったらみんなそうじゃないかな？」

「それはそう……あっ!?」

うなずいた瞬間、私はハッと気づく。

リューニエ殿も同じことに気づいたらしい。

「ああ、そうか。つまり『生まれついての英雄なんていない』ってことになるな」

「そういうことになっちゃいますね。何を悩んでたんだろ、私」

頭を掻く私。

「今は自分を英雄だと思えなくても、目指していればいつか英雄になれるかもしれませんよね」

「そうだね。もしかすると僕たちが英雄だと思っている人たちも、みんなこんなことを考えながら生きているのかもしれない」

私たちはクスクス笑う。

「うちのお父さんだって人狼に生まれてなかったら、戦場であんなに活躍できてませんからね」

「叔父上だってドニエスク家に生まれていなければ、さすがにここまでの偉業は無理だっただろう。なるほど、二人とも謙遜する訳だね」

私はうなずき、温室の花々を見つめる。

「周囲の環境と与えられた教育が人を大きく変えます。騎士の家に生まれれば馬術や軍学を修めますし、商人の家に生まれれば算術や交渉術を学ぶでしょう。それは自分が勝ち取ったものじゃないですから、誇ることはできません。でも……」

リューニエ殿が深くうなずく。

「だからといって負い目に感じる必要もない。与えられたものは大切に使い、できることをすればいい。誇れるものが生まれるのは、その先にある」

「はい、そんな感じで綺麗にまとめとくといいと思います」

なんか照れくさいので、ちょっと茶化す感じにしちゃった。

照れついでにリューニエ殿に聞いてみる。

「で、どうします？　魔王やっちゃいます？」

「そうだな。君みたいな理解者がいてくれるのなら、魔王の激務にも耐えられそうだ。もちろん君の幕僚たちも連れてきてくれるんだよね？」

首をくりんと傾ける私。

「幕……僚？」

「シリン殿やユヒテ殿だよ。所属は今のままでいいから、必要なときには知恵と力を貸してほしいんだ。あと人脈もね」

「あ、あー……。聞いておきます。たぶん大丈夫です」

安請け合いしちゃったよ。お父さん譲りだな、これは。

リューニエ殿はガラス窓から差し込む太陽を見上げる。

「ここに来るといつもロルムンドを思い出すよ。帝都の宮殿には大温室があってね。アシュレイ殿の薬草園があった。そのアシュレイ殿がこの温室の設計者なんだから、似ているのは当たり前だけど」

「懐かしいですか？」

「いや、薬草園の植物は取り扱い注意のものが多くて。僕はまだ子供だったから、立ち入り禁止だった。ロルムンドよりも自由な国だよ、ここは」

目を細めてそう言ってから、リューニエ殿は笑う。

「本当は今日、君からの申し出を断るつもりで来たんだ。君の申し出は嬉しいけれども、凡人の僕に王冠は重すぎるとね」

そうだったのか。危ないところだった。

ああ、それでなかなか本題に入らなかったんだね。リューニエ殿は優しいから、断りづらかったんだろう。

「結果的に言いくるめちゃったみたいで、なんかすみません」

「いや、いいんだ。なんだか霧の中から抜け出せた気がするよ。ありがとう、フリーデ殿」

温室の花々に囲まれながら、リューニエ殿はニコリと笑った。

「ということでこれからよろしく、僕の副官」

「あ、はい……」

これはもう、がんばるしかないのか。

じゃあまあ……がんばろう！

＊　＊

戦球都市ドニエスクの中心部にある、大球技場。ここは式典でも使われる場所だ。

今ここで、魔王アイリアから新魔王リューニエへの戴冠式が行われていた。

「私アイリア・リュッテ・アインドルフは、本日をもって魔王位を退きます。そして大魔王ゴモヴィロア陛下とミラルディア評議会の承認を得て、リューニエ・ボリシェヴィキ・ドニエスクを第四代魔王に任じます」

リューニエ殿はロルムンド帝室の一員だったけど、追放されたからロルムンド姓は名乗っていない。向こうの人たち、名前が長いんだよね。

お母さんは式典用の王冠を脱ぎ、リューニエ殿にそっと被せる。

「よく似合いますよ、リューニエ殿。王者の風格がおありです」

「重責、謹んでお受けいたします。アイリア殿、お疲れ様でした」

にっこり微笑むお母さんに、どこか照れくさそうな顔でうなずくリューニエ殿。うんうん、お母さんと息子みたいだ。

まあうちのお母さん、見た目が昔からほとんど変わってないから、どっちが年上だかわからないんだけど……。若い頃に魔力を浴びて一時的に戦神化した影響らしい。

球技場の観客席には評議会や魔王軍のお偉いさんたちが列席している。ロルムンドやクウォールからも来賓があって、警備はメチャクチャ厳重だ。

本来なら私も警備をしなきゃいけないんだけど、今の私はオティリエ・アインドルフの専属護衛だ。えと、要するに妹の子守りです。ああ、ほっぺふにふにでかわいい。オムツは何枚あっても足りないけど……。

リューニエ殿、いやいや第四代魔王陛下は、うちのお父さんにも頭を下げる。

「ヴァイト殿。フリーデ殿の副官拝命を御許可いただき、感謝いたします」

「フリーデが自ら決めたことだから感謝する必要はありませんよ、陛下」

するとリューニエ新魔王は、ふと遠い目をする。

「陛下、ですか。……そう呼ばれる日が来るなんて、あのときは思ってもみませんでした」

追放された皇子様だもんね。まさか異国で王冠を戴くなんて思っていなかっただろう。

そして私は、その追放皇子様の副官になった訳だ。人生って何が起きるかわからないもんだね。

うんうんとうなずいていると、背後からツンツンとつつかれた。

「フリーデ、ぼんやりしてて大丈夫？　式の手順は把握してる？」

振り返ると礼装のミーチャが心配そうな表情をしている。あ、でもなんか複雑な表情だ。もしかして、ちょっと拗ねてる？

「久しぶりだね、ミーチャ。来てくれてありがとう！」

「それはあなたが魔王の副官になるなら、来て当然……いやいや、私は新魔王陛下の即位を祝うために遣わされただけだから。勘違いしないでよね！」

「なんで怒ってるの？」

「どっかの誰かさんが実家に閉じこもって温室の花ばっかりいじってたからに決まってるでしょ」

なんか心配されてたらしい。

「ごめんね、えへへ」

「言っておくけど、私も来年即位だから！　あなた、魔王の副官として私に祝辞を述べにいらっしゃいな」

「うん！　ミーチャが皇帝になったら、きっとみんな喜ぶよ！」

「ほんと、拍子抜けするわ……ありがとね」

ミーチャは私の手をぎゅっと握る。

「お互いに立場がある身だから、素直な気持ちが言えるのはこれが最後かもしれない。でも私は何があっても、あなたのことが好き。一生、大好きだから」

「私もだよ、ミーチャ。謀反起こされたときは助けに行くね」

「なんで謀反起こされる前提なのよ……」

いやあ、ロルムンドって謀反だらけじゃない？

ミーチャはオティリエにも笑いかける。

「はじめまして、オティリエ。私はあなたの姉の親友よ。私のことも姉と慕っていいからね。そうだ、抱っこしてあげましょう！」

「そのドレス汚されても知らないよ……？」

でもオティリエはミーチャに抱っこされて御機嫌だ。あうーあうーと笑っている。私のときよりもいい笑顔だ。お、お姉ちゃんじゃダメだっていうのか。ぐぬぬ。

おっと、それよりもリューニエ陛下の演説だ。

「ごめんミーチャ、オティリエちょっと見てて」

「ええ、よろしくってよ。ほーら、ミーチャおねえたんでちゅよ～」

この子、赤ちゃんの前だとあんな風になるんだ……。友達の意外な一面が見られてちょっと面白い。

私は副官として新魔王に歩み寄り、そっと声をかける。

「陛下、お言葉を」

「そうだね」

魔王となった追放皇子は、居並ぶ人々に声をかける。

「この平和で穏やかな日差しの中で、アイリア殿から託された王冠の重みを改めて感じています」

この「平和で穏やかな」ってとこ、微妙に祖国ロルムンドに対する皮肉に聞こえるな……。あっちはエレオラ陛下の代になるまで、即位の前後は流血の惨事が起きてたらしいし。

もしかすると、これはリューニエ陛下の一世一代の意趣返しだったりするのかな？　この人もロルムンドの皇子だし、それぐらいは笑顔でやりそうだ。

「血筋でも武勇でもなく、統治者としての能力と誠実さによって私が選ばれたことは、この上もない名誉です。私はその名誉を汚さぬよう、ミラルディアに奉仕していくことを誓います。生まれや信教によって差別されることのない平和が全ての人に訪れるよう、私の人生を捧げます」

人柄が溢れてるなあ。皇子から追放者に転落した少年時代を持つリューニエ陛下だからこそ、こういう言葉が出てくるのかもしれない。

もちろん、観客席からは万雷の拍手だ。

リューニエ陛下はこの数ヶ月、次期魔王への移行期間として実務にも携わってきた。堅実で穏健な政治手法は平和な時代に合っていたみたいで、各勢力から強い支持を得ている。

それにリューニエ陛下はみんなから愛される人柄だから、来賓たちの拍手にも力がこもっている。多少は打算もあるだろうけどね。

リューニエ陛下の挨拶の後、お父さんの挨拶の番になった。

もともと副官ってそんなに偉い地位じゃないらしいんだけど、ミラルディアではお父さんの活躍で「副官」には特別な重みがある。言葉の意味さえ変えちゃった人だ。そりゃ挨拶も求められる。

壇上のお父さんは、いつもの口調で穏やかに語り始めた。

「三人の魔王に仕えてきた身だが、ようやく副官の座から解放された。それを許してくれたリューニエ陛下と皆にお礼を言いたい。本当にありがとう」

お父さんが副官というポジションに愛着があったのも事実だけど、そろそろ気楽になりたいというのも事実だったんだろう。

そしてお父さんは私を見る。

「皆も知っている通り、新たに副官となるフリーデ・アインドルフは我が娘だ。至らぬ点も多い……非常に多いが、アインドルフ家の新当主として副官の職務を全うしてくれるだろう。俺は『黒狼卿ヴァイト』ではなく『魔王の副官フリーデの父』として歴史に名が残ることを期待している」

うわぉ!? いくらなんでもそりゃ要求が大きすぎるよ!?

お父さんは私を見て笑いながら、観衆の歓声に手を挙げて応える。

「ありがとう。このミラルディアは人と魔族、ロルムンド系とクウォール系、戦乱期を生きた古強者と平和な未来を築く若者など、異なる人々が集まってできている国だ。皆が思っているよりも遥かに危ういが、同時に途方もない力も秘めている」

そしてお父さんは一同に語りかける。

「魔王の副官としてこの国に平和をもたらす手助けができたことが嬉しい。だがこの平和も繁栄も、全てはみんなの力があったからだ。俺一人では何もできなかった。みんなのその力を今度はリューニエ陛下に貸してくれ。彼は俺が命懸けで連れ帰った希望の光だ。きっと未来を照らしてくれる」

そう言い切ると、お父さんは最後に目尻を拭った。

「やっと……やっと俺のいないミラルディアを見ることができる。俺が何よりも見たかった光景だ。ありがとう、みんな」

お父さんの言葉、もしかしたら理解できない人がいたかもしれない。

お父さんは常々、指導者個人の統率力で回していく国や組織に不安を抱いていた。そりゃそうだよね、指導者がやられちゃったら終わっちゃうんだもん。

一番いいのは、誰が指導者でもまあまあうまく回っていく国や組織になること。

お父さんは長い時間をかけて、そのための準備をしてきた。ミラルディア大学を作った理由のひとつでもある。なんせ官僚がいっぱい必要になるから、高等教育機関は不可欠だ。

お父さん、良かったね。

壇上を去るお父さんの背中を見つめていると、お父さんがこっちを振り返った。

「笑ってる……」

お父さんは満面の笑みだった。

まるで「全部やり遂げたぞ」と言わんばかりに、過去最高にいい笑顔で私を見つめている。隣に

いるお母さんもだ。

そしてお父さんは私に小さく手を振ると、静かに一礼した。

魔王の副官から、次の副官への挨拶。……だと思う。

私を一人前だと認めてくれたんだ。

涙が止まらなくなり、私は去りゆくお父さんの背中に頭を下げた。

「ま、副官を辞めたところで暇になる訳じゃないんだけどな」

式典の後、お父さんはドニエスク家の屋敷で苦笑していた。

そりゃそうだ。みんなが尊敬し、慕っている。公職を離れたことで、余計に頼りやすくなったはずだ。

だ。魔王の副官であろうがなかろうが、お父さんはお父さん。伝説の黒狼卿ヴァイト

実際、さっそくお父さんに面会を求める人が何人もいて、あれやこれやと相談事を持ちかけてい

た。その合間を縫うようにして、こうして休憩している。

まあでも一応、これでお疲れ様です。

「お父さん、これからどうするの?」

するとお父さんはオティリエをあやしつつ、うきうきした口調で語り出す。

「お母さんの体調次第だが、西の大樹海の調査を進めたいな。あそこは貴重な森林資源だし、国防

上も重要な場所だ。全容を把握するためにも西端に到達したい。ああそうだ、クウォール以南の合

同調査もあった。でもオティリエの世話があるからお父さんは行けないな」

「自分で行くつもりだったんだ……」

なるほど、お母さんが手元に置いておきたがる訳だ。すぐどっかに行っちゃう。

お父さんは白髪交じりの髪を撫でつつ、ふと笑う。

「前世にも英雄や偉人は大勢いたが、後継者をきちんと育て上げられた人は少なかった。お父さんは英雄でも偉人でもないが、後継者はきちんと育てたつもりだ。その点は偉人たちよりも上だと思う」

「後継者って私のこと？」

お父さんは苦笑する。

「現時点で他に誰がいるんだ。オティリエはこれからだぞ。大学の教え子たちも立派に活躍しているが、『魔王の副官』はお前だろう？」

「えへへ。どうもどうも」

なんだか照れくさくてぺこぺこ頭を下げちゃう。

わかるんだ。お父さんの一番の悩みが解決したんだってことが。自分がいなくなった後のこと、ずっと心配してたもんね。

「ま、後は私が未熟ながらも新魔王陛下をお支えしますので、お父さんは安心して自分の人生を歩んでください」

「お、言うようになったな。ありがとう。しかしやりたいことだらけで迷うよ。オティリエと過ごす時間もお前と同じぐらい大切にしたいし、あと十五年は今以上に忙しいだろうな。ははは」

にこにこしているお父さんに、私は居住まいを正す。

「本当に今までありがとうございました。お父さんは認めないかもしれないけど、私にとってお父さんは誰よりも凄い英雄だよ」

「……そうか」

お父さんは照れくさそうに微笑むと、私の肩に手を置いた。

「後は任せていいか、フリーデ?」

「はい！」

ここから新しい歴史が始まるんだ。がんばらなきゃ。

そして……お疲れ様、私たちの黒狼卿。

ありがとう。

「エピローグ」

そして私は未来……いや、現代に帰ってきた。

「ふう……」

エレーニャ・オリガニア、つまり私は本から顔を上げて図書館の中を見回す。

さっきまでいた、あのうるさい青年の姿が見えなくなっている。

ようやくこれで調べ物に専念できそうだ。

と思っていたら、私の机の上にドサドサと古い本が積み上げられた。

「ほら、これがミラルディア連邦に残るヴァイト卿の資料だよ！　あっ、もう伝記読み終わったんだ！　それは三次か四次ぐらいの、資料というか子供向けの読み物だけど、なかなかいいよね。僕も大好きだよ」

見上げれば満面の笑み。ミラルディア人の若い男性だ。

ハンサムなんだけど、さっきから勉強の邪魔ばかりされている。なんせよく喋るし距離感がおかしい。

私は眼鏡をクイッと持ち上げ、眉間に皺《しわ》を寄せてみせた。

「これはヴァイトでも、『ヴァイト・フォン・アインドルフ』の資料でしょう？」

「そうだね」

何が嬉しいのか、にこにこしているミラルディア人の青年。

私を口説くつもりなら、もうちょっと学識が欲しいところだ。

私は眼鏡を直しながら、この軽薄なハンサムに言ってやった。

「私がわざわざロルムンドから来たのは、『ヴァイト・グルン・フリーデンリヒター』の研究のためです。彼はオリガニア朝の初代皇帝エレオラの栄光を支えたとされる、謎の多いミラルディア人なんですよ」

「うん、知ってるよ」

じゃあ何で間違えるんですか。

私は溜息をつく。

「だいたい、ミラルディアにはヴァイトって人が多すぎるんですよね……」

「みんなが彼にあやかって、自分の息子にヴァイトって名前をつけたからねえ。女の子の名前はフリーデとアイリアとオティリエだし、ははは」

彼ってどっちの？

いや、アインドルフ家の方に決まっているか。

「確かにヴァイト・フォン・アインドルフは、ミラルディアの伝説的な英雄ですけど」

軍事・内政・外交・経済・教育・魔術・医療・芸術。

ありとあらゆる分野に名前が残っている、人狼族の偉人だ。当時の魔王……つまり今でいう連邦評議長の副官を永く続け、歴代魔王を補佐したという。

彼がいなければ連邦は誕生せず、腐敗した元老院によってミラルディアも人狼も滅亡していた可能性が高い。

さらに連邦成立後から現代まで、三百年に渡る平和と繁栄の基礎を築いた人物としても知られている。ロルムンドの女帝エレオラと並び称される大英雄だ。

まあ、伝わっている話が全部本当なら……だけど。

「ロルムンドにも噂は伝わってますけど、功績盛り過ぎじゃないですか？　一人の人間が……いや人狼ですけど、とにかくこんなにいっぱい業績残せるはずがありませんよ？」

すると青年は頭を掻く。

「いやあ、これでも削れるだけ削ったんだけどね。彼は恥ずかしがり屋で、共同研究とかは全部名前を伏せてるし、手柄をすぐに人に押し付けてたから」

見てきたように言う人だな……。

「とにかく、研究の邪魔です。私費で留学してるんですから、早く研究を完成させて帰りたいんですよ」

「君の実家、お金持ちじゃないのかい？　帝室の一員だよね？」

なんで知ってる。

というか、知っててこんなうざったい絡み方をしてきたの？

どういう神経の持ち主だろう。

私はまた溜息をつくしかなかった。

「帝室の一員じゃありません。確かにオリガニア朝二代皇帝ミーチャの子孫ですけど、うちは分家の分家ですから。帝室録すら閲覧できない一般人ですよ」

女帝ミーチャは子宝に恵まれたので、その子孫も膨大な人数になる。

何せ彼女の治世から三百年ほど経っているのだ。

オリガニア姓の子孫に限定しても数百人はいるだろう。

「わかったら邪魔しないでください。パスティエ教授にお会いする前に、最低限の知識は入れておきたいんです」

パーカー・パスティエ教授はミラルディア最高の歴史学者であり、死霊術を極めた不死者でもあるらしい。

留学中、私はパスティエ教授に師事する予定なのだ。

これはかなり凄いことなので、私も興奮している。

しかし貧乏性の私が転送門の早割チケットにこだわったせいで、本来の日程よりだいぶ早く来てしまった。パスティエ教授は休暇中だという。

おかげでまだお会いできていない。

「あの……僕はね」

「何か？」

軽薄な青年は何か言いたげにしていたが、私が先祖譲りの眼力で睨みまくると、諦めたようにすごご退散していった。

やれやれ、これでようやく勉強できる。

しかし困ったことに、ヴァイト・グルン・フリーデンリヒターに関する資料は未だに全く見つかっていない。

おかしい。彼は貴族、しかも連邦評議会の一員だ。

あれだけロルムンドで暴れ回った豪傑なのだから、本国に記録が残っていないのは不自然すぎる。

国立ミラルディア大学の図書館にさえ存在しないのなら、後はもう魔王軍の公文書館にでも行くしかなさそうだ。

ただしあちらにも問い合わせはしており、公開可能な公文書の中には存在していないとの回答を受け取っている。

困った。

私は困り果て、さっきの青年が置いていった黒狼卿の資料をぼんやりと開く。

「あれ、これってアインドルフ家の……？」

アインドルフ家は第三代魔王アイリアと、その夫でもあった黒狼卿ヴァイトの家だ。

どうやらこの本は、アインドルフ家に残る書簡などをまとめたものらしい。今まで表に出てこなかったものだ。

「えっ、嘘!?　まさかこれ、一次資料なの!?」

驚きつつもいつもの癖で、私は発行元と著者を調べる。

発行元はミラルディア大学の出版局。著者というか解説を入れているのは……なんと私が師事する予定のパーカー・パスティエ教授だ。しかも初版発行は先月。最新のものだ。

さらにミラルディア評議会とアインドルフ家の監修も入っている。資料としての価値は高い。これは絶対に読むべきだ。

思わずパラパラとめくってみると、黒狼卿ヴァイトの意外な一面が見えてきた。


城門砕きの猛将だとか、戦神殺しの魔狼だとか言われている彼だが、驚くほどに家庭的だ。

外遊先からリューンハイトの妻子に宛てた手紙に、それらがありありとうかがえる。

堅実で真面目すぎる癖に、妻や娘には甘すぎる。まるで現代の子育てパパだ。

「ふふっ……」

あまりにほのぼのしたやり取りに、つい笑ってしまった。

昔の人という気が全然しない。

それとワやロルムンド、それにクウォールの貴族や軍人からも大量の私信をもらっている。

ロルムンドの歴代皇帝やクウォール王からの書簡もあった。個人的な付き合いもあったようだ。

郵便も魔力通信もない時代に、よくこんなに手紙をもらっているものだと思う。

さらに驚いたことに、女帝ミーチャやクウォール王シュマルからは「先生」と呼ばれている。

ミラルディア大学は昔から世界最高水準の研究機関として留学生が多かったのは有名な話だが、

王たちの恩師でもあったのだろうか。

まさかここまで人脈が広く深いとは知らなかった。

その気になれば、近隣諸国も含めて影から支配できたのでは……と思う。

さっきの軽薄なハンサムが、自販機で買った紅茶の缶を手にしていた。それを私に差し出してくる。

ついつい読みふけってしまった。

不意に声をかけられて、私はハッとする。

「どうだい？　なかなか興味深いだろう？」

「でも休憩しないとダメだよ。はい、どうぞ」

「あの、お気遣いは感謝しますけど、ここは飲食禁止ですよ？」

私が背後の張り紙を示すと、青年は首を傾げた。

「おや、本当だね。僕は関係ないから、あんまり気にしたことがなかったよ」

関係ないことはないでしょうに。

そう思ったが、とりあえず缶を受け取っておく。

「ありがとうございます。後で頂きます」

「うん」

にっこり笑う青年。

「ミラルディアに留学したついでに、ヴァイト・フォン・アインドルフについても研究してみたらどうかな？　きっと面白いよ」

「まあ、確かに興味深くはありますが……。彼は黒狼卿劇で脚色され過ぎています。虚実が入り乱れていて、検証が大変そうですね」

「いや、あれ全部事実だよ？　演出や細かい部分は確かに少し脚色してるけど」

ミラルディアの人はみんな真顔でそう言うから困る。

しかしこの書簡を見るだけでも、ヴァイトが近隣諸国に恐ろしい影響力を持っていたのは間違いない。

私の先祖でもある二代皇帝ミーチャ、それにミーチャの父のレコーミャ大公などとも親戚同然の親交があったようだ。

クウォールのシュマル王に至っては第一王子の名前をヴァイトにしようとして、ヴァイト本人から慌てて止められていた。しかし諦めきれずに一字をもらっている。

彼らは本来なら他国に漏らすべきではない重要な機密事項までヴァイトに相談しており、ヴァイトがそれらに親身に助言していたこともうかがえる。

これらの書簡がもし本当なら、帝国の時代遅れの奴隷制度が緩やかに消滅していったのも、長年の怨敵だった極星教勢力と和解できたのも、メジレ河周辺の遊牧民たちがクウォール王に忠誠を誓うようになったのも、全部ヴァイトの助力によるものだ。

それどころか、ヴァイト自身がお忍びでロルムンド領やクウォール領で活動していた形跡まである。

ミラルディア軍の精鋭中の精鋭、『人狼隊』を率いて反乱鎮圧や諜報活動に協力していたらしい。

……あれ？

親エレオラ派のミラルディア連邦評議員で、調略に長けた軍人。

身軽な敏腕外交官であると同時に、恐るべき猛将でもある。

これはどことなく、ヴァイト・グルン・フリーデンリヒターと重なっているのではないだろうか？

「もしかして、本当に……」

私は顔を上げて、さっきの軽薄なハンサムに尋ねようとする。

しかしそこにはもう誰もおらず、彼がくれた紅茶缶の温もりが名残《なごり》を留めているだけだった。

またどこかに行ってしまった。

何なんだ、あの人。

私は彼の行方が少し気になったが、それ以上にこの書簡集が気になっている。

本来の目的とは逸脱してきたが、学問に王道なし。お手軽な最短コースなんて存在しない。

だからこんな寄り道も悪くはないと思う。

「この人、面白いわ……」

私は愛用の魔術書端末を取り出すと、ヴァイト・フォン・アインドルフについてもっと詳しく調べてみることにした。

この不思議な人は、いったい何者なんだろう？

あとがき

子供の頃から「長編シリーズの最終巻って、どうしてあんなに遅くなるんだろう？」と思っていましたが、自分が書く側になってやっとわかりました。話を畳むのに物凄い手間がかかるんですね。そんな訳でお久しぶりです。またひとつ学んだ漂月です。

お待たせして本当に申し訳ありませんでした。


もともと外伝の方は「ヴァイトの人生と活躍はこれからも続いていくんだよ」的な感じで軽く始めたのですが、フリーデの成長も描きたいというのもあってかなり複雑な構成になっていました。

おまけにヴァイトが魔王の副官を引退するところまでやりたいなと欲を出し、それならフリーデに後を託す形が一番いいなと考えた訳です。

そうなるとフリーデにはヴァイトの後継者になるための経験や人脈やその他いろいろが必要だと気づき、気がついたら十六巻まで来てしまいました。

途中、出版社を移籍するという現実世界の事情もあったりして、漂月史上最長かつ波瀾万丈の作品となりました。

普通ならどこかで途切れていてもおかしくなかったのですが、無事にヴァイトの引退まで見届けられました。これも多くの関係者の皆様、そして読者の皆様のおかげです。本当にありがとうございます。

「小説家になろう」で連載を始めたとき、うちの長女氏はまだ一才でした。その長女氏が十才になり、連載終了後に生まれた次女氏も六才になっています。

そもそも次女氏が生まれたのも、この作品がヒットしたおかげで生活にちょっぴり余裕ができたからなので、読者の皆様の力が一人の人間を誕生させたとも言えます。ありがとうございます。

そんな次女氏は長女氏ととても仲が良く、それを見ているうちに「フリーデにも妹がいたら楽しいだろうな……」と思うようになりました。

最終巻の執筆終盤にはフリーデに妹ができている夢まで見てしまい、「作者だけど知らなかったよ!?」とびっくりして起きてしまいました。

そんなこともあったりして、フリーデの妹・オティリエが誕生した訳です。命名者は担当編集の齋藤様です。私は登場人物の名前を全て自分で決めていますが、この子には何か特別なものをと思い、無理を言って齋藤様に名付け親になっていただきました（毎度毎度無茶ばかりお願いして申し訳ありません）。

オティリエは父親の活躍を知らない訳ですが、ヴァイトのことですからどこで何をしていてもまた活躍してしまうでしょう。黒狼卿劇の演目は増える一方です。

本作は多くの関係者の方々によって支えられ、無事に完結できました。アース・スターエンターテイメントとスクウェア・エニックスの皆様、校正・校閲担当様、デザイナー様、印刷や流通、書店の皆様、ありがとうございます。

イラストレーターの西Ｅ田様と手島ｎａｒｉ様には、毎巻素晴らしいイラストで作品を盛り上げていただきました。感謝してもしきれません。キャラクターデザインも最高でした。

それとコミカライズ担当の瑚澄遊智様と歴代編集者の皆様、いつも原作以上に原作らしい漫画をありがとうございました。

また本作の書籍化を誰よりも早く打診してくださった編集長の稲垣様にも、篤くお礼を申し上げます。作品のことをいつも一番に考えていただき、様々な配慮をしていただきました。後にも先にも、こんな凄い編集長は見たことがありません。あとなんでそんなに美味しいスイーツのお店に詳しいんでしょうか……？

そして一巻から最終巻まで一貫して担当編集を続けてくださった齋藤様こそが、もう一人の作者だと思っております。

本作を愛し、物語や人物に深い理解のある齋藤様のお力添えがなければ、とても最終巻までたどり着けなかったでしょう。本当にお世話になりました（あとＷＥＢ会議のときに娘たちが乱入しがちで申し訳ありませんでした。娘たちも齋藤様のことが大好きです）。

最後になりましたが、第一巻発売から今日まで支えてくださった読者の皆様に深く感謝しています。

皆様のおかげで私の作家人生は大きく変わりました。ありがとうございます。

ヴァイトの物語はこれで終わりとなりますが、彼の人生はまだこれからも続いていきます。今後の彼を自由に想像していただければ幸いです。ここから先は読者の皆様がそれぞれに思い描く未来が正史です。

それではまた、別の物語でお会いしましょう。

誠にありがとうございました…。

おつかれさまでした。

西田.

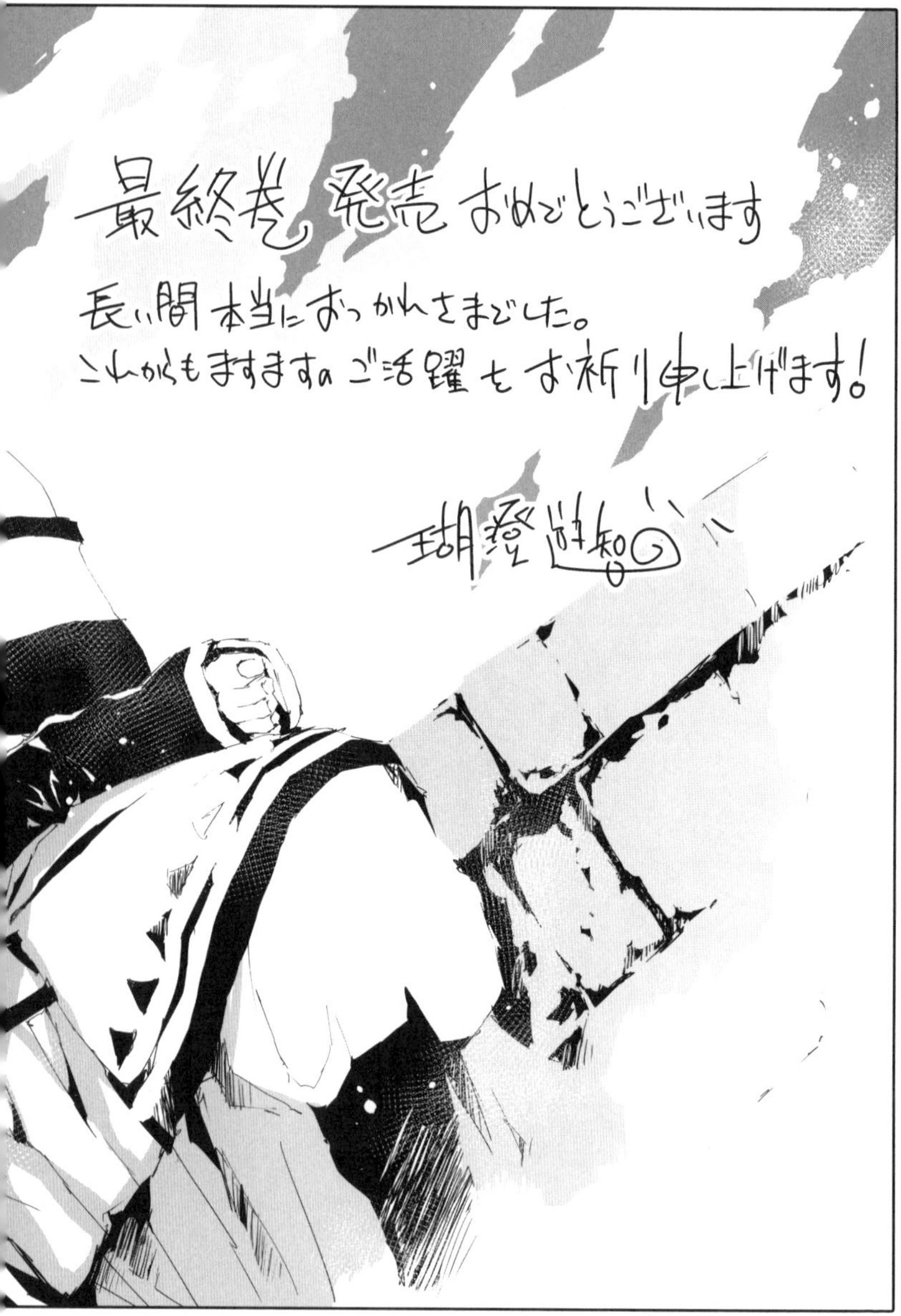
最終巻発売おめでとうございます
長い間本当におつかれさまでした。
これからもますますのご活躍をお祈り申し上げます！
瑚澄遊智

2024.1.6
転生、
副官
漂月
Hyougetsu
illust.
手島nari
―あなた
ございました!!
ミラルディアの平和はこれからも続く……

2015.11.14
人狼への
魔王の
※1～13巻はアース・スターノベルより刊行
illust.
西E田
約9年間
Special Thanks
応援ありがとう

GC
毎月12日発売
社畜さんは幼女幽霊に癒されたい。
有田イマリ
黄泉のツガイ
荒川弘
金装のヴェルメイユ
〜崖っぷち魔術師は最強の厄災と魔法世界を突き進む〜
原作：天那光汰
作画：梅津葉子
戦隊レッド
異世界で冒険者になる
中吉虎吉
ワンルーム、日当たり普通、天使つき。
matoba
英雄教室
原作：新木 伸 作画：岸田こあら
(ダッシュエックス文庫/集英社刊)
キャラクター原案：森沢晴行
©新木伸・森沢晴行／集英社ダッシュエックス文庫
不徳のギルド
河添太一
Monthly Shonen 月刊少年ガンガン
GANGAN
毎月12日発売

GC JOKER
毎月22日発売
賭ケグルイ
原作：河本ほむら
作画：尚村透
最近雇ったメイドが怪しい
昆布わかめ
賭ケグルイ双《ツイン》
原作：河本ほむら
作画：斎木桂
ラグナクリムゾン
小林大樹
ヴァニタスの手記《カルテ》
望月 淳
龍とカメレオン
石山諒
履いてください、鷹峰さん
柊裕一
事情を知らない転校生がグイグイくる。
川村拓
好きな子がめがねを忘れた
藤近小梅
月刊 GANGAN JOKER ガンガンジョーカー
毎月22日発売

SQEX/ノベル

人狼への転生、魔王の副官 16
黒狼卿が望んだ未来

著者
漂月
イラストレーター
手島nari

2024年1月6日　初版発行

発行人
松浦克義
発行所
株式会社スクウェア・エニックス
〒160－8430
東京都新宿区新宿6－27－30　新宿イーストサイドスクエア
（お問い合わせ）スクウェア・エニックス　サポートセンター
https://sqex.to/PUB
印刷所
図書印刷株式会社
担当編集
齋藤芙嵯乃
装幀
百足屋ユウコ＋石田隆（ムシカゴグラフィクス）

この作品はフィクションです。
実在の人物・団体・事件などには、いっさい関係ありません。

ISBN978-4-7575-8996-4 C0093　Printed in Japan